王を統べる運命の子②

樋口美沙緒

キャラ文庫

この作品はフィクションです。
実在の人物・団体・事件などにはいっさい関係ありません。

目次

口絵・本文イラスト／麻々原絵里依

一　王宮

十の月の終わり、紅葉樹が鮮やかに色づき始めたその日の午前、リオは王宮内のとある一室で緊張して固まっていた。

——リオ・ヨナターンを、『王の鞘（さや）』として選定する。

そう聞かされたのはつい昨日のことだ。

そして今朝、リオは右も左も分からぬまま迎えの者に連れられて王宮にあがった。見知らぬ一室をあてがわれ、待機を命じられたので椅子に一人座っていた。

まだ選定候補者の制服を着たままの姿で、リオはひたすらに緊張していた。

（……ここが本当に王宮？　俺、ここで待ってるだけでいいのかな）

選定の館から連れ出され——王宮へ入る道順を、リオはもう思い出せない。長くて複雑で、大きな建物がたくさんあったことしか分からない。建物の中に入ってからもぐるぐるとあちこちを歩いたので、今いる部屋が北か南かも分からなかった。

（……立派な部屋。こんなの見たことない）

誰もいないというのに、部屋があまりに豪華すぎてリオはまともに顔をあげることもできなかった。まるで異世界に来たようで怖い。怯(おび)えて小さくなったまま、窺(うかが)うように周りを見ると、選定の館で与えられた部屋が霞(かす)むほどの贅沢(ぜいたく)な内装だった。

壁には絵が描かれているし、大きな鏡や天蓋(てんがい)付きの寝台もある。隣室への扉も開け放たれており、そこには広々とした書斎が見えたが、近づいていってつぶさに調べる勇気はなかった。とにかく王様がいるような部屋だ、としかリオには言えない。絵物語でも見たことがないほどきらびやかな場所だった。そしてこの広すぎる空間には自分しかいないのだ。床は絨毯(じゅうたん)が敷き詰められて暖かいのに、気持ちが強ばっているせいで、体まで冷えている。

（王宮って、全部こんな部屋なのかな？　選定の館も、俺にはびっくりするほど豪華だったのに……）

本当にこんなところで生活していけるのだろうか？

どうやって？

王宮にいる、という事実だけでリオは困惑していた。

（だってほんのちょっと前まで、俺は野良犬だったのに……）

辺境の町にいたころ、リオは人々に足蹴にされるみなしごとして生きていた。王宮なんて自分には場違いすぎるという卑屈な気持ちが、癖になって浮かんでくる。

そのとき、廊下に面した扉が軽く叩かれた。

驚いたが「は、はい」とこわごわ返事をすると、開いた扉の向こうからお茶のポットやカップを載せた小さな手押し車が現れた。誰が入ってくるのだろう、こんな立派な王宮の使用人に、平民の自分はばかにされないだろうか――。

そう思って身構えたリオの耳に飛び込んできたのは、馴染みのある優しい声音だった。

「リオ！『王の鞘』選定、おめでとう！　ああ……なにから話したらいいか分からないや」

早く話したそうに体を前のめりに傾け、手押し車を押して入ってきたのは、エミル・ジェルジだった。

赤い髪に茶色の瞳、そばかすを浮かべた色白の肌は、興奮したように赤らんでいる。

もともとはリオと同じ鞘の候補者で、リオにとってはほとんど唯一こちらでできた友だちだ。

エミルは館にいたときの制服ではなく、丈の長い従僕風の上着を着ていた。

「エミル？　……どうしてここに」

思わず中腰になり、リオはびっくりするあまり眼をぱちぱちとしばたたいた。

館で選定結果が告げられたあと挨拶をする暇もなく連れてこられたので、エミルとはもう二度と会えないかもしれない……と落ち込んでいた。それがまさか、王宮でこんなにも早く再会できるなんて――。

面食らって固まっているリオに、エミルは照れたような笑みを浮かべて、

「僕が頼んだんだ」

と言った。もともと美少年なので、はにかむとエミルはさらに可愛く見える。

「きみの付き人になりたいって。フェルナン様が口をきいて下さった。きみは故郷から侍従の一人も呼び寄せられない境遇だから、特別に許してもらえたんだ！」

見て、というようにエミルは着ている上着の胸元を指さした。そこには、白竜と牡鹿の紋が縫い取られている——。

「ヨナターン家の紋？」

それは、リオが魔術師からもらった姓を示す紋章だった。

「きみもヨナターンでしょ？　つまり僕は今、きみの家の人間なんだ」

興奮気味に言って、エミルは嬉しそうにリオに飛びついてきた。ぎゅっと抱きしめられると、やっとエミルが自分のそばにいてくれるのだ——ということが理解できてきて、リオは全身から緊張が抜けていくのを感じた。

　自分とそう変わらない細い体を抱き返し、エミルの胸に顔を埋めるとじわじわと涙が溢れてきた。悲しいわけではなく、強烈な喜びとも違う。ただ、自分のためにエミルが付き人を申し出てくれたという事実が、果てしない優しさに感じられて気持ちが緩んでいった。

「エミル、ありがとう……きみを付き人なんて……贅沢すぎるけど、いいの？　でも、すごく不安だったから嬉しい……」

「平気だよ。きみのそばにいたかったんだ」

エミルは第三位とはいえ貴族だ。辺境の町で乞食のように扱われていた自分とは、雲泥の差の身分だった。

(なのに俺の従者になってくれるなんて……)

嬉しい。たまらなく嬉しいが本当にいいのかと顔をあげてエミルを見つめると、エミルは「お茶にしよう、リオ」とにっこり笑った。

手押し車に戻り、エミルはかぐわしい匂いをたてるお茶を淹れはじめた。そうしながら、エミルは自分の部屋が同じ階にあることや、王宮内の構造など、見聞きしたことをリオに教えてくれた。

「ちょっと調べたんだけど、この建物は王宮の西側にあったよ。一階が厨房になってて、そこは基本的には使用人しか立ち入れないみたいだね。ここは二階だけど、どん詰まりの小部屋に上級使用人が待機してて、頼めばお茶や菓子がもらえる」

一人で喋りながら、エミルはリオのためにお茶を淹れ、菓子を用意してくれた。部屋の中に、ふわりと甘い香草の匂いが漂う。

そういえばここは二階だった。緊張のあまりそれすらも忘れていた。

エミルが来てくれてやっと恐ろしさが和らぎ、顔をあげて見ると窓からは王宮の庭園が見えた。小鳥が飛び交い、さえずり合っている。窓には贅沢な襞のたっぷりしたカーテンがかかっている。

「ここは王宮でも王の私室がある南棟の隣、西の棟みたい。七使徒の部屋は全部この並びに集まってる。他の六人の使徒も、すぐ近くの部屋を与えられてたよ」

リオの隣に腰を下ろし、自分のお茶を飲みながら、エミルはてきぱきと説明してくれた。

なるほどと思いながら、リオはうんうんと頷くことしかできない。説明されても、王宮の仕組みなんて想像ができずにさっぱり分からない。分かったことはとにかくここはリオの部屋で、他の使徒たちも同じ階に部屋があること。食べ物や飲み物の心配はしなくていいということだけだ。

（つまり俺は、やっぱり王宮で暮らすんだ——もうすぐ王様にも会う？）

緊張が再び胸にこみあげてきて、カップを持つ手が震えた。

琥珀色のお茶の表面に、黒眼黒髪の自分の姿が映っている。リオの本当の姿は青銀色の髪にすみれ色の瞳だが、魔術師であり後見人でもあるユリウス・ヨナターンによって、目立たない姿に変えられたままだった。

「……ユリウスとはまだ会えないのかな」

思わず口にしてみる。王宮に来れば、ひととき一緒に旅をしたユリウスに会えるとリオは思っていた。だが今のところ魔術師は姿を見せないし、リオから会いに行こうにも、どうしていいか分からない。

（会いたい……ユリウス。ここに来たらすぐに会えると思ってたのに）

実際には姿を垣間見ることすらまだできていない。もしもユリウスに会えたら、今の不安な気持ちも話せるのにと思った。

「ユリウス様と？　うーん、リオはヨナターン家の預かりだから会えるはずだけど。あの方が王宮のどこにいらっしゃるか分からないからなあ。落ち着いたら、ユリウス様からご訪問があるんじゃない？」

エミルは楽観的に言ったが、リオにはそうとは思えなかった。ユリウスは謎に包まれていて、分かっているのは王国一の魔術師で、第一貴族である、ということだけだ。

――俺は王宮にいる。お前が使徒になれたなら……必ずまた会える。

最後に会ったとき――それは夢の中だったようにも思えたが――セスが死んで絶望に打ちひしがれていたリオを、そう言って励ましてくれたのはユリウスだった。

（……会えるって言ったのはユリウスだけど）

どのくらい待てば会えるのか、本当に会えるのか不安な気持ちで、リオはまただんだん沈んでいった。

「エミル、俺、ここでなにしたらいいんだろう」

ぽつりと言うと、エミルは首を傾げた。

「陛下との謁見は三日後だそうだよ。それまでは自由時間だって。王宮の中は自由に動けるみたい」

（……三日後）

三日後には、リオは王と顔を合わせる。

そうすれば『王の鞘』の役目として、抱かれるのかもしれない。

胸に重たい緊張と憂鬱（ゆううつ）がのしかかってきたが、それが自分の仕事だという自覚はちゃんとある。それが役目なら受け入れる覚悟はとうにしていた。

ただ、できれば王に抱かれるその前にユリウスに会いたい。

どうしてか分からないけれどそう思う。二人一緒に旅をしていたころから今までユリウスに抱いてきた思慕の情を、リオは確かめておきたい気がした。

（でももうユリヤに抱かれてるのに……今さらかな）

頭の中には、もやもやとユリヤのことも浮かんでくる。

三日後の謁見のときには、きっと使徒全員がそろうだろうから、その中には『王の剣』であるユリヤもいるだろう。

リオは選定の儀式でユリヤに抱かれることを選び、十日の間褥（しとね）をともにしてきた。

選定が終わり、王に抱かれることになる自分をユリヤはどんな眼で見るのかと思うと気持ちが落ち込んでいった。ユリウスだって初めからリオを『鞘』として連れてきたし、ユリヤだって分かっていたのだから、たぶん二人ともリオが王に抱かれることなどなんとも思わない。

（分かってるのにな……ユリウスとユリヤのこと、考えると息苦しいのはどうしてだろ）

落ち込んで黙り込んでいたリオは、不意にエミルに腕を引っ張られた。

「ね、窓を開けてみようよ。外になにが見えるか知りたいな」

明るい声で言い、エミルはリオをせき立てるように立ち上がった。

「そ、そうだな」

リオは自分でも気持ちを切り替えるようにそれに続き、窓を開けてみた。大きな窓は余程作りがいいらしく、軋むこともなくすぐに開いた。

外は晴れていて、豊かな緑が広がっている。

遠く、西にそびえる神々の山嶺が見えると、リオはホッと体から力が脱けていくのを感じた。

「神々の山嶺がよく見えるね。夜にはウルカの神の光も、はっきりと分かりそう……」

隣に立ったエミルに言うと、エミルはそうだね、と優しく頷いてくれた。

（ウルカの神様は、変わらずあの山にいらっしゃる……）

辺境の町セヴェルで暮らしていたときも、選定の館にいたときも、この巨大な王宮にいる間も――ウルカの神のいます場所は変わらず遠い西に見えた。

聖堂から昼を知らせる鐘の音が聞こえてくる。

「……ありがとうエミル。ちょっと落ち着いた」

ようやく笑えて、リオはエミルを振り返った。不安なことばかりだが、エミルがそばにいてくれることは救いだった。それでも、少しだけ不安が残っているのも事実だ。

「でも……どうしてこんなに優しくしてくれるの？　エミルは実家に帰るんだと思ってた」

リオは素直な気持ちを話した。末っ子とはいえエミルは貴族の出だ。平民の従者になるだなんて、本当ならありえない話だと物知らずなリオですら思う。

（もしかしたらエミルがいてくれるのは、数日だけなのかも……）

帰省前にほんの一時、そばにいてくれるだけだとしたら？　そう思うと不安に駆られた。

「一緒にいたかったから——というのもあるけど」

けれどエミルはリオの不安を鎮めるように、優しく笑いながら窓を閉めた。

「僕は七使徒の中でもっとも大事なのは、『鞘』だと思ってる。前にも言ったけど、ウルカの神の巨大な力を、陛下が肉の器で受け止めるときには……『鞘』が必要なんだ。僕は選ばれなかったけど、そのぶんきみの役に立ちたい」

エミルのまっすぐな言葉が、リオの胸にしみた。

七使徒の多くは武芸と知恵に秀でた役目を持つが、『王の鞘』はともすれば男娼と言われるような仕事だ。選定の館にいたとき、リオ自身そう感じて落ち込んでいたところを、否定してくれたのはエミルだった。

——フロシフランを健やかに保つためには、『鞘』はいなければならない。

そのエミルの言葉が、今ふたたびリオの胸に思い出された。

（そうだ、俺は『王の鞘』になって、この国を変えたいと思ってる。……誰にも顧みられず死んでいくような子どもを、少しでも減らすために）

貧しい屋根裏にも、暗い路地裏にも、光を届けたい。

豊かな知恵と才能があるのに、世界を知ることもなく死んでいくような、そんな子どもをもう二度と見たくない。それがリオの原動力。

思い出すと、胸の中で死んでしまった親友のセスが、笑っている気がした。

――そうだよリオ、やっと思い出したね。

そんなふうに話す声が、聞かなくても想像できる。

（……王宮に来たくらいで怖じ気づいちゃダメだ。知らなかった世界を知って、王様の役に立って……俺は、この国を良くしたいんだ）

――使徒になり、王宮へ行こう。

誰かを愛し、世界の役に立ち、幸福を見つけるために生きよう。

セスができなかったことをすべてやろう。セスの命の意味を、証明するために。

十二日前、セスを喪った悲しみから立ち直るときに決意したときと同じ強い勇気が、胸の中にむくむくと湧いてくるのを感じた。なんでもいいから、今この瞬間からなにか始めたいと思った。王に会う三日後までにできることは、リオの想像力ではたった一つに思えた。

「エミル。知らないことを知りたい。俺にもこの王宮のこと、教えて」

この場所で、『王の鞘』としての役目を果たす。エミルはにっこりと笑った。

だがその前に、まずはこれから暮らす場所を知り、自分にできることがなにか考えよう。

リオは気持ちを決めると、とりあえず自室に備え付けられた衣装箪笥(だんす)に、初めて手をつけたのだった。


フロシフランの建国は、四百年前に遡(さかのぼ)ると言われる。

かつての国民は貧しい流浪の民だった。

フロシフラン民族は初代の王に率いられて、現在の土地に流れてきた。

土地を支配する神、ウルカと王が契約を結び、国土を得てフロシフランという国が生まれた。

史書にはそう書いてある。

その際、王はウルカの神の力を受け取り、使う権利を得た。

だが神の力があまりにも強大だったため、王一人の肉の器では受け止めきれず、七人の使徒を選んだという。

長い歴史の中、使徒たちは王を通して神の力を授かり、それぞれの役目を果たしてきた。

フロシフランの四百年の歴史には、常に使徒たちの名前が並ぶ。

リオに与えられた名前は、第三十四代フロシフラン国王、ルスト・フロシフランの『鞘』である――。

　二人並んで部屋を出ると、長い長い回廊があった。

　回廊の並びには七つの扉があり、扉には陶製の、四角い板が貼ってあった。リオの部屋には、鞘の図。そしてその下には「プラージュ」という言葉が入っていた。

「プラージュ……？」

「鞘を意味する古代語だよ。それを見たら、誰でもリオが『王の鞘』だって分かるってわけ」

　首を傾げると、エミルがそう教えてくれた。きみの服にも同じ文字が入ってる、と指摘されて、リオは着替えたばかりの服を見た。エミルが選んでくれた絹の上衣と、濃紺の下穿き、天鵞絨の上着。上着には藤色の糸で刺繍が施されており、たしかにヨナターンの家紋の中にプラージュという言葉が綴られていた。

（古代語ももっと勉強しなきゃ。基本的な単語さえ分からないままじゃダメだ）

「ねえエミル、使徒を表す古代語の単語、教えてくれない？」

　訊ねると、エミルは「他の部屋の板も見てみようか」と提案してくれた。

　見ると向かって右隣の部屋の扉に剣。左隣には眼の図がある。

「これ、使徒の図？　じゃあ、右隣がユリヤの部屋で、左隣がフェルナンの部屋？」

「そうなるね。古代語は読める？」

リオは描かれた綴りをじっと見つめた。

「メーチェ……剣？　眼は……ツァーカ」

耳を澄ましてみたが、剣の部屋からも眼の部屋からも物音はしない。扉には施錠がされているので、ユリヤもフェルナンも不在のようだった。だがそれは他の部屋も同様で、リオ以外はとっくに外に出ている様子だ。

（みんな……どこにいるんだろう）

一人だけ取り残されたようで、不安になる。それでもリオは『翼』、『盾』、『弓』、『鍵』、の部屋の前を一つずつ通って古代語を読んだ。

「鍵、クリーチェ、弓、シュプキ、盾、シュテト、翼はクリードラ……」

口の中で何度も繰り返しながら、リオは思わず立ち止まり『翼』の部屋の扉をじっと見つめた。

「アラン様は謁見の日まで、里帰りしてるみたいだよ」

エミルがリオの気持ちを察したように、教えてくれる。

そうなんだ、と返しながらも、リオは上の空だった。

『王の翼』に選ばれたアラン・ストリヴロは、魔術でアカトビに姿を変えられる。

一日で千里を駈けると本人が言っていたが、おそらく真実なのだろう。アランは一度、馬や船を使って十日以上かかる国境の町セヴェルまで、半日で行って戻ってきた。

（……アラン。結局和解できないまま、使徒になってしまった）

アランのことを思い出すと、リオは胸に重たいものを感じる。

最後に会ったのは魔女が使わせた大蜘蛛（おおぐも）に襲われたときだった。アランはリオを助けてくれたが、その直前に死ねばいいと唾棄された。

アランが自分のことをどう思っているのか、リオにはよく分からないままだ。憎まれていると感じるけれど、助けてくれた事実を信じたい気持ちもある。

アランの本当の気持ちを知りたくても、どうやって歩み寄ればいいのかは分からない。

（たぶんそれも、俺の記憶さえ戻れば解決できるんだろうけど……）

ぼんやりと分かっているのは、それだけだった。

リオは三年より前の記憶を一切失っている。

出会ったときからアランはリオを憎んでいた。理由は失った記憶の中にあるのだろう。リオは何度となく、記憶を取り戻したら真っ先に伝えろと、アランに脅されたから。

（……ユリヤも里帰りしてるのかな）

『剣』の部屋も静かだった。リオはそういえば、ユリヤの故郷はどこなのだろうと考えた。

『王の剣』に指名されたユリヤ・ルジとは、昨日の夜まで毎晩抱きあっていた。

それはリオが望んだことで、ユリヤはリオの願いに応じてくれただけだ。

（でももう……あんなふうに過ごすことはないのかも）

六人の使徒のうち、おそらく一番親密だったはずのユリヤですら隣室のリオに声もかけずにどこかへ出かけたのだ。

ふと脳裏に、最後の夜にリオの体を抱きしめてくれていたユリヤの腕の強さと、温かな胸の感触が蘇ったけれど、リオはそれを慌てて振り払った。

（俺がここに来たのは男に抱かれるためじゃない。『鞘』として仕事するためだ）

「エミル、建物の外に出てみたい」

気にかかることを押しやって言うと、エミルは「騎士団を見に行く？」と提案してくれた。

「この国、騎士団があるの？」

リオが知っている兵士はセヴェルにいた連隊や国境を守っている国境警備兵で、それらと騎士がどう違うのか見当がつかなかった。

「騎士はいざというときに主君を守る戦いの専門家だよ」

エミルの説明を聞きながら建物を出て、広い庭を横切る。

「フロシフランの武力はいくつかの団に分かれてる。一番位が高くて、武力も高いのが近衛騎士団だよ。その下に王都を守る連隊が五つ、各都市を守る都市連隊があるんだ」

ならばリオが故郷のセヴェルで見かけていた兵隊たちは、都市連隊にあたるということだろう。兵士の身分としては、下位になるのかもしれない。

『剣』や『盾』みたいに、戦う役目の使徒は騎士になるの？」

「使徒になれば、全員にその称号自体が与えられる。リオにもね」

「俺も？　俺も騎士なの？」

便宜上はそうだよとエミルに肯定され、リオは驚いた。なんだか自分が知らない間に、自分も環境も、がらりと変わっているように思えた。

「使徒はまあ、親衛隊みたいなものだね。騎士団とは別で、陛下の直属になる」

「しんえいたい……」

王を特別に直近で守ることを許された騎士だよと説明されて、リオは分かるような分からないような気持ちだった。

武官の最高位は近衛騎士団長で、文官の最高位が宰相二人。使徒の身分はこの一つ下らしい。だが使徒に命令ができるのは王だけだという。

「……身分の話ってなんだか難しいね」

あまり飲み込めずに言うと、エミルはだんだん覚えるよと励ましてくれた。

庭の向こうには聖堂があったが、その前を過ぎて突っ切ると演習場があった。高い壁に囲まれた敷地で、端が見えないほど広い。そこで銀色の甲冑（かっちゅう）を着込んだ騎士たちが、それぞれに鍛錬しているところだった。

騎士たちは見事な体つきで、その光景は壮観だった。銀色の装甲甲冑は騎士たちが動くたびに重たい音をたて、太陽を反射してきらめく。

「……鉄を着て動いてる」

びっくりして呟くと、「高いところから見てみようよ」とエミルに言われてリオは演習場を囲む石壁の上に上った。

壁の脇に階段があり、あがると上は隘路になっていて下を見下ろせた。

演習場の真ん中を見ると、たった一人で数人をなぎ倒していく騎士がいた。まるで戦車だ。誰かの槍が兜に当たってその面が外れる。遠目に鮮やかな金髪と褐色の肌が見えて、リオはその人物が『王の盾』ゲオルク・エチェーシフだと気がついた。

「エミル、ゲオルクがいる！　一人で何人も倒してるよ！」

思わず興奮して、リオは隣のエミルの腕をぎゅっと掴んでいた。面が外れてもまったく勢いを落とさずに、ゲオルクは騎士たちの群れの中に突進していき、次々と相手を屠った。

「リオ、あっちにルース様もいるよ」

エミルが指さす方向を見ると、弓の練習をする一団の中にすらりと立つ青年の姿があった。一本ずつ矢を放つ騎士たちの中で、一人だけ複数本の矢を同時に放って的に当てている者がいる。『王の弓』に選ばれた、ルース・カドレッツだ。わずか半日離れただけの、同じ選定の仲間たちを見つけると、リオはほっとした。

（あの二人、すごいんだろうとは思ってたけど近衛騎士団の中にいても特別なんだ……）

そのことがなぜか、自分のことのように誇らしく感じられた。この王宮の中で、数少ない知り合いだからかもしれない。

しばらくあたりを見回したが、ユリヤの姿は見当たらなかった。

（『王の剣』だから……ユリヤも稽古してるかと思ったけど……いないか）

石壁の上からは、演習場の向こうにある王宮の建物の影が見えた。騎士たちのたてる粉塵が舞い上がって、それらは霞のようにぼやけている。

（あの中のどこかに、ユリウスがいたりするんだろうか——）

偶然でも構わないから、どこかですれ違ったりできないかと思う。それか、自分が鞘になったことはもう知っているだろうから、ユリウスのほうから部屋を訪ねてほしい。

（ユリウス……王様に謁見する前に、来てくれる？）

胸の中で問いかけても、答えは返ってこない。ただ騎士たちのあげる銅鑼声が、激しく聞こえてくるだけだった。

「あれが新しく選ばれた『盾』と『弓』か。野蛮な……第三貴族からの成り上がりどもじゃないか」

そのとき風に乗って、どこからか声が聞こえてくる。リオは眼を瞠って声のしたほうを振り向いた。

リオとエミルがいる石壁の上を、奥のほうから歩いてくる人影があった。ゆったりとした萌葱色の長衣を着た二人組だ。どちらも初老の男で、胸に第一貴族の紋をつけていた。

「左宰相、ベトジフ様のご親戚だ。萌葱色の長衣は、文官の下級議員の印だよ」

エミルが小さな声で教えてくれる。

「今さら使徒が必要か？　かつてこの国を裏切った者たちの後釜など」

「陛下のなさることに、どこまで真実があるのやらもはや見当もつかぬ。……国は我ら文官の力で保たれているようなもの。七使徒などいても役に立たぬぞ」

男たちの会話は小難しかったが、リオでも分かったことがあった。

彼らは使徒を歓迎していない。

（どうして……？　国の文官が、なぜ使徒を嫌がるんだろう）

立ち聞いてよかったことなのかと思わずエミルを見ると、エミルの眼にもわずかに緊張が映っていた。

と、二人組はこちらに気づき、虫けらでも見たかのように眼をすがめた。無遠慮な視線が、リオの体を上から下まで眺める。そのときエミルが小さく耳打ちしてきた。

「……リオ。きみから挨拶を。宮廷では身分が上の者から先に声をかけないと、下の者はかけちゃいけない決まりがある。使徒の身分は議員より上だ」

自分のほうが、彼らより上の身分にいるということにリオは驚いた。

「……俺のほうが上なの？　平民なのに？」

一彼らはヘトシフ家の一門で第一貴族だ。僕は第三貴族だから声をかけられない。でも使徒の身分は第一貴族以上、宰相以下。つまりきみに自分から声をかけられるのはこの王宮内では同じ使徒、宰相、騎士団長、大主教、それから王だけだ」

使徒が特別な存在だとは分かっていたが、いざこの国の貴族の大半より上だと言われるとリオは尻込みしそうになった。けれどすぐにぐっと息を飲み込む。

（なに怖じ気づいてるんだ、リオ。俺は『王の鞘』として、ちゃんと仕事をするんだろ）

王宮にいる人たちと仲良くなるのだって、大切な仕事のはず。

リオは勇気を出して一歩前へ出ると、選定の館で習ったように胸に手を当てた。

「こんにちは、僕は今日から王宮に召されたリオ・ヨナターンです。お会いできて光栄です」

なんとかひねり出した言葉を言うと、二人は嘲笑めいた笑みを浮かべて、「これはこれは」「『王の鞘』どのではありませんか」と言った。

「本当によくぞいらしてくれましたな、陛下の褥へ……おっと、褥はまだ早い。我が王宮へようこそと言うべきだった。長らく『鞘』が決まらずに、国は文官で支えてきましたゆえ、使徒などもはや不要かと我らの間では懸念がありましてな……」

ねばねばとして感じる口調だった。

使徒は不要――その言葉が胸にずしりと響き、リオが絶句していると追い打ちのようにもう一人が続けた。

「『鞘』は男娼業と言いますか……そのようなものと変わらぬという声もありまして。我々はそうは思いませんがね」

リオは戸惑いで、なにも言えなかった。二人の言葉はあきらかに誹謗中傷だ。初対面でいきなりこんなひどい言葉を浴びせられるとは思っていなかった。言い返したいが、動揺で頭が回らない。

「ですがまあ、ヨナターンどのは……我が一門推薦の身。ベトジフ家の恩は忘れないでもらいたいものです」

「掃きだめから拾ってやった恩をね」

掃きだめ。……それは国境沿いの町、セヴェルの貧しい寺院のことを指すのだろうか。

(……その掃きだめで生きている人間もいるのに)

あなたたちの仕事はそこに光を当てることではないのかという気持ちが、不意にこみあげてきた。

けれど言葉は出てこなかった。ことを荒立てたくなかったし、第一貴族の男たちに突っかかっていく勇気もなかった。エミルは眉根を寄せて嫌悪を示しているが、付き人の立場だからだろう。黙り込んでいる。

なにか言わねば、なにか。

だが吏徒として、『王の鞘』としてはなにを言うのが正解なのか?

頭の中を思考が駆け巡っていたとき、どこからか朗々とした声が響いてきた。

「おや。これはこれは。我が団の演習をご見学くださっていたのですか」

言ったのは背が高く、がっしりとした体に甲冑を着込んだ壮年の男だった。

上質そうな青のマントを身にまとい、男は大股に近づいてくるところだ。エミルがリオに、

「騎士団長のヘッセン卿だよ」と耳打ちした。

（騎士団長のヘッセン……）

一度胸の中で繰り返してから、ついさっき、使徒より身分が上にある階級職だと思い出す。

リオは慌てて、目上の者に対する礼をとった。

「リオ・ヨナターン卿ですな。本日より王宮にあがられたとか。ご選定おめでとうございます」

騎士団長はリオの前に来ると、穏やかな声音でそう挨拶した。皮肉を言われなかったことに安堵して顔をあげると、太い眉毛の下で、ヘッセンの黒い瞳は知的な光をたたえてリオを見ていた。彼は眼が合うとリオに優しく微笑み、それから文官二人に視線を向けた。

「お二人もご見学を？　なにか気になることがあれば、ヘッセンがご案内申し上げるが」

「いや、たまには演習の一つも見ておこうと思っただけです。我らは午後の仕事があるゆえ」

「失礼いたしますぞ」

ベトジフ家の議員だという男たちは、逃げるようにその場を去っていった。背中を見送って

から、ヘッセンはリオに視線を移し「大丈夫でしたか」と声をかけてきた。

「……あの者たちは、七使徒にあまり好意的ではない。あなたがいかにベトジフ卿ご推薦とはいえ、失礼な物言いをされたことでしょう」

真摯で率直なその言葉に、リオは驚いた。

選定の館でも貴族の候補者たちには散々バカにされてきたので、鞘を男娼扱いする言葉には、悔しかったがこんなものだろうという気持ちもあった。ただ使徒すべてを否定する態度にはびっくりしていた。

(あの人たち、使徒はいなくてもいいと言ってた……このヘッセンて人は……そうじゃない?)

訊きたかったが、初対面で訊ねるには不躾すぎる気がして言えない。

「いえ……お気遣い感謝いたします」

結局ただ謝辞を述べるだけにすると、ヘッセンは豊かな髭をたくわえた口元をほころばせた。

「待ち望まれた『鞘』は謙虚な方のようだ。あの魔術師どのが選んだだけある」

魔術師。その単語にドキリとする。

「あの……ユリウス様をご存じなのですか」

「この王都で知らぬ者はおりますまい。魔女の脅威から果敢に都を守り続けてくださっている、偉大な方です。私にとっては、先のハーデとの戦いでともに戦った戦友でもある」

「……そうなのですか」

　どこに行けば会えるのか、リオは訊こうとして思いとどまった。仮にも姓をもらっている自分が知らぬと言えば、信頼を失うかもしれないと考えたのだ。

（……使徒として振る舞うってどうすればいいんだろう。全然分からない）

　自分が賢いとは思えないから、リオはぼろが出ないよう必死になるしかなかった。一つ一つ、考えながら言葉を口にする。

「演習場に、僕以外の使徒がいたので見ていました。……ゲオルクとルースは見つけました。あの、ユリヤ・ルジは参加していますか？」

　訊ねると騎士団長は一瞬眉をひそめ、それから「ルジ……？　いいえ。しておりませんが」と教えてくれた。

「鞘どのがその方をお探しなら、部下に申しつけて探させましょうか」

「あ、いいえ。ご親切にありがとうございます。そこまでは必要ありません」

　リオは恐縮し、慌てて断った。忙しそうな騎士団の人たちに、そんな使いぱしりのようなことをさせられるわけがなかった。

「では、なにかお困りのことがあればいつでもお申し付けください。私はこの国の守り手、国王陛下の剣と盾です。つまり、陛下の癒やし手であられるあなたを、お守りする義務がある」

　ヘッセンはその場に膝をつくと、騎士らしく、まるで淑女にするようにリオの手をとり口づけた。それからまたさっと立ち上がり、来た道を去って行く。一瞬のその所作があまりにも無駄のない美しい動きだったので、リオは驚いて固まっていた。

とられた手を宙に浮かせたまま、だんだん頬が熱くなってくる。

「親切だけど気障だね。リオ、気をつけて。ヘッセン卿はきみと寝たいのかも」

と、隣でエミルが妙なことを言うので、リオはぎょっとした。

「なに言ってるんだよ。優しくしてくれたのに」

「リオこそ分かってる？　『鞘』は陛下さえお許しになれば、体を癒やすために他の男とも寝られるんだよ。実際、前代の『鞘』は先王と深い繋がりがなかった。だから他の者も癒やしてたって噂が残ってる。ヘッセン卿とも寝てたかもしれない。彼は当時から騎士団長だったし」

「ええ？」

リオは驚いて、エミルを見つめた。

（三年前の戦争で、死んでしまった先代の『鞘』は――王様以外とも情交してた……？）

リオは困惑したが、それは大した情報ではないらしい。エミルはもうあさっての方を向いて、口元に指を当てて考え込んでいた。

「フェルナン様はおそらく王宮内で情報を集めてらっしゃるはず。レンドルフ様も似たようなものかな。ユリヤ様がここにいないとなると……見当がつかないけど、もともと選定の館にいたときも律儀に鍛錬に出る人じゃなかったしね、どこかをぶらついてるんだろうね」

（ユリウスとも会いたいけど、ユリヤにも会いたい……）

ユリヤなら、ユリウスがどこにいるかも知っているだろうと思う。

それに王のものになる前に、ユリヤとも一度話しておきたい気がしていた。

（……なんでだろう。抱かれてたから？　……ユリヤとユリウスが、同じ人間な気がするから……？）

考えてみたが分からない。だがユリヤがそばにいないのは不自然で、なにかが自分から足りなくなっているように感じた。つい一昨日の晩まで、リオはユリヤと口づけし、肌を合わせていた。ユリヤの腕に抱かれて眠り、朝を迎え、それからこの王宮へあがったのだ。何度も肌を合わせる日々の中で、当たり前のようにユリヤがそばにいてくれることにリオは慣れてしまっていたのかもしれない。

（でもユリヤは……俺のことなんか忘れてるだろうな）

彼は賢いから、今どこにいるかは知らないが自分のやるべきことをやっているだろう。

それに比べてリオはまだ、王に会ったときどんなふうに振る舞えばいいのかすら分からない。

王のことはよく知らないけれど、セヴェルで貧しい暮らしをしてきたことや、ユリウスとの旅の途中で立ち寄った農村を思い出すと、あまりいい感情は持てない。

（傷を負ってるとはいっても、政務をちゃんとやってない。……そう思ってしまう。でも俺一人の気持ちなんて、国をよくすることに比べたら全然ちっぽけなことだ）

自分は仕事をちゃんとするだけ。何度も決意しなおしていることを思って不安を追い払うが、一方でベトジフ家に連なる文官二人の言葉が浮かんでくると、また不安になった。

――今さら使徒が必要か？　かつてこの国を裏切った者たちの後釜など。

あれは彼らだけの考えだろうか？　それとも、あんなふうに思っている人たちが、王宮にはたくさんいるのだろうか？

選定の館では、一刻も早く使徒が選ばれることを望む者がほとんどだったし、国境の町セヴェルでもそうだった。国政が安定すれば、辺境の暮らし向きもよくなるとみんな考えていた。けれど王に最も近い王宮内では、悪びれもせず使徒を否定する人たちがいる。

次にあんな態度をとられたとき、リオはどう立ち回ればいいのか分からないなと気づいて、落ち込んだ。自分が無知で無力だと感じてしまう。

(使徒は身分が高い……それに相応しい振る舞いをしなきゃいけない。でもその方法を俺は知らない。子どもみたいに黙って突っ立ってるだけなんて、みっともない)

今回はヘッセンに助けられたが、いつも誰かを頼るわけにはいかない……。

(この国の役に立ちたい……そう思ってるけど、そのためには知らなきゃならないことが山のようにあるみたいだ――)

胸のあたりをそっとまさぐると、服の下にはセヴェルを発つ直前、ユリウスがガラス片から作ってくれた小さなナイフの感触があった。あのとき魔術師はリオに、己の命を楯にし、剣にして戦えと教えてくれた。

（……ユリウス、今なら俺に、なんて言ってくれる？）

なにを武器に戦い、なにを支えに立ち、なにを学べと言ってくれる？

リオは虚空に向かって問いかけながら、布ごしにそのナイフをぎゅっと握りしめた。迷いと悩みの中にあっても、ここでは簡単に答えてくれる者はいないのだと思った。謁見もすんでいないし、まだなにも始まっていないが、リオは既に『王の鞘』であり――。

たとえ男娼だと嘲られたとしても、自分には自分の使命があると信じてやって来ている。

（貧しいまま死んでいく子どもを助けたいなら……俺は、もっと賢くならなきゃいけない）

誰に訊かなくとも、自分で次になにをすべきか分かるだけの知識や知恵、賢さを、リオは身につけねばならないと、痛いほどに感じていた。

王宮は広く、午前だけで回りきるのは無理があった。残りはあとにしようとエミルに言われて、リオはひとまず自室に戻ってきた。

部屋に入る前にユリヤの部屋の扉を見てみたが、相変わらず頑丈な錠前が下がっていた。

その日は夕食も部屋でとることになり、もう誰にも会わなかった。

翌朝、リオはすっかり支度を調えたエミルに起こされて眼を覚ました。

朝食は寝台まで運ばれてきて、給仕はエミルではなく、黒い質素なお仕着せに白い前掛けの女性たちがやってくれた。

「彼女はきみを担当する女使用人(ルフゼナ)だよ」

エミルに紹介され、三人の女は膝を折って礼をした。年齢はみなリオより三十は上だろう。しゃべりはしなかったが、優しげな眼差(まなざ)しをしている。よろしくお願いします、とリオが頭を下げると、最年長らしい女使用人が、「代々、『鞘』様のお世話をさせていただいております、分からないことはなんでもお訊きください」と言ってくれた。自分が上の立場にいることにはまだ慣れず、リオは小さな声で「こちらこそ」と頭を下げるので精一杯だった。

昼までの時間をどう使うか悩みながら、リオは女使用人に他の使徒たちがどうしているのか訊いてみた。

「フェルナン様は朝議に出られております。ゲオルク様、ルース様は騎士団の演習に。アラン様はお里帰りを。レンドルフ様もお里に戻られています。お二人とも明日の朝にはお戻りと伺いました」

レンドルフは『王の鍵』に選ばれた青年だ。リオは話したことがないが、選定の館では一緒だった。

「……あの、ユリヤは？」

一人だけ名前が出なかったユリヤのことを訊ねると、「申し訳ございません。わたくしどももこれ以上はなにも知らされておらず」と返ってくる。

リオは少し心配になった。どうしてユリヤだけ、どこにもいないのだろう。エミルは女使用人の言葉を気にした様子もなく、今日は庭園や図書室を見て回ろうと提案してくれた。

リオはエミルの提案に乗って、まずは庭園に下りた。

美しく調えられた王宮庭園には、造園職人の男たちが働いていてリオが通るとちらちらと視線を向けてきた。中には顔をしかめる者もいたが、近くを通る前にさっと離れていってしまうので彼らがなにを考えているかは分からなかった。

（歓迎されてはいないのかな……）

そんなことを思いながら、リオは道々エミルに気になっていることを訊いてみた。

「ねえエミル……、もしも、もしもだけど……ユリヤとユリウスが同じ人間だったらどう思う？」

それは選定の館にいるとき、何度となく抱いた疑念だった。二人は本当は、同じ人間なのではないかと。それは二人の体や仕草、呪いのような蛇の影——という共通点のせいだったが、エミルはそもそもユリウスをよく知らないし、蛇の影のことも知らない。だからか、リオの問いかけにびっくりしたように眼を瞠った。

「どうしてそんなこと思うの？　ユリウス様は、ユリヤ様よりずっと物静かとお見受けするけど。二人に似てるところなんてある？　瞳の色も違うのに」

「……そうだよね。でも、なんとなくそう思うことがあって」

「あるわけないよ、写し身の魔法を使わない限り――」

そこでしばらくエミルはなにか考えるように頭をひねり、「ユリウス様ならもしかして？」と呟いたが、「ううん、やっぱりそんな難しい魔法、できるわけない」と断じた。

「写し身の魔法っていうのがあるの？」

無知を恥じつつ訊くと、エミルは「依り代をたてて、自分を二つに分ける方法だよ」と教えてくれた。

「だからまず、依り代になる人間の体が必要なんだ。依り代の上に魔法でヴェールをかける。自分が見せたい姿にね。感覚を共有して、行動を自在に操る……でも、生きている人間が他人にそんなふうに勝手にさせるなんてありえないし、長時間二つの自分を使うなんて、あまりにも魔力の消費が膨大だよ。神様ならできるだろうけど――空想上の魔法だと思う」

土人形を作る魔法みたいにね、とエミルが付け加えたので、リオは眼をしばたたいた。

「土人形を作る魔法……？」

どこかで聞いた言葉だと思ったが、どこで聞いたのか思い出せない。エミルは群生したイトシャジンの花の前に立って、釣り鐘形の花房を優しくすくっている。

「土でこねた人形に、命を吹き込んで人間にする秘法だよ。おとぎ話によく出てくるの、リオは知らない？　大抵は悪い魔女が人形を作る。きれいなお姫様や、乱暴な大男に仕立てて勇敢た騎士を誹謗したり襲わせたりするんだ」

子どものころ、眠るときによく母様が聞かせてくれた、とエミルは懐かしそうに言った。けれど聞いているリオは、どうしてか心臓が嫌な音をたてるのを感じた。

わけもなく胸がぎゅっと痛み、鼓動が速くなる。

「人形の命は短いから、物語はいつも騎士が勝って終わり。まあ、結局は作り話だしね。もともと存在しない魔法だよ。たとえ短い間にしたって、人形に命を吹き込むなんて神様にだって難しいだろうし」

――「見えないもの」に干渉するのが魔法。

それで言うなら「命」なんて見えないどころじゃない、どこにあるのかすら分からないでしょ、とおかしそうに笑うエミルに合わせて、リオも小さく微笑み「そうだね」と言った。

エミルにとっては、子どものころ夢中になった作り話と、リオが訊いたユリヤとユリウスが同一人物かもしれないという言葉は、同じくらい浮世離れした話だったらしい。

可愛らしい付き人の興味はもうばかげた譬え話からは失せて、庭園の向こうを走っているリスや木々を渡る小鳥のことに会話が移ってしまった。リオはそれに上の空で返事をしながらも、まだユリウスとユリヤのことを考えていた。

（もしも、ユリヤとユリウスが……写し身の魔法を使っていたら？）

ふと、そんなことを考える。だがすぐに、辻褄が合わないと気づく。

（だって俺は何日間もユリウスと旅をしてたし……その間、ユリヤは選定の館にいたはず……。ああでも、ユリヤはあの館の誰とも顔を合わせないで生活しててもおかしくないから、確かめようがない——だからって、ユリウスになって『鞘』を探しにいくなんてこと……）

やっぱり自分の考えすぎだと思う。それに二人の正体がなんであっても、リオの役目とはあまり関係がない。

（……今は、ユリウスのこともユリヤのことも、置いておくべきかも）

他にやるべきことがあるのだ。リオは二人のことをしばらく忘れようと努めた。

エミルが連れて行ってくれた図書室は、リオの自室がある西棟から演習場とは反対に庭を横切った大きな建物の中にあった。

それは巨大な円形の空間で、壁に沿って書棚は天井ぎりぎりまで作られていた。図書室の天井は中心がステンドグラスになっており、太陽の光が柔らかく注いでいる。その中央部に閲覧用の机が置かれていた。

紙の匂いがするその場所の、あまりの壮観さに、リオは胸が躍った。

そっと書棚に歩み寄って本の背表紙を眺める。歴史や魔法など、いろいろな項目に分かれて本が並んでいる。書庫番は背の低い老爺で、リオが挨拶をしてもこくりと頷いただけだったが、本を触ってもなにも言わない。彼は入り口に座ってうたた寝している。図書室には書庫番の男以外ではリオとエミルしかいないようだった。

「……半分は古代語の本だね、リオ、そっちの勉強もしないとね」

　エミルに言われて、リオは頷いた。

（ここにある本の中になら、俺が役に立てる方法も書いてあるかもしれない）

　図書室の本を眺めているだけで、胸に希望が湧いてくる。知らないまま旅をしているのが怖かったころ、ユリウスが一冊の本をくれた。あのときと同じように、自分のいる場所、すべきことがくっきりと輪郭を持って見えてくるような希望を感じた。

　きっとセスが生きてここに一緒にいたら、緑の瞳をきらきらさせて喜んだだろう。

（セスに読ませてあげたかった……）

　胸の中からこみあげてくる思いがあった。本当ならセスこそ、ここにいるのに相応しいのに……というやりきれない気持ち。喉の奥に大きな塊がつっかえて、眼の裏がじんと熱くなる。けれどリオは涙をこらえた。魔法のことだって、もっと知識が深くなればユリウスやユリヤに抱いている疑いに、自分でけりをつけられるかもしれないのだ。決意をこめて深く息をし、リオはエミルを振り返った。

「俺がここの本を全部読み切ったら、使徒らしくなれるかな？」

　言うと、エミルは冗談だと思ったのかおかしそうに眼を細めて「それができたら、フェルナン様はリオに『眼』の立場を譲らなきゃね」と軽口を叩いた。リオも一緒に笑ったけれど、リオにとっては冗談のつもりはなかった。

知らなくちゃならない。この世界のことを、この国のことを、自分の果たすべき役目を。必死に学ぶ手がかりはまだ多くない。だが本を読めば手がかりくらいは見つかるかもしれなかった。

リオにとっては「知りたい」という気持ちだけが、なにも分からない王宮の中でのただ一つの道しるべ、ただ一つの支えになろうとしていたのだった。

二　謁見

三日の自由時間のうち最終日までを、リオはエミルと散策したり、図書室にこもったりして過ごした。

いよいよ王との謁見が明日に迫った三日めの昼、初めて西棟の食堂で昼食をとることになった。それまではまだ準備が整っていないからと、リオは部屋で食事をとっていた。

「宮廷内では、身分の同じ人々が一カ所に集まって食事するのが基本だよ。これから昼食と夕食は、リオは基本ここでとることになるんだ」

エミルに案内された食堂には花が飾られ、甘やかな匂いを放っている。

そこは見たことがないほど広々とした豪華な食堂で、窓からはいっぱいに陽が差し込んで明るかった。

七人掛けの大きな円卓の上に食器が並んでおり、皿の上に鞘や剣など、使徒を示す印の彫られた陶製のタイルが置いてあった。エミルの席がなくてリオは戸惑ったが、「僕は従者部屋で食べるから」と言われて、なんだか申し訳なく感じた。だがエミルは気にしていなかった。

「使徒やそれ以上の身分の人たちの従者部屋だよ。第三貴族以上の身分の人ばかりだから、環境は悪くないよ。気にしなくていい」

そんなものなのかと思いながらも落ち着かずにいると、やがて大きな足音をたてて一人の男が食堂に入ってきた。

「腹減ったぜ、おい！」

それはゲオルク・エチェーシフだった。褐色の肌に金髪、金眼。見事な筋肉に覆われた立派な体軀を、薄いシャツ一枚と下穿きだけで包んでいる。胸元は留めずにほとんど開いており、鍛えられた分厚い胸筋が見えていた。

「お、リオとエミルか。もう食ったか？」

二日ぶりに顔を合わせるが、館にいたときと変わらぬ態度で話しかけられて、リオは安堵した。環境が変わって緊張していた気持ちも、ゲオルクの一言で緩んだ。

「ゲオルク、王宮内だからもう少しお行儀よくね」

苦笑気味に言って後ろから現れたのは、ゲオルクと同じくらいの長身に、緩く波打つ灰色の髪、青い瞳の美青年ルースだ。ゲオルクの隣に腰を下ろしながら、ルースはエミルに微笑みかけ、リオにはパチリ、と片目をつむって合図した。

「二日会ってなかっただけなのに、久しぶりに感じるね。リオたちは今日までなにしてたの？」

柔らかな声で訊かれて、リオはエミルと一度眼を合わせる。エミルは眼だけでリオが話すように、と促してきた。たぶん付き人は会話に加わらないのが作法なのだろう。

リオは言葉を選びつつ「王宮の中を散策して……二人の演習も見たよ」と言った。

知っている二人に会えたのが自分でも想像以上に嬉しかったらしく、言葉を口にするととたんに頬に血が集まってきた。

「二人ともすごく目立ってたからすぐ分かった。やっぱりゲオルクとルースはすごいなって思ったよ」

聞いたルースは嬉しそうに眼を細め、ゲオルクはかごに入れられたパンを手づかみしながら
「俺は退屈だったぜ」と飾らずに言った。

「フロシフラン随一の騎士団が、歯ごたえのねえこと。これなら実家で熊を相手にしてるほうがまだいい」

「本当に熊と闘うからね、エチェーシフ家の男は。そんなやつらと優雅な都の騎士を一緒にされたらたまらない――って、アラン・ストリヴロなら言うだろうね」

ルースが器用にアランの声音を真似(まね)て言い、いかにもな台詞(せりふ)だったのでリオは笑わされてしまった。ゲオルクは舌打ちし、そっぽを向いている。

そのうちにフェルナンが入室してきて、「そろっているようだな」と席についた。

「そろってねえだろうが。ユリヤ・ルジはどうした。アランとレンドルフは里帰りらしいけど

よ」

リオが訊きたかったことを、ゲオルクが言ってくれた。フェルナンは片眼鏡をかけなおし、

「ユリヤ・ルジは同席しないそうだ。給仕を始めてくれ」

とだけ報告した。食堂脇の小部屋から使用人が入ってきて、皿にスープを注いで回る。

「はあ？　ルジはこっちでも一人だけ別行動か。お偉いことで。気にくわねえな」

ゲオルクが不満げに言い、ルースもため息まじりに「部屋にもいないようだしね」と囁く。

やはりそうなのか、とリオは思った。ユリヤを見かけていないのは、自分だけではないらしい。

「ユリヤ……食事にも来ないんだね」

つい独り言のように呟き、リオは隣の空席を見つめた。部屋の並びと同じで、リオの右隣はユリヤの場所だった。

左隣のフェルナンが、その声に顔を上げてリオを見た。

「謁見の日にはユリヤ・ルジもそろうだろう。リオ・ヨナターン。なにか困っていることはないか？」

リオは慌ててフェルナンを振り向き、「困っては、ないよ」と答える。フェルナンは琥珀の瞳をじっとリオに向けており、リオの言葉が真実かどうか、探るようにしばらく見つめてきた。

「『王の眼』があからさまなひいきはどうかなあ。僕らにも、困ってること訊かないの？」

ルースがくすくすと笑って言うと、フェルナンは「ひいきとは違う」と言って、リオから視

線をはずした。見つめられていた間思わず固まっていたリオも、ようやく食事を始める。

「お前たちはなにか困れば勝手にどうにかするだろう」

「まさか。僕らは田舎貴族の二人だよ。扱いはひどいものさ。まあ、ヘッセン卿は公平な方だけどね」

ルースが軽い調子で言って、肩を竦める。リオはふと演習を見に行ったとき、ベトジフ一門の貴族たちがルースとゲオルクをあしざまに言っていたことを思い出した。

「……ルースやゲオルクも、なにかいやなこと言われた？」

そっと訊くとゲオルクはスープをたいらげて、

「気にしてねえな。どうせどこにいても言われるこった」

とあっさりしている。ルースは肩を竦めると、その整った顔に心配そうな色を乗せた。

「ルースやゲオルクも、ってことは、リオはいやなことを言われたの？」

「あ？　お前になんか言うやつがいるなら俺に言え。二度と口がきけねえようにしてやる」

ルースの優しい気遣いも、ゲオルクのまっすぐな気持ちも嬉しくなり、リオは大丈夫と笑った。仲間に会えた喜びが、胸の中に満ちてくるのを感じた。

（二人ともさすがだな……なにを言われても、どう環境が変わっても選定の館にいたときと変わらない。ちゃんと自分を持ってる証拠だろうな）

緊張して戸惑っている自分とは違う。精神力の差だろうかと、リオは羨ましく思いながら、同時に紳士然とした騎士団長のヘッセンを思い出した。

「ヘッセン卿は俺も挨拶したけど、親切だったよ」

言うと、ルースがニヤニヤしながらゲオルクを見た。

「リオ。大きな口を叩いてるけど、ゲオルクはヘッセン卿と一騎打ちして負けたんだよ」

するとゲオルクは顔をまっ赤にし、リオを振り返って「違うからな」と弁解する。

「十回勝負のうち、六回負けただけだ。四回は俺が勝った」

子どものようなゲオルクの物言いが可愛く感じて、リオはくすくすと笑った。ルースは追い打ちをかけるように、「ちなみに僕は、騎士団一の弓の使い手にも勝ったよ」と付け足す。途端にゲオルクが「イヤミな野郎だ」と言い返した。

「二人ともすごいのは変わらないよ。……俺は剣も弓も、それに馬も大して上手くなれなかった。……ここに来てからも練習したいんだけど、させてもらえるのかな」

自分が戦闘に向いていないのは承知しているが、せめて自分の身を守るくらいのことはできるようになりたいとリオは思っている。

選定の館にいたときも、魔女に襲われた。魔女が生きているならいずれ戦いは避けられないだろうし、そのときに誰かに守ってもらうだけではいやだ。

言うと、ゲオルクがぐっと身を乗り出してくる。

「安心しろ。館にいたときの続きをしてやる。お前の剣は俺が見てやる」

「リオは健気だね。僕も、引き続き馬を教えるよ」

二人が言ってくれて、リオはほっとした。フェルナンは特に口を挟まず無言だ。フェルナンがなにも言わないのなら、リオがこの二人から個別に教えてもらうことは構わないのだろうな、と安心できた。

それにしても、と焼いたしし肉が運ばれてきたときに、ルースがため息混じりに呟いた。

「熊と闘って勝てるゲオルクがなかなか敵わないんだ。ヘッセン卿はすごいよね。やっぱり三年前まで戦争の前線に立っていただけあるよ」

「……魔女と先代の七使徒と、直接討ち合って生きて帰ってきたわずかな人間の一人だ——俺たちには分からない死線をくぐり抜けている」

黙っていたフェルナンがようやくのように相槌を打つ。

「後衛の部隊はまあ……みんな生き残ったわけだけど。戦場で魔女を眼にした者は全員死んだと言われてるものね。そういえば我が国にはもう三人いたね、前衛部隊で戦った英雄が」

ルースが言い、フェルナンがそうだな、と頷いた。

「一人はユリウス。それからアラン。もう一人が……ルスト・フロシフラン陛下だな」

フェルナンが答えると、ルースは「フェルナンはそれを、『北の塔』で見てたの？」と訊いた。

（『北の塔』……？）

どこかで聞いた名前だなと思っているうちに、会話は進んでいく。

「そうなるな。あのとき、賢者連の物見では陛下の勝利は決まっていた——予見はややはずれたが、当時『北の塔』の判断では、あまねくフロシフランの歴史の中でルスト・フロシフラン陛下ほど王に足る者はいないと裁定されていた。それゆえに、魔女の残存は想定外だったが……」

「塔の判断ねえ……。僕は陛下にお会いしたことがないからな。フェルナン個人の判断では、陛下はどういう王様なの？」

ルースの言葉はリオの疑問でもある。思わず耳をすましてしまう。

「俺個人も同じ意見だ。……陛下はこの四百年で、稀にみる王の器だ」

静かに言うフェルナンの声は、不思議な確信に満ちていた。琥珀色の瞳に一度だけきらりと強い感情の光が宿るのをリオは見た。それは瞬く間に消え失せたが、常に沈着なフェルナンにあっては珍しい表情だった。

リオはそのせいか厳かな気持ちになり、思わずフェルナンの横顔を見つめた。

（そうか……フェルナンは第一貴族……王様と直接会ったこともあるんだ）

だが王を立派だと褒めるフェルナンの言葉には、本当だろうかという疑念が湧いた。それならどうして自分の親友は死んだのだろう……、とふと考えてしまう。

ルースも疑問を持っているのか、「ふーん」としばらく考える素振りを見せ、それからぱっと笑顔になった。

「お仕えする相手が賢王なのはありがたいことだね。仲良くなったらうちの領地の穀高について相談させてもらえる」

「俺にとっちゃ相手が猿でも熊でも一緒だ。エチェーシフ家は王に忠誠を誓う。それだけだからな」

ルースとゲオルクの反応はいつもどおり、という感じだった。リオは頭の中でぼんやりと国王、ルスト・フロシフランを想像してみたがその姿はまったく分からなかった。

食事が終わってそれぞれ部屋や演習場に引き上げることになり、二人きりになったところでやっとエミルと話ができた。エミルは廊下を歩きながら少し潜めた声で「リオ、大丈夫？」と訊いてきた。

なにを心配されているか分からずに眼をしばたたくと、エミルはますます小声で「ユリヤ様のこと」と付け足した。

「ここに来てからずっと、なにかと気にしてる。食事のときも……恋しそうにユリヤ様の椅子を見つめてた」

言われて、リオはびっくりした。そんなつもりはなかった。ユリヤに会っておきたいとは思っていたが、どちらかというと自分ではユリウスのことを余計に気にしているつもりだった。

「お、俺、そんなふうだった？」

思わず声が上擦る。エミルは神妙な顔で、「そんなふうだったよ」と頷いた。

「僕はリオが心配だよ。……きみは選定の館で、儀式にユリヤ様を選んだから……僕はフェルナン様ともう一度、なんて思ったこともないけど。きみは情が深いし、もしかして恋の錯覚に陥ってないかって」

「……恋の錯覚？」

「もし、ユリヤ様へ恋をしてるなら、その恋心は勘違いだよ」

言われた言葉に不意を突かれて、思わずリオは立ち止まった。エミルは憐れむようにリオを見つめて、忘れたほうがいい、と続けた。

「明日から、きみは陛下の腕に抱かれる。……きっと、すぐに陛下を愛せるようになる。そのとき自分を責めないでほしい。ユリヤ様とは、義務で抱き合ったんだから」

……恋心。

エミルには、リオがユリヤに心を寄せているように見えるのか。リオはそのことに面食らっていた。

（……抱かれたら好きになるもの？　俺は今ユリヤが好きで、いずれは王様を愛するようになるの？　エミルには、俺がそう見えてる……）

——明日はいよいよ、王との謁見の日だ。

自由にしていた三日は終わり、使徒としての役目がついに始まる。

明夜には王に抱かれるだろう。

そのことは覚悟しているが、リオにはあまり実感がなかった。これから先、王を愛そうとか誰に恋をしているとか、そんな考えも今は頭から吹き飛んでいた。

嫌いだと思って抱かれるのは辛いけれど、王のことを好きになる予感もない。王のことを考えると、どうしても貧しいままに死んだ親友や、幸せではなさそうな市井の人々を思い出してしまう。

今さら詮ないことだと分かりながら、王がもっと政治をまともにしてくれていたら、自分は今ここで使徒になどならずにすんだのではないか。そんなことすら思う。心のどこかで、リオは王を責めているのだ。

（……ダメだ。俺は『王の鞘』なのに……ううん、駄目な王様ならなおさら、俺は役に立ちたい。そのためにここに来たんだから）

湧いてくる苦い気持ちをぐっと飲み込む。きっと明日会えば、王を許せるはずだと思う。そうでなければ、どうすればいいか分からない。

部屋に戻るとエミルは食事に行ったので、リオはしばらく古代語を勉強した。読み方と意味をいちいち辞書でひくのでなかなか進まない。

ともするとぼんやりと窓の外を眺め、リオは眼下に広がる庭の景色の中に懐かしい姿がないかと探してしまった。

不安な気持ちを、誰かに話したかった。しかし外には、ただ小鳥が飛んでいるだけ。

リオは窓辺にもたれながら、自分の探している相手がユリウスなのか、それともユリヤなのか考えたが、よく分からなかった。


翌朝、王との謁見当日。

リオは高らかに鳴るラッパの音で眼が覚めた。

聖堂の鐘の音は何度も聞いていたが、朝からそんなに大きな音を聞いたのは初めてで、リオは思わず飛び起きていた。

ただでさえ昨夜は王に会う緊張でなかなか寝付けなかった。朝方近くやっと深く眠ったので、寝坊したのかと慌ててしまった。

「なに、なんの音……」

喘ぐように言うと、カーテンを開ける音がした。明るい朝の光が部屋に差し込む。香ばしいお茶の香りと一緒に、手押し車を押した女使用人が入ってきた。窓辺には着替えをすませたエミルがいる。

「紫蘭の間に陛下がお入りになられた合図だよ。ここしばらくなかったことだから、リオは初めてラッパの音を聞いたかもね」

教えてくれるエミルに、リオは「紫蘭の間?」と首を傾げた。その間にも軽食が並べられ、女使用人はリオの髪を梳かしはじめた。

「特別な謁見に使われる大広間のことだよ。長らく、陛下は病身のために小さな執務室にしか出られなかった。でも今日、使徒と謁見するから、正式な治世を始めるって王都の民に知らせたんだと思うよ」

よく分からないが、ラッパの音は国家再建の一歩ということらしい。リオはエミルと女使用人に手伝ってもらい、身支度をした。

白地に青の光沢が美しい上下に、紫の縁取りがされた、『鞘』の紋が刺繡されていた。軽い素材の、青いマントまで出てくる。

「こんなものも着るの?」

「使徒の正装だよ。今日はちゃんとしなきゃ」

言われるまま、慣れぬものを身につけていく。支度が終わると急に緊張が高まり、胸がドキドキと音を立てて鳴った。部屋を出る足取りも硬くなる。とうとうフロシフラン国王と対面するのだ――。

(一目見て嫌いになったらどうしよう……)

リオの一番の気がかりはそれだった。相手から好かれることは期待していない。こんな貧相な相手が鞘かと思われても予想の範囲内だから耐えられるが、もしも王が――たとえばベトジフのような男だったら？

（……フェルナンが褒めてたんだから、きっとそんなことないと思うけど）

「リオ。エミル、おはよう」

もやもやしながら歩いていると、廊下の先を歩いていたルースとゲオルクに合流した。ルースから声をかけてくれたので、エミルもおはようございます、と返している。

「緊張するね、陛下との謁見」

ルースはちっとも緊張していなさそうな様子でリオに言う。ゲオルクはいつもと変わらず「さっさと済ませて演習に交ざりてえな」とぼやいた。二人ともリオと同じような衣服だが、胸の紋はその役割に合わせた刺繍だった。

「フェルナンはもう行ったの？」

姿が見えないので訊くと、そうじゃないかな、と返ってくる。後ろを振り向いてみたが、『鍵』のレンドルフの姿もなかった。

建物を一階に下り、柱廊の並ぶ広場に出たところで、上空から高く鳴く鳥の声がした。見上げると、アカトビが滑空してくる。その姿は一瞬で金髪に赤い瞳の美青年、アラン・ストリヴロに変わり、彼はひらりと柱廊に下り立った。

トビの羽根があたりにひらひらと散る。アランは既に正装済みで、埃（ほこり）を払うように胸元をぱん、とはたいた。

「お帰り、アラン。さすがの早駆けだね」

「いつもいつも身勝手なもんだな、ギリギリまで好き勝手しやがる」

ルースとゲオルクはアランのアカトビ姿に慣れているのか、驚きもせずに声をかける。リオは二度ほど見ているのに、いまだ慣れずに息を呑んでいた。

アランは集まる面々を見ると、皮肉っぽい笑みを浮かべた。

「ごきげんよう、成り上がり諸君。俺は一日で千里を駆けられるんだ。間に合うことは見越していたさ」

ゲオルクはアランのイヤミに舌打ちして先に歩いていった。ルースは立ち止まったまま「それはなにより」と苦笑した。リオは少し迷って、「アラン、おはよう」と、挨拶した。

アランはじろりとリオを睨みつけ、エミルにだけ「おはよう、エミル・ジェルジ」と声をかけて行ってしまった。ぴんと伸びた貴族らしいその背中を見送りながら、胸がズキズキと痛んだ。

（……やっぱり、まだ嫌われたままだ）

そのやりとりを見ていたルースが「リオ、気にすることないよ」と肩を竦めた。

「アランの愛想はとても安い。彼は誰にでも振りまいてるだろ？　なんなら娼婦相手にもさ」

彼が気に入りで船に乗せる女たちのことだよ、とルースが付け加え、リオはそういえばそうだったなと思い出した。

「アランの無愛想や不機嫌、皮肉は高価だ。僕やゲオルクも含め、わずかな人間にしか与えられない。僕らは幸運なんだ、ストリヴロ卿から特別扱いされてる」

冗談まじりのルースの言葉に、エミルがこらえきれないようにくすくすと笑った。リオも少し気持ちが楽になる。

（ルースって、本当に気持ちのいい人だな……）

自分もこうありたいと思う。気を取り直して、三人一緒に広間へ向かった。

やがて聖堂の前を行きすぎ、門を一つくぐると大きな建物が見えた。正面の入り口は開かれており、騎士団の騎士たちが甲冑に身を固めて手前の広場に並んでいた。

敬礼の姿勢をとり、身じろぎもしない騎士たちが百人以上も連なる光景は堂々たるものだった。朝の青白い光に照らされて、銀色の甲冑が美しく映えている。

（……フロシフランが不安定な国だなんて嘘のよう）

リオはついそう思った。騎士たちはみなとても強そうで、この国は堅固に見える。

ようやく建物の中に入ると、真っ白な縦長の広間の向こうに大きな扉があり、上等な服を着た召使いが二人、扉の前に立っていた。

リオたちが近づくと、召使いが扉を開き、とたんに白地の床と壁に濃い紫の装飾が施された美しい大広間が見えた——。

そのみごとさと言ったら、リオが豪華すぎると怯えていた使徒の部屋など霞んで消えてしまほど豪奢な一室だった。

古い城塞（じょうさい）都市セヴェルでは、一度として見たことがないような壁、柱、天井だった。どこもかしこも表面のなめらかな、底光りする石でできて輝いている。

広間の奥には数段高くなった場所があり、立派な造りの椅子が置かれていた。今は誰も座っていなかったが、リオはすぐに玉座だと理解した。

玉座を囲み、部屋の左右には正装に身を包んだ人々がずらりと並んでいる。

彼らの視線が一気に自分へ集中するのを感じて、リオは一瞬心臓が止まったような緊張に襲われた――。

手前にはリオが王宮にあがった初日に会った、ベトジフ一門の議員の姿がある。奥に並んでいる者ほど身分が上なのか、手前の議員たちは萌葱色の長衣、奥の議員たちは紺色の長衣だった。武官は甲冑に身を包み、家紋の入ったマントを垂らしている。

玉座のすぐそばに、騎士団長のヘッセン、右宰相のイネラド・ラダエ、左宰相のベトジフの姿があった。また、リオが初めて会う長衣の老人の姿もある。彼は長く真っ白な髭をたくわえ、静かに佇（たたず）んでいる。着ているものはずっと上質だったが、その雰囲気は寺院の導師を思い出させるものがあり、リオはその老人が、おそらく神に仕える聖職者だろうと察した。

（……ユリウスは？　どこかにいないの？）

王国一の魔術師と名高い彼なら、参列しているはずだと思う。頭を動かすのはきっとみっともないだろうと我慢したが、視線だけで魔術師の姿を探した。しかし見た限りでは、全身黒ずくめのあの特徴的な姿は見つからなかった。

既にフェルナンと、そして『王の鍵』レンドルフが到着しており、玉座の前に並んでいる。

（……レンドルフ。初めて近くで見た）

選定の館にいたときでもこれほど近づいたことがない。リオはわずかな時間で、素早くレンドルフを観察した。

癖のある黒髪に、青い瞳。背丈はアランに近いほど高く、それなりに鍛えた体の、落ち着いた風貌の青年だった。物静かで、賢そうにも見えた。

エミルが途中で道を外れ、すっと脇に控える。リオはアランの隣に立つ形になり、使徒は勢揃いしたかに見えた。

（あれ、ユリヤは？）

探そうとしたとき、従僕が声を張り上げる。

「国王陛下のお出ましであります」

立っていた側近たちはみな、膝を折り曲げて礼をした。リオも他の使徒たちがするのに合わせて、膝を折ってその場に跪き、胸に手を当てて頭を垂れた。

ユリヤはまだなのか、と不安になった。ユリヤの姿が、どこにもない。

そのとき頭上から足音が聞こえ、玉座に誰かが座る気配があった。

「第三十四代フロシフラン国王、ルスト・フロシフラン陛下が、これより謁見の儀を執り行われます」

心臓がどくりと音をたてるのを、リオは感じた。今顔をあげたら、玉座には王がいる。これから先の長い人生で、おそらくリオのすべてを捧げる相手が。

額に、冷たい汗がにじんだ。逃げ出したい気持ちが胸の奥からせり上がってきて、体が震える。いやだ、王の顔を見たくないと思った。見てしまえば、この先この男の男娼になるのだと――そう思って絶望しそうな気がした。

（……バカ。『鞘』は男娼じゃない。国のために働くと決めたろ）

リオは必死で自分に言い聞かせた。

顔をあげよ、使徒たち。

王の声が響いた。どんな声か、聞き分ける余裕もなかった。震える唇を嚙みしめて顔をあげ――リオは硬直した。

「……選ばれし使徒たちよ。余が、第三十四代フロシフラン国王、ルスト・フロシフランだ。長きに亘る選定の儀、大儀であった」

厳かに言う声音には、力と威圧があった。静かに光る青い瞳には冷静さが。人の上に立つべくして生まれた者特有の、言い知れぬすごみが、国王の全身から放たれていた。

鍛えられた見事な体軀。

高い身長に長い足。豊かな黒髪と男らしい美貌。

その大きな手には、武器を振るう者らしい力強さと生まれの高い者らしい優美さがあった。

玉座に座る若く麗しい男、この国の王は——ユリヤ・ルジだった。

たしかにユリヤ・ルジの姿だった。

リオが抱かれることを選び、選定の候補者として同じ館で過ごし、『王の剣』に選ばれたユリヤ・ルジ……。

彼が、フロシフラン国王の玉座に、たしかに座っていた。

三　ルスト・フロシフラン

青いマントには襟に獣の毛が、これでもかというほどたっぷりとあしらわれている。

白地に青い縁取り、金銀の刺繡が豪奢な王衣を身につけた男は、黒髪に青い瞳の美貌。

精悍な顔立ちの、ユリヤ・ルジだった。

選定の館でともに過ごし、『王の剣』として選ばれた人。

リオにとっては初めて抱かれた相手でもある――。

「……どういうことだ」

声も出せずに固まっていたら、唸るような声がした。突然ゲオルクが立ち上がり、

「ユリヤ・ルジじゃねえか！　お前が陛下だったってのか⁉」

と、怒鳴った。大広間に集まっている貴族たちが「野蛮な……」「陛下に対して不敬たる態度」と囁いているのが聞こえてきた。

「落ち着け、ゲオルク・エチェーシフ」

と、フェルナンが声をかけた。片眼鏡の男は静かな面持ちだ。ルースが立ち上がって、なる

いと息をついた。

「フェルナンは最初から知ってたみたいだね」

「そうなのかよ、フェルナン！」

ルースの言葉に、ゲオルクが声を荒らげた。

リオは黙っていたが、ひたすらに混乱していた。思わず隣のアランを見ると、アランはつまらなそうな無表情で、『鍵』のレンドルフも特に動じた様子はなかった。レンドルフとは親しくないから分からないが、少なくともフェルナンとアランは、ユリヤが王であることを初めから知っていたのではないか、と思った。

従僕が「王の御前であられます」と言いかけたが、国王ルスト――ユリヤが立ち上がり、

「良い。事情を話さねばならないだろう」と、上座からゆっくりと下りてきた。

「おのおの、礼は解け。俺は国王であるのと同時に、使徒でもある。使徒と俺の間柄は主従関係だが、対等とも言える。まずは新しい使徒に真実を話したい」

貴族たちは黙り、礼を解いて王の言葉を待つ姿勢を見せた。

アランとフェルナン、レンドルフも立ち上がったので、リオも慌ててそれに続く。

眼の前に王の姿をしたユリヤが立つ。一瞬だけ眼が合うと、大きく心臓が跳ねた。だがユリヤはすぐにリオから眼を逸らした。どうしてか、ただそれだけの仕草に突き放された気がして、リオは背筋がすうっと冷たくなった。

思わず服の下の、ガラスのナイフを探っていた。

——みな知っていることだが。

と、前置きをしてユリヤは静かに話し始めた。

「……使徒選定は本来、先の王が在位の間に行われる。だが今回の選定は例外だった。ハーデとの戦の途中で前王が崩御し、使徒のいない期間が三年近くあった。それに俺は魔女の呪いにかかり——これは、ここにいる者たちと、使徒候補者しか知らない事実だが。魔女の呪いゆえに、王として存分な力が振るえない状態にある」

ユリヤが呪いを受けた事実を話すと、広間には憐れみのような苦悩のような呻きが小さくこぼれ、広がっていった。

上座に立つ聖職者らしき老人は、胸に手をあて「神のご加護を」と囁いた。まるで、魔女の名前を口にして呪いについて話すことで、この場に迫ってきた邪悪なものを、祓うかのような声音だ。

「……先王の時代、『紫蘭の間』に入ったことがない者は初めて知るだろうが、選定の館には代々、王が身分を隠して入るものなのだ。使徒は王がウルカの神から受け取る力を、王を通じて受け取る器。お前たちは神の御前で儀式を行い、ウルカの神に認められたときから、俺の分身ともなる。……だからこそ、王は自ら選定をする」

ごがその習わしは極秘事項として常に秘されており、もし口外した場合は、死罰に処されるとユリヤに説明した。

「ここにいる者たちも心せよ。この場を出たら、一言たりともこのことを外に漏らしてはならない。……次の世のために」

　ユリヤは低く厳かに付け足すと、大広間に集まる貴族をぐるりと見渡した。見られた貴族たちは、襟を正したような雰囲気で表情を引き締める。

「俺には王としての政務もある。本来『王の眼』は最も初めに選ばれる。これも代々の習わしだ。そうして『眼』は、王とともに他の使徒を選定するのだ。だからフェルナンは、俺の正体を知っていた」

「……結果、騙すような形になったってわけだろ。まあ俺は大体気づいてたよ」

　皮肉っぽく嗤い、肩を竦めたのはアランだった。不敬ともとれる口調だが、今は同じ使徒同士として話しているせいか、ユリヤはアランの態度を咎めたりはしなかった。

「なるほど。でも僕らは選ばれたわけだから、認めてくれてたってことだよね。アランは第一貴族で、陛下のお顔を知ってた。だから状況を察してたんだね」

　アランの言葉を和らげるように、ルースが口を挟んだ。

「アラン・ストリヴロには陛下自ら口止めなさっていた。俺が選定に関わっているとは知らなかっただろうが、予感はあっただろう」

　フェルナンが言い添えたが、アランは答えずにただうんざりした顔だった。

　ゲオルクは事情を知ると怒りが収まったようで、「そういうことかよ」と呟いた。

「じゃあ陛下が使徒も兼任するって話は真実なのか？　それとも他に、本当の『剣』がいましたって話なら、今ここで教えてもらわねえとやりづらいぜ」

「……『王の剣』は間違いなく陛下だ。三十四代続くフロシフラン国王のうち、半数は使徒の役割を兼任してきた。神の力を受けるには、それに耐える器が必要だ。適合者がいないことはままある」

　フェルナンが補足すると、ゲオルクは完全に納得して引き下がった。

「だったら俺に文句はねえよ。ルジの剣技は本物だってのも知ってる」

　ユリヤは冷静な様子で、その言葉を受け取った。

「理解に感謝しよう、ゲオルク・エチェーシフ。お前たちには存分に働いてもらいたい。……二年間、正体を隠した非礼については詫びよう」

　詫びると言われた瞬間、いち早く反応したのも素直なゲオルクだ。胸に手を当て、騎士らしい無駄のない動きで膝をつき、彼はすみやかに礼の姿勢をとった。

「詫びは不要。このゲオルク・エチェーシフ、我が家名にかけて、陛下のために役目を果たすことを誓う。それが俺の仕事だ」

　ゲオルクの思考はごく明快だ。代々引き継いできた家の仕事は、王家を守ること。だから相手がユリヤだろうと誰だろうと、王ならば守る。

ルースも優美に膝をつき、「僕も同じ気持ちです、陛下」と応じる。

　レンドルフとフェルナンもまた、了承するように膝を折って頭を垂れた。リオも慌てて同じようにする。まだ混乱しているが、王に詫びると言われて、受け入れないわけにはいかない。

　しかしアランはすぐには膝をつかず、不機嫌そうにユリヤを睨みつけていた。

「なあルスト。俺はお前の幼なじみだ――だから今は気安くそう呼ぶが……」

　アランはその赤い瞳に不満を乗せて、幼なじみだという王の眼を見返していた。

「習わしだとしても、あまりにずさんな方法だ。四百年前ならいざ知らず、もはや時代が違う……今や神の威光頼みで成り立つほどこの国は小さくない。俺は『王の翼』、使徒としてやるべきことはもちろんやるけどな。……それでも思うぞ。使徒って、本当に必要か？」

　アランの言葉によって、一旦話がついたものと思われたその場に、ざっと不穏な空気が走った。

　フェルナンが眼をすがめてアランを見る気配があり、ゲオルクは訝しげな表情をしている。ルースは呆れたのか、ため息をついた。リオは驚いて固まっていた。

（アラン……急にどうしてそんなこと言うの？）

　しかも王の側近が、勢揃いしたような場所で。アランの意図が汲めずにいると、

「ストリヴロ卿のお考えも分かる。使徒などいなくとも、この三年、王国は成り立ってきたのだからな」

そんな声がふと聞こえて、リオは息を詰めた。それは集まった貴族たちの話し声だった。

「いいや、正確には六年近くだ。ハーデ建国の折には、七使徒はこの国を去っていた」

「魔女につけ込まれ、フロシフランをかき乱したのは先代の七使徒だ。あの裏切りがなければ、今でも先の王はご健在であられただろう……」

「陛下は使徒を恨まれてもいい理由がある。……此度の使徒が、陛下を裏切らぬ保証などない」

否定する声に混じり、「ですが陛下の病を癒やすためには、『鞘』が不可欠……」という声があがった。けれどそれは、誰かの嘲笑に飲み込まれた。

「『鞘』の男を見てみろ。美しくもなければ、華やかでもない。あんな見栄えのせぬ子どもが、本当に役に立つと言うのか……？」

自分のことを言われている。リオはぐっと息を飲み込み、心臓が痛むのを感じた。

（やっぱり……使徒は喜ばれていない！）

そのことがはっきりと分かった。想像すらしていなかった事実だったが、ユリヤはそれら否定の声を諌めようとはしない様子だった。

「ストリヴロ卿の意見は頭の隅に置いておこう。率直な言葉は常に歓迎する」

ただそれだけ言い、「みなみな、異論はあっても、七使徒を助けるように」とつけ加えただけだ。

騎士団長のヘッセンと、右宰相のラダエだけが王の言葉に応じて頷いたが、他の面々はだんまりを決めこみ、大広間は居心地の悪い静寂に包まれる。

アランは舌打ちして王への反感を隠しもしなかったが、それ以上なにか言うこともなかった。広間には気まずい、不穏な空気が流れたままになっている。

ユリヤ——本当の名前は、ルスト・フロシフラン——が玉座に戻ると、木製の車椅子に座ったラダエが、にこやかに声をあげる。

「七使徒の、民人へのお披露目は五日後です。そしてウルカの神の御前にて洗礼を受ける儀式は、さらに七日ののちに行われます。そのときには、使徒は使徒たることが証明されましょう。使徒の方々。洗礼の儀までは、それぞれ属する場所で宮廷内の仕事を覚えてください」

五日後、民人への披露目。

そしてその七日後に、神の御前で、洗礼の儀。

リオはこくりと息を飲み込んだ。

(こんなに歓迎されてない雰囲気なのに……お披露目とか、洗礼の儀なんて……。本当に、できるの?)

不安で胸が震えたが、ラダエは従僕を促し、話を先に進めた。従僕が、各使徒の属す組織について声をあげる。

ゲオルク、ルースの二人は近衛騎士団の第一白兵隊と弓部隊。アランとフェルナンは執務機

関である宰相府。鍵のレンドルフは驚くことに、

「王の魔術師、ユリウス・ヨナターン卿直下」

と言われたので、リオは思わずレンドルフのほうを見てしまった。

（『王の鍵』はユリウスの下で働けるの？）

それなら鍵になりたかった、という思いがよぎった。ついまた魔術師を眼の端に探してしまうが、やはりユリウスはこの場に来ていなかった。

「鞘のリオ・ヨナターンどのは、国王陛下、ルスト・フロシフラン様直下となります」

けれどすぐに、人を羨む余裕はなくなった。

（俺はユリヤの下……それはそうだよな、だって、俺はユリヤに……）

――ユリヤに抱かれるのが仕事なのだ。

そう思うと、鼓動が速くなる。

今自分がどんな気持ちでいるのか、リオにはよく分からなかった。窺うようにユリヤを見ても、ユリヤはリオを見ていなかった。ただ「以上、閉会」と静かに告げるその姿はいかにも王らしく、とりつく島のない圧に満ちて見える。

リオは不安を覚えて、体が一度大きく震えた。

ユリヤが王なら、選定の館で、リオは自分でも知らないうちに生涯抱かれる男を選んで抱かれていた、ということだ。

ただユリヤははじめからすべて知っていた。知ったうえでリオにきつく当たったり、厳しく接したり、優しく抱いたりしていた……。

（……どんな気持ちで、ユリヤは俺といたんだろう）

急にそのことが分からなくなり、リオは怖くなった。

自分が知っているユリヤ・ルジ。

それは意地悪で、皮肉屋で、厳しい同室者だった。口癖のようにリオに、「自分の頭で考えろ」と迫った。それでいて自分は集まりにも出ず、サボってばかりいる問題児。けれどリオを抱く腕は優しく、口づけは甘やかだった。

一緒に過ごしている間、リオは知らず知らずユリヤの本質を信じるようになっていた気がする。愛とか恋とはべつに、心の一番奥底の根っこの場所で、ユリヤは信頼できると感じていた。だからリオは臆せずにユリヤに抱かれたのだ。

だがユリヤが王だと知った今、その気持ちは揺らいでいた。

リオが今までぼんやりと空想してきた「王」はあまり好ましくない相手だった。貧しい人間を飢えさせ、苦しめている人という決めつけがあった。

けれどその王は、勝手に近しく感じていたユリヤだったのだ。

空想上の王と、知っているユリヤがうまくつながらない。ユリヤとはどういう人間だっただろう？　リオが知っていると思っていたユリヤは、もしかしたらすべて嘘だったかもしれない。

（一体どうやって、俺はユリヤと接したらいいの……？）

これから先一番身近に、一番長く一緒にいるだろう相手、国王。

どんなふうに信じ、受け入れれば己の仕事ができるのか分からなかった。

リオは千々に乱れる心を胸に抱いたまま、しばらくの間玉座にいるユリヤの姿を呆然と、一方的に見つめていた。

混乱して立ち尽くしている間に、紫蘭の間からユリヤの姿が消え、貴族たちも退出した。

「……リオ・ヨナターン。顔色が真っ青だ。大丈夫か」

声をかけてきたのはフェルナンだった。見上げると、片眼鏡の男は顔こそ平静そのものだったが、眼の奥には心配そうな色がある。リオは思わず「フェルナン……」とすがるように名前を呼んでいた。

しかし、次になにを言えばいいのか分からない。言葉が喉に引っかかって、出てこない。

「騙してたのはお前も一緒だろ、フェルナン・リヴル。お嬢ちゃんに同情する資格があるか？」

皮肉な口をきいたのはアランだ。ちらりとリオに視線をよこし、

「よかったじゃないか、お嬢ちゃん。初めて抱かれた男に、この先もずっと抱いてもらえる。

[illegible]お姉ちゃんは陛下のものだ。他の部下も使ってよしと言われたら、誰にでも股を開かなきゃいけなくなるけどな」

ひどい揶揄(やゆ)を放り投げてくる。

（なんでそんなこと言うの。大体、さっきだってアランは、場の空気が悪くなるようなことを言って――）

だがそれは、リオが責められることなのだろうか？

王であるユリヤが責めなかったのに？

そう思うとなにを言えばいいのか分からなくなる。結局アランはリオが口を開くより先にさっさと部屋を出て行った。

下品なやつだな、とゲオルクは舌打ちしたが、一方ルースはこの状況を楽しむように、リオに向かって片目を閉じて見せた。

「リオ。もし陛下がお許しくださったら、僕の寝台でも遊ぼうね」

「やめろ、ルース。そんな品のないこと言うな」

ゲオルクは顔を赤らめて怒っている。普段と変わらないルースとゲオルクがいてくれたので、リオもだんだん冷静になってきた。

「お前たちに事情を隠していたことは悪かった。謝罪しよう」

ふと、フェルナンが静かな声で謝った。

「それが決まりならしょうがねえだろ。俺はなんとも思っちゃいねえぜ。だからってユリヤ・ルジを好きかどうかは別だ」

ゲオルクはすぐさまフェルナンに言った。

「同じように、好きでも嫌いでも、忠誠を誓えるかどうかは別だ。俺は誓うぜ。それが仕事だ」

付け足してから、ゲオルクはリオを見る。

「お前も割り切れ、リオ。お前は見かけによらず胆力のあるやつだ。相手が誰でも、仕事は仕事だって、お前なら分かってんだろ」

ゲオルクの言うことは正論だった。

（そうだ……俺はここに、仕事をするために来たんだもの……）

「それにしてもこんなに使徒が嫌われてるなんてね。五日後のお披露目はどうなんだろうねえ。まあ、僕らは僕らのやるべきことをするしかないけど」

ルースが肩を竦めながら言い、ゲオルクと連れだって部屋を出て行く。気づけばレンドルフとフェルナンもいなくなっていた。ぼんやり立ち尽くしているのは、リオだけだ。

そのとき「リオ・ヨナターン」と名前を呼ばれた。ハッと顔をあげると、眼の前には車椅子に座った右宰相、イネラド・ラダエの姿があった。

「陛下のもとへご案内いたしましょう。『鞘』としての最初のお仕事です。あなたの従者は、ひとまず部屋に下がってもらいましたから」

　言われて広間を見ると、たしかにエミルはいなかった。

　宰相などという偉い人に、自分はどういう態度をとるべきなのだろう。たしか身分は使徒のほうが一つ下だとエミルに聞いている。

「えっと……その、よろしくお願いいたします」

　まごついて上擦（うわず）った声が出たが、ラダエはにっこりと微笑（ほほえ）んで、首を傾（かし）げただけだった。結われた黒髪が、品良く肩にたまっている。四十路（よそじ）を越えているだろうに、彼女は初めて見たときと同様、今日も輝くばかりに美しかった。

（ラダエ様……ベトジフ様からは悪く聞いていたけど、いつも優しげで……今日の進行もお上手だった。悪い人には見えない）

　と、ラダエの後ろからどすどすと足音をたてて、左宰相のベトジフがやって来た。

「ラダエ卿、こやつは私が見つけた素材だ。案内は私がしよう」

　小男がわめくと、ラダエは「ベトジフ卿は、宰相府へ」と答えた。

「新しい使徒の二人が向かっているはずです。最初に教えをもたらすのは私よりも、ベトジフ卿であるべきでしょう。私は間に合わせの宰相ですから」

　美しい顔を和やかにほころばせて、ラダエは優しくベトジフをそそのかした。ベトジフはすぐその気になり、それもそうだ、と部屋を出て行く。すれ違う間際、吊（つ）り眼をぎろりとリオに

向け、

「お前は私が見つけてやったんだ。恩は忘れるなよ」

と釘を刺していくのは忘れなかったが、ごく単純な左宰相の性格がラダエとのやりとりだけでも分かる。アランがベトジフのことを「バカ」と笑っていたことが、ふと思い出された。あのときはなにも知らなかった。ユリヤが王であることも、自分がアランに憎まれていることも、『王の鞘』に選ばれることも、なにもかも知らなかった。

(ただあのときは、ユリウスがいてくれたっけ……)

謁見にはついぞ姿を見せなかった魔術師のことが頭をかすめて、リオは淋しい気持ちになった。

王宮一の魔術師なのだから、ユリウスはユリヤの正体を当然知っていただろう。もしかしたらユリウスとユリヤはやっぱり同一人物かもしれず、そうなればますます、リオはユリヤのなにを信じればいいのか分からなくなる。

(俺がユリヤに感じてきたこと、ユリウスに感じてきたこと……信頼してたこと。それだけは嘘じゃないのに)

それすら嘘のように思えることが、悲しかった。

ベトジフが部屋を出て行くと、ラダエはそっと玉座の下手を示した。そこには小さな扉がある。

「ここから通路が続いています。王と宰相と使徒には、この道を使う権利がある。どうぞ、リオ。扉を開けて、中へ進みましょう」

柔らかな声音。長い睫毛に縁取られた、ラダエの黒い瞳は穏やかだ。扉が開かれると、奥には狭い通路が続いていた。

（この向こうにユリヤが……陛下がいらっしゃる）

そう思うとどんな顔をしていいか分からなかった。けれどラダエが中に入って進んだので、リオもそうするしかない。扉が閉まると、薄暗い通路にぽっと魔法の明かりが一列に灯った。

入ってすぐの天井には、大きな一つ眼の彫り物がくっついている。不気味なその眼は黒く光る宝石でできており、ほんの一瞬、リオを捉えてぎょろりと動いたように見えた。

「……ここは王の私室に通じる通路なので、『瞳』が見ています。今、『瞳』は王以外は誰とも感応していませんが、陛下がウルカの神に使徒を引き合わせ、洗礼が終わったあと、この『瞳』は『王の眼』と『王の翼』、そして『王の鍵』と感応します」

「感応？」

聞き慣れぬ言葉につい訊き返すと、ラダエは『瞳』が見たものを、同時にフェルナンとアラン、レンドルフも像として見られるようになるのだと説いた。

「ウルカの神の洗礼が終わってからですが」

「……見られるようになるって……たとえば、今俺と……ラダエ様が、この通路に入ってきたことがあの三人には分かるようになるんですか……？」

「そうです。どんな遠くからでも。たとえば暗殺者が侵入してもです。ただ、感応者が一人ではなにかあったとき真偽がはかりにくくなる。そこで『瞳』の感応者は王のほか、三人なのです。王宮内には同じような『瞳』が百三カ所にあって、三人の使徒は常に敵の侵入を感知し、共有できる。……素晴らしい力でしょう？」

そんなことができるなんて、にわかには信じられなかった。しかし天井の眼は、リオとラダエをしばらく見たあと、まるで安全だと判断したかのようにすうっと瞼を閉じた。するとそれはただの丸い出っ張りのようにしか見えなくなる。

「この王宮は、強大なウルカの神の魔力によって守られている。今は陛下一人がその器となってすべての機能を引き受けていますが、洗礼が終わったら、その負担も減るでしょう」

ラダエは言いながらリオを手招き、通路の奥へと歩を進めた。彼女は車椅子に座っているが、車輪は音もなく、なめらかに動いている。ラダエが漕いでいる様子はない。ひとりでに動く車輪を見てこれも魔法かもしれないとリオは思った。

「他にも、『瞳』みたいな機能が城にはあるんですか？」

そっと訊くと、ラダエは悪戯っぽく笑い、「内緒ですよ」と声を潜めた。

「王と私、それからいずれ洗礼を受ければ、フェルナン、アラン、レンドルフはその機能を知るけれど。『瞳』の他には、『耳』があります。それも、王宮内に五百九十三カ所。王都の中に二千三百五十九カ所」

　どこにあるかは秘密ですが、とラダエは言った。耳というからには、音を聞く機能かと思う。

リオは怖くなって、ごくりと息を呑んだ。おちおち内緒話もできそうにない。

だが裏切り者をあぶり出すためには、『耳』の存在は知られないほうがいい。だからラダエは内緒だと言ったのだろう。それにしても、そのたくさんの耳を王と使徒の三人はどう処理するのかと思う。あるいはウルカの神の力があれば、それも簡単なのだろうか。到底想像がつかない。

「……どうして俺にそんな大事なことを？　俺は『王の眼』でも『翼』でも『鍵』でもない。秘密なんですよね？」

　ふと不思議に思って訊ねると、ラダエは眼を細めてリオを振り向いた。

「……あなたは陛下を裏切らない。そう確信しているから」

　黒い瞳にじっと見つめられて、リオは言葉をなくした。優しい眼の奥で、ラダエがなにを考えているのかは分からなかった。

　なぜ、よく知らないだろう自分を買ってくれているのかも見当がつかない。

「安心して。あなたの部屋や、使徒の私室には『耳』はありません。陛下の悪口を言いたくなったらどうぞそこで」

　やがてラダエはにっこりして、笑えない冗談を言う。なんと返せばいいか分からずに黙っていると、さあ、着きましたと言われた。眼の前には、扉が一つあった。

「私のおともはここまで。この先が陛下の私室です。帰りは陛下が送ってくださるでしょう。まずは最初のお勤めを」

そのときどうしてか、ラダエが手を伸ばしてきてリオの指をそっと握った。温かく柔らかな手の感触にドキリと胸が跳ねる。

なにか懐かしい、優しく甘く切ない感情が、ラダエの手に触れて呼び起こされる気がしたが、それがなにかは分からなかった。間もなく、リオはそっと扉の前に押し出されていた。

気がついたら、ラダエはその場から消えていた。通路の明かりもすべて消え、暗闇の中、ユリヤのもとへ通じる扉だけがあった。

（この向こうにユリヤがいる……でもそれは王様で……俺はユリヤと、なにから話せばいい？）

リオは考えたけれど、分からなかった。緊張で、胃がきりきりと痛んでいる。

――まずは最初のお勤め。

ラダエの言葉が脳裏によぎった。仕事は仕事だというゲオルクの言葉も。リオはぐっと腹に力を入れて、扉に手をかけた。

なるようになれ、これが俺の仕事だ。俺は仕事をするためにここにいるんだ。

心の中でそう叫んで、扉を押した。

扉の向こうには、明るい部屋が広がっていた。暗闇にいたためにしばらくその眩しさに眼を何度もしばたたいた。やがて光に眼が慣れると、見えてきたのは書棚や心地の好さそうな長椅子、読みかけの本が置かれている小机だった。

しかしユリヤの姿はなかった。部屋は奥にも続いていて扉が開いている。そっと近寄ると、同じように広い部屋には応接具一式と執務机があり、そこに座ったユリヤが、分厚い書面を読んでいるところだった。

マントや仰々しい上着は取り払い、今のユリヤは簡素な出で立ちに変わっている。

しばらくの間、リオはユリヤの横顔をじっと眺めて立ち尽くしていた。

「……突っ立ってないで入れ。目上の者の部屋に入るときの礼儀作法は忘れたか？」

当然ながら、覗いていることに気がつかれていた。付け足されたイヤミにムッとしながらも、リオは気持ちを落ち着けようと小さく息を整えて、扉を二度叩いた。

「入れ」

許しを得て、リオは静かにユリヤの前に立った。

眼の前の男は、国王だ。だがリオの眼に映るのは、やっぱりユリヤ・ルジだった。

「どうした。俺から声はかけたぞ。お前はもう俺に話しかける権利を得た。その手の作法はまだ学んでないか?」

書類から顔をあげないままユリヤが言う。リオは戸惑いながらなにか話さねばと声を出した。

「……へ、陛下」

呼び方が分からずに、声が上擦る。

「無理に呼ばなくていい」

またしても顔もあげずにそう告げられて、リオは困った。

「じゃあ……ルストって……呼んだらいいの」

押し殺したような声が出てしまう。王に向かって敬語もなにも使わない、こんな口のききかたをしていいか分からなかったが、ユリヤだと思うと急に態度を改められない。困惑で、額に冷たい汗がにじむ。心臓はいやな音をたて、胸が軋むように痛かった。頭の中で、どうして?という問いかけが何度も回っている気がした。

「……ユリヤでいい。呼びやすいほうで呼べ」

「でもそれは……本当の名前じゃないんだろ?」

納得できずに言うと、ユリヤはため息をつき、「ルストも本当の名じゃない。王は常に、真名を隠しているからな」と事もなげに付け足した。

(そんなこと言われても……俺は、家来なのに)

リオは困った。ユリヤが自分との関係をどうしたいのか全く分からなかった。

選定の館にいたときのように、対等に接していいのか、主従の関係としてもっと線引きするべきか。

ルストとユリヤ、どっちで呼ばれたいのかさえ分からない。ゲオルクやルースは、ついさっきの謁見で事情を聞くとあっさり納得していたが、迷っていないのだろうかとも思った。事情をすべて知っていたフェルナンや、察していたアランはべつにしても……。

（……俺だけ？　こんなに、困ってるの）

ユリヤはリオの感情にはまるで関心がなさそうに振る舞っている。以前からこんなふうだったと言えばそうだが、選定の館にいたときは、もっと心が近いと思っていた。

だが呼び名一つでまごついているわけにはいかない。

（一番大事なことは、『鞘』として役目を果たすことだ。そうして国を良くする。忘れちゃだめだ。それが俺の目的なんだから）

思い直して、リオはぎゅっと拳を握った。

「じゃあ、二人のときはユリヤって呼ばせてもらう。使徒以外の人前では陛下でいいだろ。まず訊きたいけど、俺の仕事はなにからすれば？　……今夜から、あんたの……寝台に行けばいい？」

言いながら、頬にふつふつと血が上ってくる。

……どうして、と、喉元までまた、言葉が出かかった。

どうして、ユリヤは俺を抱いてたの。……なにを思って、俺を抱いてた？　選定の間。十日間。

（ずっと優しく抱いてくれた……）

あの間、なにを思っていたのだろう。あの行為に、王としての感情はどのくらいあったのだろうか。ユリヤ個人としての気持ちは？

訊きたいが、訊いてどうするのかと思う。

（そもそも互いの気持ちなんて——この仕事には関係ないかもしれないし……）

そう思うとなぜか悲しい気持ちになったが、リオはその感情を必死になって押しのけていた。

「いや。しばらくは寝台に来る必要はない。夜は好きに過ごせ」

そのとき予想外の返事が返ってきて、リオは驚きに言葉を失った。

「で……でも、俺の本来の仕事は」

「選定の後半、お前と俺は寝ていただろう。おかげで呪いは十分抑えられている。また必要になったら、そのとき呼ぶ」

「……ちょっと、ちょっと待って」

リオは慌てて、ユリヤの言葉を遮った。

相変わらずちらりともこちらに眼を向けないユリヤに苛立ち（いらだ）が募ってくる。どうして俺を見ないの、と言いたくなった。

これが同室者のユリヤなら言えたはずだが、国王だと思うと言えなかった。気持ちが上手く言葉にならずに、もどかしくて胸がもやもやと苦しくなる。リオは自分の伝えたいことを、なんとか声に乗せようとした。

「……呪いって、あの蛇の影のこと？　じゃあやっぱり、ユリヤは呪われてたんだね？」

ユリヤはなにも言わなかったが、リオは沈黙を肯定だと受け取った。

リオはいつかユリヤの体から立ち上った、黒い蛇の影を思い出していた。リオはユリウスの体からも、同じものが浮き上がるのを見たことがある。

「どうして……ユリウスも同じ呪いにかかってるの？　一緒に旅をしてたとき、ユリウスの体に蛇が巻き付いてるのを見た。あれは……ユリヤと同じものだよね」

心臓が、緊張と恐怖でどくどくと不快な音をたてていた。今日の謁見に、ユリウスの姿はなかった。ならば――と、リオは思ったのだ。

（同じ呪いを持ってて、似た背格好……同じ場所に同時にいないなら）

「……ユリヤは本当は、ユリウスなの？」

言うと、ユリヤはため息をついてようやく持っていた書類から顔をあげた。

やっとまともにユリヤと眼が合った。四日ぶりに見る、青い瞳。ドキリと心臓が跳ねたが、逸らさないように腹に力をこめる。

「違う」

けれど次の瞬間はっきりと否定されて、リオは息を呑んでいた。

「俺とユリウスは違う人間だ。……お前は長らく、その妄想に取り憑かれているがな」

疑惑を否定されたことに、リオは強い衝撃を受けたような気持ちだった。心は揺れ、息苦しさがこみあげてくる。けれどユリヤがユリウスではなくて悲しいのか嬉しいのか、どちらなのか分からなかった。

「でもじゃあ……どうして同じ呪いを？」

説明してもらわねば納得しないと決めて、慌てて言葉を接いだ。ユリヤは書類を机に置くと、こめかみが痛むようにそこを押さえた。

「……俺には政務がある。魔女の呪いは強烈で、今の俺の……不完全な状態ですべて受け取れば、寝たきりにならざるをえない。だから半分に分け――ユリウスに半分背負ってもらった。そんなことができるのは、あの魔術師くらいだ。このことを知っているのは俺とユリウスだけだ。今はお前も加わったがな」

聞いただけなら、嘘だと言うのは難しい話だった。リオは眼の前であの蛇の影を見たし、あれが恐ろしい呪いなことはそれだけで明らかだ。

だがなぜ、ユリウスと呪いを分け合っていることを、隠しているのかが分からない。ユリヤの話がすべて真実だと信じていいのか、リオには判断する材料がない。まだ疑いの眼を向けていることに気づいたのだろう、ユリヤは説明を足した。

他の人間に漏らさないのは、無用な不安を煽りたくないからだ。国民はまだ魔女が生きていて、この国を狙っていることを恐れている。俺には子どももいない。フロシフランの王は世襲制とは決まっていないが、次代の王たるべき人物をまだ選んでもいない俺が……戦争の傷跡も癒えぬ今の状態で魔女に呪い殺されるなどと噂がたてば、周辺諸国は一気にフロシフランを狙うだろう。……この話の意味は分かるか？」

語尾に揶揄するような音が混ざり、リオはムッとした。

「それくらい分かる。俺だって多少は勉強したんだから……。愚問だったね。ユリウスはユリヤみたいに俺をばかにしたりしない。……二人は違う人間だ」

「分かってもらえたなら結構」

本音ではまだ釈然としなかったが、ユリヤはもうこの話をしたくないようだったし、これ以上食い下がっても無意味に思えて、リオはユリヤの言い分を認めるしかなかった。

――それなら、ユリウスにはどうしたら会える？

リオはそう訊きたかったが、今はもっと大事な話があることを思い出した。

「……待って、さっきユリヤ、言ったよね。寝台に来なくていいって。……どうして？」

「理由は話した。選定期間の後半の十日間、俺とお前は情交していた。呪いはお前の浄化の力で治まっている。効果が薄れるまで俺たちが寝る必要はない」

「……治まってるって、完全に消えてはいないんだろ？　俺は……俺の仕事は魔女の呪いを解くことだよね？　俺は……『鞘』に選ばれたら、すぐに王様の呪いを解いて魔女狩りに行くんだって思ってた」

言いながら、気まずさと恥ずかしさから顔が赤らみ、汗が腋下ににじむ。これではまるで抱いてほしいとお願いしているようだ。

（恥ずかしがってる場合じゃない。これが俺の仕事で、国に必要なことなんだ）

リオは勇気を振り絞って、言葉を続けた。

「……俺は今晩でも、ユリヤに抱かれるつもりでいる。俺にできることはなんでもする。魔女の呪いを解いて、この国をよくしたいんだ。だから……俺を、だ、抱いてください」

声が震えたが、最後まで言い切った。

無表情のまま聞いていたユリヤは黙り込んでいる。眼は逸らされなかったが、その顔にはどんな感情も見つけられなかった。出会った初めのころと同じ、厳しい瞳がじっとリオを見つめていた。

「リオ。お前にはまだ、呪いは浄化できない」

リオは眉根を寄せた。

「……できないって、ど、どうして？」

「魔女の呪いは複雑で、単なる情事で解けるわけじゃない。……それはいずれ説明する。今は不要だ。まずは俺と寝ることよりも、俺の仕事を覚えることから始めてもらう。午前中は俺の政務を見てもらい、勉強と鍛錬の時間に充てでもらう。家庭教師をつけるから、よく学べ。お前は知らないことが多すぎる」

「……それは、それはもちろん、勉強も鍛錬も……政治の勉強もなんだってするけど」

「お前と寝るべきときは呼ぶ。気にしなくていい」

「ユリヤ」

リオは思わずユリヤの執務机に両手をついて身を乗り出していた。

「さしあたって午後は自由だ。好きなことをして過ごせ。エミル・ジェルジにもある程度の権限を与える。エミルは賢い。なんでも相談するがいい」

「ユリヤ……ちょっと待って。ちゃんと話がしたい」

リオは焦っていた。けれどユリヤは再び書類を手に取り、リオから視線を逸らしてしまう。

「今日はもういい。部屋に帰れ――」

「ユリヤ！　俺は『鞘』だよ……っ？　ちゃんと仕事をさせて！　国王の力になりたくて……国の役に立ちたくて決心したんだ。選定の館で……儀式のためにお前を選んだのはどうしてか、知ってるはずだろ⁉」

　気がついたら叫んでいた。

　十日間、ユリヤに抱かれていたのは完ぺきな『鞘』になるためだった。そのほうが力が強まると聞いたから、情交を重ねた。

王の呪いを解けば、きっと国は良くなるはず。貧しい人々のところへ、光が届くようになるはずだと信じたからだ。

「……男娼みたいだと言われたっていい。これが俺の仕事だと信じてきたんだよ。……呪いがすぐに解けなくても、重ねるごとに意味があるなら抱いてほしい」

もう恥ずかしがっている余裕すらなく言う。一日でも早く、使徒として認められたかった。

けれどユリヤはちらりとリオを見やったあと、小さく嗤った。

「そんなに俺と寝るのは良かったか？」

ユリヤの言葉を聞いたとたん――リオは、喉元が強く締め付けられたように感じた。どうしてか全身が、氷のように冷えていく心地がする。

「そんな話してる？　……ユリヤは、俺の仕事を……見下すつもり？」

「……情事だけならお前以外にも相手はいる。俺は必要以上に男を抱く趣味はない」

冷たく言い切られて、リオは言葉を失った。

……お前以外にも相手はいる。

その言葉に、予想外に打ちのめされている。リオは動揺した。

（どうして……）

自分の気持ちに困惑しながらも、それはそうかと納得もした。ユリヤは王なのだから相手など掃いて捨てるほどいて、わざわざ必要のないときにまでリオを抱きたくないのだろう。

一[illegible]てお前を抱いていたのは……疑われないためだ。『鞘』の候補に選ばれれば拒否権はない。変に騒ぎ立てれば俺の立場が疑われる」

「つまり義務だった」と呟かれて、頭を叩かれたような強い衝撃を受けた。

（……じゃああれは、ユリヤにとっては、迷惑だったたってこと？）

当たり前だと分かっているのに、なぜか心が傷ついていた。ユリヤは黙り込んだリオに、面倒くさそうに付け加えた。

「お前が男に抱かれたいなら自由にしていい。俺の父も、自身の『鞘』に執着はなかった。ただし、寝る前に相手は教えろ。間者（かんじゃ）の可能性もある。お前はまだ人を見る目がない。寝たい男がいたら俺に許可をとれ。俺が……いいと判断したら許す」

体が震える。ユリヤの言葉の意味が分からず、けれどそれでも一瞬、眼の前が真っ暗になる気がした。

「どういう意味……？」

理由など聞きたくないと思うのに、つい訊ねていた。ユリヤは「言葉どおりだ」と素っ気なく言い放ち、書面に眼を落とした。

「許可さえとってくれれば、誰とでも寝ていいという話だ」

瞬間、こらえていたなにかが体の中で爆発するような気がした。突き上げてきた感情は怒り、悲しみ、そして悔しさだ――。

「俺はユリヤ以外と、そういうことするつもりない！」

叫んだ瞬間、なぜだか涙がこみあげてきた。

（どうして泣くの）

自分でもそう思った。悲しいというよりも悔しさのほうが強かったから、これは悔し涙かもしれない。ひたすらになんで、どうして、という疑問が、ぐちゃぐちゃと頭の中を駆け巡る。

「選定の館では……あそこにいる人の中から選べと言われて……ユリヤを選んだ。後悔なんてしてない……ユリヤが王様で驚いたけど……それとこれとは別だ。俺は初めから、残りの一生を全部……全部王様に使うと決めてここへあがってきたんだよ――」

他の男に抱かれたくなんてない、と呻くと、ユリヤが顔をあげる。

青い瞳が一瞬苦しげに揺れたのを見た。

「よく言う。……お前は言っていただろうが。俺を選んだのは、ユリウスが選べないからだと」

小さな声で、ユリヤが舌打ちまじりに言う。リオは「それは……」と口ごもったが、ユリヤはその続きを聞く気がないらしく、舌打ちして顔を背けてしまう。

（なんだよ。……たしかにそう言ったかもしれないけど、ユリヤに抱かれてもいいって思ってたから、十日間も……お願いしたのに。あのときは、王様が誰かも知らなかったし……）

全部知っていて騙したのはそっちじゃないかと、幼稚な責めが胸にのぼってくる。

全部知っていたのに、どうして優しく抱いてくれたの。王宮にあがったら、突き放すつもりだったなら、なぜ……と思う。

そんないじけたことを言いたくなくて、懸命に抑え込む。歯を食いしばって耐えたけれど、なにも言わないユリヤの態度に、怒りがいや増していく。

「……失望したか。俺が王で」

自嘲するような声音で、ユリヤが嗤った。黙って、とリオは思った。黙ってほしい。こらえている言葉が溢れてしまうから。

（ユリヤが悪いんじゃない。だって決まりだったんだから……）

ユリヤは悪くない。騙したくなくても、館に身分を偽って入ることが代々の習わしだったなら仕方がない。それに、ユリヤを初めての相手に選んだのはリオ自身だ。

そしてそれを義務でやっていたと言われても、責める資格なんてなかった。リオだって、義務でそうしていたのだから。

（なのに傷ついてる……身勝手だ）

「……セスが死んだこと、どう思ってたの」

絞り出した声で、思わず、なじるように訊いていた。

違う。セスが死んだのは、ユリヤのせいじゃない。頭の中で、もう一人の自分が怒っている。

だからそんなことを訊くのは、あまりにも子どもっぽい。けれど言葉は一度こぼれたら、もう止められなかった。

「自分の国で……貧しいまま死んだ子どものこと……どう、思ってた？」

「……」

ユリヤは答えない。リオは答えを聞くまでもう退けなくなり、顔をあげてユリヤを凝視した。涙をこらえているせいで、全身が小刻みに震えていた。ユリヤは眉をひそめてリオを見つめている。

「……お前の友人のことなら」

やがて沈黙することを諦めたように、ユリヤがそう言った。

「憐れには、思っていたさ。当然な」

（……憐れ？）

それだけかと、ユリヤの顔を見る。もっと他の言葉が出てくるのを待った。けれどユリヤは、それ以上なにも言ってはくれなかった。

「……自分の、国政がもっと……違っていたらとか、なにも、思わない？」

声が震える。

セヴェルの町には、ろくな仕事すらなかった。まっとうに働ければセスの病は治せるのではないか。せめて領事に牛耳られず、希望する者たちがみな農園で仕事ができたら……。

リオはあの町に暮らしていたとき、何度も何度もそう考えた。

それに、西の神々の山嶺にはいつもウルカの神の光があり、その光があるということは王都に正しく王がいる証（あかし）だと聞いていた。だからリオはウルカの神に祈るとき、王に向かっても祈ったものだ。

どうかセスを助けてと。寺院の子どもたちを、幸せにしてほしいと――。

「……俺の国政が間違っていないとは言わない。だが、人の世は生まれつき不公平なもの」

けれどユリヤは、静かに淡々とそう答えた。

「お前の友人は不幸だった。だが幼くして死ぬ子どもは、この国には腐るほどいる。俺の治世の間も、その前からも。その一々に後悔していては、一国の王は務まらない」

瞬間、頭に血が上るのを感じた。気がついたらリオは片手を振り上げていた。青い瞳がじっと自分を見ている。振り下ろそうとした手を虚空（こくう）で止めて固まるリオに、ユリヤが「どうした」と厳しい声で訊いてくる。

「叩くなら叩け。一度あげた拳を止めるな。止めるくらいなら初めからあげるな。お前が自分の意志でしたことだろう！」

激しい叱責に、体が怒りと恥ずかしさにぶるぶると震えた。それでも王の頬をはたくことはできなかった。ただのユリヤ・ルジならはたいていただろう。だが眼の前にいる男はフロシフラン国王、ウルカの神の認めた王なのだ――。

リオは震えながら「ユリヤは、間違ってる」と呟いた。

「……俺には、他にもいるから、死んでいい子どもがいるとも思わないし……この世は不公平だから、それでいいとも……思えない」

かすれた声でやっと言いながら、ゆっくりと手をおろす。ユリヤはなにも言わず、ただわずかに眼を細めただけだった。

「この世の不公平がなくならなくても……なくそうと努力はできるだろ……」

自分はそのためにここまできたのだ。そのためにユリヤに抱かれた。それは知っているはずだ。分かってくれているはずだと、思い込んでいた。

だがユリヤの態度は冷たくて、いつの間にか自分との間に見えない壁ができているように思える。選定の館にいた最後の十日間、ユリヤと心が通じ合えた気がしていた。あれはすべて嘘だったのかと思う――。

（……でもそんなことは、もう、いいじゃないか）

心の中で、リオは自分に言い聞かせた。大事なのは自分の仕事をすることだ。国の役に立ちたいという一番最初の願いだ。

「じゃあいつになったら……俺は魔女の呪いを解けるの？」

訊ねてもユリヤは無関心げで「洗礼の儀が終わって、そのうちだな」と答えるだけだった。曖昧な答えに「それっていつ？」と訊いても「時が来たら教える」と返されて終わってしまう。

ユリヤにはリオと話し合うつもりがないように見えた。

（どうして……？　俺は……役に立てると思ってた。……俺は、ここでなにをしたらいいの？）

本当にただ男娼のように、王の気が向いたときに抱かれればいいのだろうか？

それが、貧しい子どもを救うことにつながるとはとても思えない。

辺境の町で野良犬（シーパス）と罵られていたときと同じ、耐えがたい無力感に襲われる。自分にできることがなにもないような気持ち。使徒などいらないと言い合っていた貴族たちの声が、ふと耳に蘇（よみがえ）ってくる。

（本当はユリヤも、そう思ってるの……？）

だから自分に仕事を与えてくれないのだろうか。疑いたくなくても、ユリヤのなにを信じればいいのかが分からない。

自分の王なのに、その人を頼れないことも頼ってもらえないことも、ひどくみじめだった。溢れてきた涙を必死に拭（ぬぐ）う。拭っても拭ってもこぼれてきて、何度も瞼を擦（こす）る。見ていたユリヤが、立ち上がったのはそのときだった。

「……あまり擦るな、肌が傷むぞ……」

両手首をそっと摑（つか）まれ、顔から離される。間近に迫ったユリヤの胸元から、ふわりと懐かしい肌の匂いがした。四日前、最後に抱かれたときと同じ香りだった。泣き濡（ぬ）れた眼のまま、問うようにユリヤを見上げた。

見上げた先にあるユリヤの顔は、やっぱりよく知っている顔だった。夜、この距離で見つめ合ったときにはいつもなら口づけられたけれど、今日のユリヤはそうしなかった。ユリヤはほんの一瞬瞳を揺らし、なにか言いかけて口を開けた。

だが結局はなにも言わずにリオの腕を放した。

「お前にしてみれば……思っていたような王じゃなく、騙されていた気持ちになるだろう。……俺にいい感情は抱けない。それは分かるが」

一度飲み込め、と続けられてリオはぎゅっと唇を嚙みしめた。

「俺を愛さなくていい。……俺もお前を愛していない。仕事はいずれしてもらう。ちゃんとお前は国の役に立つ——そのことだけ、信じていろ」

淡々と言うと、ユリヤは「部屋に戻れ」と命じた。

立ち上がったユリヤに連れられて隣の部屋へと導かれる。

紫蘭の間からここへ至った通路の扉の前に立つと、

「この扉は、『鞘』の部屋と王の部屋も繋ぐことができる」

ユリヤがそう説明した。

扉の取っ手の下に、小さな仕掛けがある。丸い時計の盤面のようなもので、十二の数字が書かれており、針が一本、「二」の数字を指している。

「お前の部屋は二番だ」

ユリヤは針を二に合わせると、「また明日」と言った。

「明日の朝議から、お前には政務に参加してもらう」

とたんに眼の前の扉が開き、リオは背を押されていた。

気がついたら、西棟に与えられた『鞘』の寝室の真ん中に、リオは一人立ち尽くしていた。振り返ってもそこにはユリヤの姿はなく、王の私室も消えてなくなっていた。

リオはユリヤの私室から一瞬で部屋に戻されていた。

薄く開いた窓から風がそよぎこみ、カーテンが揺れている。戸外からはのどかな鳥のさえずりが聞こえた。

（……魔法の力で戻されたんだ）

眼の前の部屋の扉にも、さっき見たのと同じ細工があった。

――お前の部屋は二番だ。

不親切なユリヤの説明が頭をよぎる。リオはぐっと扉を押してみたが鍵がかかっているかのように開かない。

「俺からはユリヤのところには行けないってわけ……」

胸の奥に、じわじわと不快な感情が広がってくる。苛立ち、悔しさ……悲しみ、失望。そんなものが、ないまぜになってごちゃごちゃと心の中を埋め尽くした。

(……拒絶されてるみたいに感じる。そんなふうに思う必要ないのに)

そしてそのことに傷ついている自分をリオは感じたが、どうしてなのかは分からなかった。

――俺を愛さなくていい。……俺もお前を愛していない。

ユリヤの言葉が耳に返ってくる。

(愛していない……か)

思い出すと息苦しく、気持ちが沈んでいく。最初に抱いてくれたとき、ユリヤはリオに――可愛いと思うときがある、と言ってくれた。

恋や愛の感情を、ユリヤに求めていたわけではない。それでもあの言葉は甘ったるく、優しくリオの中に残っていて、思い出すたびどうしてか嬉しかった。

あのときのユリヤの声音はたどたどしく、上擦っていた。不器用ながらに、本音を明かしてくれたのだと信じていた。

(……あれも嘘だったの?)

悲しみが胸に満ちたけれど、リオはぎゅっと眼をつむり頭を振った。

(もういい、そんなこと俺の役目には関係ない。……もともと俺は、王様のことを好きになるつもりもなかっただろ)

仕事。仕事だ。大事なのは仕事。と、リオは自分に言い聞かせた。ユリヤは今のリオでは魔王の呪いを解けないと言っていた。その理由までは教えてくれなかったが、とりあえず明日からは午前中、ユリヤの政務に付き添えるし、家庭教師がつくのだ。長い眼で見たら、きっといいことだと思えた。

難しく考えることはなにもない。言われたとおりにするだけだ。偉い人の言うことを聞いて、従うのはそもそも得意だったはず。

けれど同時に思う。ユリヤはいつも、自分に考えろと言っていた。もっと考えろ、自分で決めろと。それなのに、肝心なことはいつも教えてくれない。

（……ユリヤ。俺、あんたのことが分からないよ……）

王の私室へ続く扉に額を押しつけた。この扉の向こうにユリヤがいるのなら、せめて気持ちだけでも届くといいのにと思った。

（教えてほしい。……ユリヤのこと、分かりたい。……俺が『鞘』として助けられるなら助けたい……なのにどうして、いつもユリヤの心は見えないんだろう）

選定の館にいたときも、ユリヤは謎めいていた。

ユリヤについて知っていることを、リオは頭の中で反芻しようとした。これから家臣として、一体どんな気持ちでユリヤと接したらいいのだろう？

選定の館で一緒だったとき、ユリヤは大抵は厳しく、傲慢で、リオの足らぬところを怒っていた。

もっと頭を使え。何度もそう言われた。怖かったし、理不尽だとも思っていた。けれど……。

（……俺を、俺のために叱ってくれた人……セス以外では、ユリヤが初めてだった……）

そのときふと、リオはそう気がついた。

今さらのように思う。抱かれる相手にユリヤを選んだ理由が、自分でもいまいち分からなかった。公平なフェルナンや、俺を指名しろとうるさかったアランでもよかったし、優しく立候補してくれたルースでもよかった。けれどユリヤを選んだのは、ユリヤがリオに冷たい口をきくとき、それがユリヤのためではなくリオ自身のためだと感じていたからだ。

優しい人や親切な人は他にもいた。怖い人も。だがリオのために叱ってくれたのは、あの館ではユリヤだけだった。

十日間抱き合っていたのは義務だ。けれどそれでもユリヤの優しい仕草や、逞しい包容力に、リオはユリヤが自分を想っていてくれるのだと――勘違いしていた。そしてそれは、ユリヤがいつもリオのために叱ってくれていたからでもあった……。

（どうしよう……）

突然、心臓が逸鳴り、胸が詰まって苦しくなってくる。喉に熱い塊がこみあげ、涙が溢れた。

（俺……ユリヤのこと、好きなのかもしれない……）

愛していないと言われたばかりなのに？

ユリヤのことなど、なにも知らないのに？

それでも、好きなのかもしれないと思うとそれ以外に自分の気持ちを名付けようがない気がした。セスのことを憐れと言われ、突き放されたことも悲しかった。けれどそれよりもただ、優しい口づけや柔らかな抱擁（ほうよう）が、嘘だと知らされたことにリオは傷ついている。身勝手にも、ユリヤから自分への愛情がないことを知って悲しんでいる。

魔女の呪いや、国の立て直し、貧しい人々を救うという大義よりも、他にも抱く相手はいると言われたことに――リオは傷ついているのだ。

リオは眼をつむり、こぼれる涙を拭いながら「セス……」と呼びかけていた。

（セス……ごめん。こんなことで傷ついて……）

そのとき、扉の向こうから「リオ？」と声がした。エミルだった。

「戻ってきてるの？　……もしかして、泣いてるの？」

心配そうな声音。扉を隔ててすぐ向こうに人の立つ気配がある。リオは鼻をすすりながら、

「エミル、ごめん……開けないで」

と懇願した。

「……ちょっと落ち込んでるだけ。あとでちゃんと話すから……」

こんな情けない姿をさらして、ユリヤが好きだったかもしれない、なんてエミルには言えなかった。エミルは扉の向こうで心配そうに息をついたが、やがて「それじゃなにかあったら呼んでね」とだけ言って、そっとその場を離れてくれた。

エミルの気配がなくなっても、リオはその場をまだ動けなかった。

ただ声を殺して泣いている。それでも、このまま泣いていればいいとは思えない。

今の涙が治まったら、全部忘れてしまおうとリオは決めた。愛されるためにここに来たわけではない。使徒として務めを果たしたい。そのために、ユリヤが与えてくれるものはわずかだと分かった。

考えなきゃ。考えろ。自分の頭で。

リオは胸の内で繰り返しながら思った。

（ユリウスに会いたい……）

会って、今の気持ちをすべて話して、自分のとるべき最善の道はなにかを教えてほしかった。

（生まれたことに意味はなくても……）

生きていく価値があると思いたい。自分の命の使いどころを知りたい。

そのとき不意に耳の奥に、セスの声がよぎっていく。

——リオ、知識は闇の中を照らす灯りだよ。

一緒に過ごしたわずか三年の間に、教えてもらったことはほとんどはっきりと覚えていた。

寺院にあった少ない書物をひもときながら、セスはそんなふうにリオに何度も語りかけた。

……無知は闇だ。知識は灯りになって、足下を照らしてくれる。けれど歩くために本当に必要なのは、一歩を踏み出す勇気と、どこへ向かうか決める知恵。それを考える思考。

（それはね……最初からリオの中にある。まずはそのことを、信じる。そして考えるんだよ。自分の頭でね――）

セスはそう言ったのだ。リオは歯を食いしばって眼を開き、扉から離れた。

ユリヤがどうでも関係ないと思い直した。傷つくのは構わないけれど、本当に大切なことを見失わないようにしなければならない。

（俺は『王の鞘』……まずはこの国のことを知るんだ。知識がなければ――正しいことは分からない。勇気を出すんだ、リオ）

ユリヤの態度に傷つき、ユリウスに会いたいと思うのは、まだ誰かに与えてもらうことを望んでいるからだと気づいた。

自分が空っぽだから、人に甘えたくなる。

（それじゃだめだ。俺が俺の力で歩かなかったら、きっと意味がない）

この世界のことなどなにも知らない。

それでも、無知の闇を照らす光は、己の手で摑みとらなければならない気がした。

もう泣かない。闇を払う知識と知恵、思考を手にするまでは、ただ胸に宿る勇気だけを持って前に進みたかった。無様に泣いて自分の不幸を嘆いているばかりなんて、生かされて残っているこの命がもったいなく感じる。

リオは震える息を吐き出し、最後の涙を強く腕で拭った。

（明日は朝議があるって言ってたっけ……）

ユリヤの言葉を思い出す。まずはそこから始めよう。知らないことを知っていこう。

リオはそう自分に言い聞かせた。

四　朝議

　翌朝、リオはエミルに朝議に参加することを伝えた。

「今日から朝議に出て、政務を見るように言われてるんだ。そのあとは勉強があるから……昼食をとるとき、ルースとゲオルクに相談して護身術を教えてもらえる曜日を決める。体技の訓練がない日は図書室に詰める。歴史、政治、地理の三つを最初に全部頭に叩きこみたいから、エミルが知ってるいい勉強方法があったら教えてほしい」

　着替えを手伝ってくれていたエミルは、リオの言葉を聞いてぽかんとしていた。

「どうしたの、エミル。どこか痛い？」

　心配になって訊くと、エミルは我に返ったように眼をしばたたいた。

「ううん、そうじゃなくて……昨日リオが泣いてたから心配してたけど、今はすごくしっかりしてるから……見違えちゃったんだよ。一晩中、これからのこと考えてたの？」

「……昨日はみっともないとこ見せてごめんな。もう、あんなふうに取り乱さない。俺、もっと頑張ることに決めたんだ」

決意は本物だったから、エミルにというよりも自分に言い聞かせるようにそう言うと、エミルは微笑んで「なんだって協力するよ」と言ってくれた。

エミルは参加が許されていなかったので、リオは一人で教えられた場所に向かった。

朝議は昨日謁見が執り行われた紫蘭の間の一つ上の部屋で毎朝開かれているという。

実際にその部屋に入ると、広さは紫蘭の間の五分の一ほど。

その大きさに、国王ユリヤの他に位の高い人間が、三十人ほど集まっていた。

リオは目ざとく見つけたフェルナンにすっと近寄り、「おはようフェルナン」と隣から声をかけた。フェルナンは片眼鏡を小さく持ち上げてリオを見下ろし「おはよう」と言ったが、その眼には「なにか用か？」という言葉が浮かんでいるようだった。

「ここに集まっている人たちの名前と役職を教えて。覚えたいんだ」

リオはそれを訊くためにフェルナンの隣を確保したのだ。第一貴族で、魔女の顔も知っているフェルナンなら、朝議の顔ぶれを正確に把握しているだろうと考えた。

書物から得られる知識も必要だが、今自分が生活を始めている王宮という場所と、そこに集まっている人のことを知るのも重要だった。

フェルナンは理知的な琥珀色(こはくいろ)の瞳に、ほんの一瞬驚きを乗せた。

だがすぐに無表情に戻った。そうして声を潜めて、リオの要望に応えてくれた。

上座にはユリヤが座るのだろう椅子があり、そこはまだ空席だ。その周囲に立つ人間から順番に、フェルナンは視線だけでリオを誘導しながら説明する。

「……宰相の二人と、騎士団長のヘッセン卿は知っているな？」

リオはうん、と頷いた。玉座を囲んでいるのはまず宰相のラダエとベトジフ、そしてヘッセンだった。ヘッセンのすぐ横に、昨日の謁見にもいた長衣の老人が立っている。白い髭を長く伸ばした聖職者風の男だ。

「彼は大主教のニラーカ。我が国ではウルカの神と王が一体であり、寺院の最高位にあるのは国王だが、その次の聖職位にあるのが大主教だ。ニラーカは大聖堂に詰め、聖典を守り民人に神の教えを説き、国内の寺院を束ねる実質的な権力者だ」

「……神さまに関係する仕事の、実務をしている人ってことだね？　陛下はウルカの神そのものだから、それとは次元が違う。合ってる？」

小声で訊き返すと、今度こそフェルナンは驚いた表情を隠さなかった。

「――ああ、そうだ。フロシフランの国民はほぼすべて、ウルカの神の一神教信徒だ。つまり国民にとって王は神に近い。……だからその力を分けられる七使徒への信奉も篤かった。六年前までの話だが」

それ以上は今、説明する必要はないと思ったのだろう。フェルナンは列席している貴族院の上級議員十五名と参謀長、一等騎士などの名前を教えてくれた。いつの間にか使徒もそろい、ゲオルクやルース、アランも入ってくる。

（……レンドルフがいない）

『鍵』がいないことを不思議に思って室内を見渡し、リオはドキリとした。ヘッセンのすぐ背後に、ユリウスが立っていたのだ。背の高い黒衣の魔術師。知的な緑の瞳は、見間違えようもないものだった。

（ユリウス……）

ついそちらに体が傾いたとき、玉座の背後の出入り口からユリヤがすっと現れて、家臣はみな頭を下げた。リオも慌てて同じようにしたが、ユリウスがまださっきと同じ場所にいるのか確かめたくて仕方がなかった。

ややあって従僕が「十一の月、五の日、朝議を執り行います」と宣言した。宣言と同時にみな顔をあげたので、リオは真っ先にヘッセンの後ろを確かめた。魔術師は静かにそこに立っていた。

（……ユリヤとユリウス……同じ部屋にいる。やっぱり、二人は別々の人？）

長らく疑っていたことに答えが出そうで緊張し、鼓動が速くなる。そのうちにユリヤが玉座に座り、「発言のある者は前へ」とラダエが言った。

すぐに朝議が始まり、次々に手があがった。国王であるユリヤが一人ずつ名を呼び、発言を聞いていく。リオは慌ててそちらに意識を集中した。

（ユリウスのことは一旦置いておかなきゃ。俺の仕事はまず『知る』ことなんだから……聞き

こぼさないようにするんだ）

朝議が一体どんなものなのか、リオにはまるで想像できていなかった。四角い石壁の部屋の中にずらりと集まった者たちが王を囲んで立ち、発言を許されると意見を言い、報告をしていく。それらは王都での些細なもめ事から、全国的な作物の出来高、深刻な災害や人災などだ。些事から大事まで、あらゆる問題が吹き出てくる。ただしユリヤはどんな些末なことでも、大きな出来事と同じように手をあげた家臣の言葉を最後まで聞いていた。

肉屋とパン屋のどちらにガチョウを飼う権利があるか、というような、リオが聞いてすらくだらないと思える質問にまで、言葉を挟んで遮ったりしない。

「なるほど」

と相槌を打ち、ときに宰相二人に意見を求めつつ、一つ一つに回答と指示を与えていく。そのあまりの誠実さに、リオは驚いた。

（ユリヤは、毎日こんなことをしてたの？）

選定の館にいたころ、午前中ユリヤはいつも館にいなかった。朝議に参加していたのだろう。すぐに終わるかと思っていたその朝の集まりは、聖堂の鐘が二つ時を打ってもまだ終わらず、次々と出てくる地名や人名の半分以上が分からないこともあってリオは何度か眠たくなった。

だが、ユリヤは疲れも見せずにずっと訴えを聞き続けていた。

（……明日は地図を持ってこよう。それから今日の午後、分からなかった単語を調べなきゃ）

一応持ってきておいた石板に知らない単語を書きつけていたが、すぐにいっぱいになった。もう書けなくなって途方に暮れていると「使うといい」と声がして作りの粗い紙束と黒いチョークが一つ差し出された。

「ありがとう……」

と小声で受け取ってから、リオはハッと顔をあげた。すぐ後ろから自分にそれを差し出してくれていたのは、ユリウスだったのだ。緑の静かな瞳が、じっとリオを見下ろしている――。リオは心臓が、大きく鼓動を打つのを感じた。

（ユリウス……っ）

声をあげようとしたとき、

「王よ、七使徒について我々の意見をお聞きください！」

と誰かがほとんど怒鳴るように言った。使徒の単語に思わず意識が吸い寄せられて声のほうを見る。怒鳴ったのは上級議員の一人だった。そちらを向いた数秒のうちに、さっきまで背後にいた魔術師の姿が忽然（こつぜん）と消えていた。横目で確かめると、ユリウスはもうヘッセンの後ろに戻っていた。

玉座ではユリヤが静かな面持ちで、「聞こう。言うがいい」と議員を促している。

「フェルナン、今さっき後ろに、ユリウスがいたの見た？」

囁くように問うと、フェルナンが視線だけでリオを振り向いた。

「いいや。気づかなかった。それがどうかしたか？」

問われると逆に、なにも言えなかった。リオは「いいんだ、なんでもない」と話を終わらせた。けれど心臓はどくどくと脈打っている。紙束を持つ手が震えていた。

（やっぱりユリウスとユリヤは……違う人間？）

頭がユリウスのことでいっぱいになりそうだったが、リオは急いでそれを追いやった。今は朝議だと気持ちを切り替える。

「貴族議員の間で、四日後の民人への披露目は避けたほうがいいのでは、という意見が出ております。できれば、ウルカの神の洗礼の儀のあとでよろしいのではないでしょうか？」

そう続けた議員の男は初老で、目つきが鋭かった。彼はちらりと、リオに視線を合わせた。心臓がどくりと跳ね、リオは緊張した。議員の男の眼には、明らかに軽蔑の色がある。

「理由を聞こう」

ユリヤは静かにそう返した。男は「まず、三年前までのハーデとの戦争の傷を、国民は忘れておりません」と続けた。

「あの戦の始まりは、そもそも、先代の七使徒が魔女にそそのかされ、先王を裏切ったことから。戦禍の傷は深く、国民たちは先の使徒への怨みを持っています。それに、ここにいる使徒を神がお認めになるか疑わしい――相応しくない家格の者が多い。陛下を裏切る可能性も高いのでは？」

「おい、ちょっと待て」

それまで黙っていたゲオルクが、声を発した。議員は疎ましそうにゲオルクを見やる。ゲオルクは腕組みし、

「あんたの意見も分かるが、初めから裏切ると思われてんのは納得いかねえ」

と、言い放った。ゲオルクにしては抑えた態度だ。顔は怒っていたが、声は荒ぶっていない。しかし、貴族たちは潜めた声で「なんと野蛮な」と囁しあった。

「やはり使徒など、いたところで害悪にしかならぬ……」

囁かれる言葉にリオが息を詰めていると、静観していたユリヤが片手をあげる。とたんに、ざわついていたその場が一瞬で静かになった。

「……たしかにオルゾ議員の懸念も分かる」

分かると言われた議員は、満足げな笑みを浮かべる。ゲオルクは、むっとしたようにユリヤを見やった。

「だがエチェーシフ卿の言うとおり、初めから裏切ると決めてかかるのはいかがなものか。私が二年かけて選んだ人材だ。それは国王である私への、不信ともとれる」

「……そういうわけでは」

議員は気まずそうに言葉をついだが、ユリヤはそれ以上の発言を遮るようにまた、片手をあげた。その仕草には不思議な威圧感があり、そうされるとなにも話していないリオですら神妙

な気持ちになった。王にだけ許された、支配する者特有の動きに見える。

「私に不信感を持つことそのものは否定しない。家臣は常に、主の行動について不服を申し立てる権利を持っている。……だが、言葉には責任が伴う。よく考えてから口にせねばならない」

そこでユリヤは、朝議の間中じっと黙っていた大主教の名前を初めて口にした。

「ニラーカ大主教。あなたの考えは？　ウルカの神の御心の代弁者として、どう思われるか訊きたい」

ニラーカは静かに頭を下げると「神の化身であられる王の御前で、恐れ多くも御心を語るなど……」と囁いた。

「ですが、ウルカの神の御心を最も近く感じられる陛下が、是であると思われるのならば、それが神の選ばれる道です」

大主教は膝を折って、ユリヤに向かって祈りの礼をとった。議員は苦虫を噛みつぶしたような顔で引き下がり、ユリヤは
「披露目は予定通り執り行う。……だが、率直な意見には感謝する」

と言った。

そうしてそのあとはもう誰も、七使徒の処遇について不服を言う者はいなかった。

「さて。朝議についてどうだったか、お前の意見を聞こうか」

朝議のあと、リオはユリヤの私室へ来るよう命じられた。不思議な通路を使って朝議の間から王の部屋へ行き、向かいあわせに座ったところで、ユリヤにそう訊かれた。

「……え」

意見とは？　分からずに、リオは戸惑う。するとユリヤに、

「これからは朝議のあと、お前自身の感想を話してもらう。質問も受け付ける」

と、説明された。

（……これ、『鞘』の仕事？）

なんだか違う気がした。一瞬戸惑ったあと、リオはつい訊いていた。

「つまり……ユリヤは俺に……政務のことを授業してくれるの？」

もしそうなら、それは純粋に嬉しい――。

おそるおそるたしかめると、ユリヤは眼を細めて「そうとも言える。俺は教師ほど親切にはしないが」と肯定した。

胸に喜びがのぼってきたが、ユリヤは意見を言わないリオを焦れたように睨めつけてきた。

やった、と叫ぶのを抑えこみ、リオは緊張しながら言葉を探した。

「正直な話……ほとんどの単語は分からなかった。でも……ユリヤの、回答は的を射てると感

じた。直感だけど……」

　声を絞り出すと、皮肉げに嗤ったユリヤが「お褒めいただきどうも」と言った。リオはその態度にムッとしたが、朝議の最中のことを思うと怒りは解けていった。

「……分からなくなった。ユリヤのことは、今日までいい王様だと思ったことがなかった。……怒ったならごめんなさい。でも、それが本当の気持ちだ」

　国王相手に、自分がこんなにずけずけとものを言うなんてと思ったが、ユリヤは怒っていない。ちらりと窺うように顔を見たリオに頷き、続きを促してくる。

「セヴェルは貧しかったし、この国は不安定……。それは王様が悪いんだと思ってたけど……実際に見てたら、ユリヤには悪いところなんてなかった。むしろ家臣の話をきちんと聞いてるし……判断も冷静だった。それでいて王様として……なんていうか、ちょっと強引で、それもたぶん、王様には必要なことで……」

「なら、この国はこのまま俺が朝議をし続けていれば良くなると思ったか？」

　問われて、リオは一瞬黙り込んだ。言葉が見つからなくてうつむくと、ユリヤはじっと答えを待っているようだ。

「考えろ。反駁の余地はあるはずだ。ゆっくりでいい。お前の考えを言え」

　いくらでも待つから、と付け足されて、リオはドキリとした。じっとリオを見つめている青い瞳は、真摯で、ひたむきに見えた。リオはふとそのとき、選定の館にいたころもユリヤに同じことを言われていたのを思い出した。

自分で考えろ、と、ユリヤは再三リオに促した。これもその一環なのだろうか、とリオは思ったが同時に不思議だった。

(なぜ……?『鞘』に、考えることは必要?)

少なくともユリヤはそう思っているのだろう。だが、その目的が見えない。それでもただ流されるように生きて、なにも考えないのはリオもいやだったから、ユリヤの言葉を受けて今日の朝議について言葉をひねり出した。

「……ユリヤは賢明に見えた。でも、くだらない、王が裁くべきじゃないことまで……裁いてる。なんのための議員たちなんだろうって不思議だった。執政をするのはユリヤだけ……?あの人たちは不平は言うけど、誰もユリヤほど賢明じゃなく見えた……」

自分には知識もなく、知恵もない。だから素直に感じたことを言うしかなく、ユリヤに対してもはや遠慮をしても仕方がないから、リオは正直な気持ちだけを言った。

「朝議を続けてるだけじゃ意味がない。……この国には大きな問題がいくつかある気がする。でもそれがなにか、今は分からない……」

正直すぎて叱られるかと怯えたが、ユリヤはすっと身を引き、椅子の背にもたれた。

「なるほど。それなりに自分で考えているようだな」

お前の考え方は悪くない、と認められて、リオは拍子抜けした。

「実際に執政する者が少ないのはかねてからの問題点だ。王都の些事から国全体の大事まで、すべてが俺のところに持ち込まれる……一方で、王都以外の都市や農村の問題はほったらかしのまま、山積みされている。……例えばお前のいた町、セヴェルの問題は俺の耳には入らない。……一番の問題は、執政に関わる人材の不足だ」

それこそが三年前の、戦争の痛手だとユリヤはため息をつく。

「あの戦いで大勢の優秀な人材が死んだ。……国の屋台骨はぐらついている。それを建て直す必要がある」

苦み走った顔で独りごちると、ユリヤは顔をあげて「お前から、質問はあるか？」と訊いてくれた。リオは驚きつつも、石板と紙束を見せた。

「……分からない言葉を書き留めたんだけど」

受け取ったユリヤは「ふむ」と一息つくと立ち上がり、執務机でリオの石板と紙束になにか書きつけた。戻ってきたユリヤに二つを返されて、リオは眼を瞠(みは)った。

不規則に並べただけの単語にそれぞれ印がつけられ、「地名」「人名」「歴史的出来事」などの補足が書かれてあった。

「午後を使って調べるなら、その分類に従え。効率的な書物の読み方は館でも授業があったはずだ。もし今日の朝議の内容を覚えているなら、調べたあと、申し立てた人物の言葉と、俺の回答をそれぞれ口に出してみるといい」

「……口に出すの?」

「疑問に思うだろうがやってみろ。音にすると整理される。俺の回答の意図も、相手の申し立ての意図も分かるはずだ」

想像力を養え、とユリヤは言った。不意に青い瞳が、じっとリオを見下ろしてくる。

「正義の執行に必要なのは想像力だ。それが欠ければ王は途端に独裁者になる」

「……」

射貫(いぬ)くような瞳に、リオは思わず息を止めていた。

(正義の執行に必要なのは、想像力……それが善き王に必要なこと?)

ユリヤのその考えは正しい気がする。分からなかったのは、それをどうしてリオに言うのかだった。ユリヤはふい、とリオから視線をはずすと、もうリオのことなど見えていないかのように執務机に座ってしまった。

「お前の部屋に家庭教師が来る時間だ。今日は下がれ。今後も朝議のあとは意見を聞く」

リオは戸惑っていた。ユリヤの教え方が、想像よりはるかに丁寧で優しかったから。けれどそれが終わると、素っ気ないユリヤに戻ってしまっている。

(なんでユリヤは、『鞘』の俺に政務を教えるんだろう……)

聖堂が鐘を鳴らした。十一の時を刻んでいる。もうこの部屋を出なければ。

「……魔法の扉じゃなくて、普通に歩いて戻っていい? 王宮内のこと、知りたいから……」

おずおずと申し出ると、ユリヤは「好きにしろ」と言う。じゃあ失礼します、と立ち上がったものの、どこか後ろ髪がひかれて、リオはユリヤに訊きたくなった。

――俺から、王様のユリヤを訪ねるのってダメなの……？

昨日、魔法の扉には鍵がかかっていて、リオからユリヤの部屋には来られなかった。何度も口を開けてはつぐみ、開けてはつぐみをくりかえしていると、いつまでもその場に立ったまま動かないリオをさすがに妙に思ったのかユリヤが顔をあげた。目線だけで「なんだ？」と訊いてくるユリヤに、リオは言葉を探した。

「あの……俺は次、いつ……」

リオはひるんだが、腹にぐっと力を入れて最後まで口にした。

「いつ、閨に行ったらいい？」

最後まで訊いたとたん、顔から火が出るような気がした。赤面して固まっていると、ほんの一瞬ユリヤは眼を見開いたが、すぐに素っ気ない無表情になった。

「リオ。……一つ忠告しておく」

ユリヤの青い瞳に、冷たい色が乗る。それはまるで愚かで浅はかな生き物を、憐憫まじりに見るかのような瞳だった。

「お前は俺に情を感じているらしい。……だが忘れろ。お前には記憶がない。そのせいか、なんであれ『初めて』の相手に情を寄せる癖がある」

死んだ親友も、ユリウスもそうだ、とユリヤは容赦なく断じた。リオは衝撃に、息を止める。

「お前は俺に初めて抱かれた。だから固執するだけだ。そんな感情は捨て去れ。……俺がお前に特別な情を抱くことは決してない」

淡々とした声。無関心な視線。ユリヤははっきりと言い放ち、話は終わりとばかりに手元の書類に眼を戻してしまう。

――どうしてそんなひどいことを言うの……？

頭の奥が冷たくなり、リオは耳鳴りを感じた。

「陛下。失礼いたします。少しお話よろしいでしょうか」

そのとき、右宰相のラダエが執務室に入ってきた。リオを見ると、彼女は静かに微笑んだ。

「ラダエ。どうした」

ユリヤが声をかけるのと同時に、リオは頭を下げて逃げるように部屋を退出した。

出る間際、すれ違ったラダエが優しく声をかけてくれた。

「リオ・ヨナターン。四日後には王都の民人へ、使徒の披露目があります。それまではゆっくりとお過ごしなさいね」

リオはそれに上手く返せず、小さな声で「はい」と言うので精一杯だった。

五　王都の民人

謁見の日から五日後の朝。

リオは、ラッパの音が鳴るのと同時に眼が覚めた。

窓を開けて外を見ると、早朝の冷たい空気の中で薄曇りの空が広がっていた。ラッパの音はかなり遠くから聞こえていたが、だんだんと近づいてくる。それは聞いたことのない鳴り方なので、たぶんこれから、城下に使徒が行進することを報せているのだろう。

寝間着の上から胸元を探り、リオはユリウスにもらったナイフを握った。

——お前は俺に初めて抱かれた。だから固執するだけだ。

頭の隅に、四日前に聞いたユリヤの言葉が蘇り、リオはため息をついた。

(ばかみたい、俺。まだ思い出して落ち込んでるなんて……)

リオは自分のことを情けなく感じた。

四日前、初めて朝議に出席した日はユリヤの拒絶に傷ついて、家庭教師の最初の座学も、そのあとの図書室での調べ物もあまり集中できなかった。

（俺がユリヤを好きになって、ユリヤも俺を好きになることは、悪いこと……？）

今後、義務とはいえ抱き合うのなら——お互いに好意を持っていても悪いことではないはず。

リオはそう思うけれど、ユリヤは違っているのだとしみじみ理解した。

だが一番いやなのは、そんなことで傷ついて振り回されている自分がいることだった。

リオは気持ちを切り替えながら、なんとかこの四日間、王宮での暮らしを乗り切った。

まずは毎日、朝議に参加する。

集まった人々の意見とユリヤの回答を必死に聞いて書きつけ、そのあとユリヤと二人で意見交換のような時間を持つ。

そのあとは家庭教師につきっきりで史学、政治学、古代語、法律、経済や運搬、農村や各都市の地理や特色などを教えてもらう。午後は調べ物で図書室で過ごしたが、七日のうち二日は、短剣での護身術や馬術などを勉強する予定もたてた。

ユリヤは相変わらず素っ気なく、リオに対して距離をとっている——。

だが不思議なことに、ユリヤは褥(しとね)には呼ばないが、リオが知識を身につけることにはとても協力的だった。

朝議のあとで二人きりになると、

「昨日分からなかったところは、調べられたか？」

と確認してくれるし、リオが調べきれなかったものがあると、長々と説明してもくれる。そのことに、ユリヤはちっとも時間を惜しまなかった。

　朝の意見交換が終わって一度ユリヤの部屋を出たリオが、聞き忘れがあったことを思い出して戻ったときも、ユリヤは邪険にしなかった。そのときは入室するとラダエがいてユリヤと二人で話し込んでいたので、

「ユリヤ、教えてほしいことがあるんだけど……、あ、でも忙しいなら、先生かフェルナンに聞くね」

　政務の邪魔をしてはならないと思って慌てたのだが、ユリヤは逆にラダエを退出させた。

「いや、俺が教える。俺に訊け」

　そしてリオを手招いてくれた。そのあともリオの質問にたっぷり時間をとってくれたし、

「教師の教え方や、フェルナンの意見もあるだろう。だがまずは俺に訊け。お前の考えていることは、俺が一番分かっている」

　と、念を押された。リオは純粋にありがたかったが、不思議でもあった。

（……ユリヤは、俺に『鞘』の仕事はさせないのに、教養はつけてくれる。どうしてなんだろう？）

　普段素っ気なくされているぶん、熱心に政治や歴史を教えてくれるユリヤに、ふと期待してしまう自分がいる。本当はユリヤは、リオのためを思ってこうしてくれているのでは？　と。

　そのたびリオは、自分をばかみたいだなと滑稽に思うのだった。

そうやって迎えた披露目の日。リオはまだ十分に使徒らしい仕事などできていなかった。

（このまま披露目に出て胸を張っていられるのかな。俺自身はなにも変わってないのに……）

そう思うが、それはリオの事情であって王都の人々には関係のないことだ。

使徒としての正しい振る舞いは、きっとどれだけ不安があってもそれを見せずにいることだろうとリオは思った。自分が王都の民人なら、おどおどしている使徒よりも堂々としている使徒に安心するだろう。

（……不安なんてどうでもいい。『鞘』として、王都の人たちの前できちんと振る舞わなきゃ）

そのほうが大切なことだと、リオは憂鬱な気持ちを押しやった。朝の空に鳴り響くラッパの音がやみ、リオはしばらくの間、その音の余韻(よいん)に耳を澄ましてじっとしていた。

王都の民へ向け、七使徒の披露目の行進をする――というのは、なんとなく聞かされていた。だが実際にはどんなことをするのか、リオはよく分かっていなかった。

しかしこの日のために用意された服を渡され、エミルに手伝ってもらって着替えはじめると、少しだけその特別な感じが伝わってきた。

「……すごい豪華な衣装」

白地に青の縫い取りがあるその服は、王に謁見する日に着たものよりもさらに派手で、あちこちに刺繍や房飾りがついている華やかなものだった。

リオの体に合わせて作られてはいたが、あまりにも豪勢な衣装なので、つい気後れした。

「俺、服に着られてない？」

「すごく似合ってるよ。王都の人たちも、きっとリオや他のみんなを見て嬉しくなると思うよ」

エミルは相変わらず明るく励ましてくれる。似合う似合うとおだてられるとそんな気分になり、呼ばれるまま王宮の広場へと出る。

が、既に集まっていた他の使徒を見ると、上背があるぶんリオよりずっと衣装映えしていて、

（俺やっぱり、この中じゃ浮いてそう……）

と、リオはふたたび気後れした。けれどすぐにエミルが「頑張ってリオ。『鞘』はリオだけなんだから」と声をかけてくれたので、リオは気を取り直した。

（そうだ、頑張らなきゃ……）

「おはようリオ。今日も可愛いね」

早速声をかけてくれたのはルースだった。ゲオルクが顔をしかめ「顔を合わせてすぐ可愛いだの言うのはやめろ」と幼なじみに注意する。

リオはフェルナンとアランにもおはよう、と挨拶をした。フェルナンは返してくれたが、アランには無視をされた。鍵のレンドルフはみんなからかなり離れた場所に立っている。

全員衣装を着こなしていて、見るも艶やかな出で立ちだった。

「そろったか。台車の上に乗ってくれ。市内を回る」

やがて、同じように使徒として装束を身につけたユリヤが現れて、広場に止めてある大きな台車を指さした。大きく頑丈な板に、六つの車輪がついたものだ。八頭の立派な馬がひいており、台車にも馬にも花が飾られ、華やかな装飾が施されていた。

リオが台車に乗ると立つ位置が指定され、長い棒の先に織った布をいただいた旗を持たされた。リオの旗は鞘の絵が描かれ、「プラージュ」という言葉が刺繍されている。他の使徒もすぐに役目の分かる旗を持たされていた。

やがて台車は動き出し、王宮を出て市中へ出た――ラッパが鳴り響き、台車の後ろには騎馬隊が続いている。

思わず不安で、見送るエミルの顔を見ると、エミルは瞳を輝かせてリオに手を振っていた。リオも決意をこめて、こくりとエミルに頷いた。ふとユリウスはいないかと探したが、背の高い魔術師の姿は今日はない。

(ばか、よそごとを考えるな)

リオは自分を叱咤した。ちゃんと顔をあげてにこやかにし、民人を安心させなければ――。

王宮の門が開かれ、橋を渡って市街地へ出る。

石畳の街中へ入った瞬間、大勢集まった民人が見えた。

リオの緊張は高まり、心臓がどくんと大きく跳ねる。

台車が人々の間に入っていくと、どよめきにも似た声がさざなみのように広がっていった。

「民人に手を振るように」

と、出発前にユリヤから言われていたのでリオは笑顔で手を振ったが、狭い道の両端にぎっしりと詰めかけた人々から手を振り返されることはなかった。

彼らは戸惑いと疑惑を含んだ瞳で、台車の上の使徒たちを見ている。無邪気な子どもが馬や騎士たちの姿に喜んで笑顔を見せ、こちらに手を振ってくる。だが気づいた親が、すぐにやめさせた。

それに、リオの胸は軋むように痛んだ。緊張は解けることなく、だんだん体が強ばっていく。先頭の馬にはラッパ吹きが座っていて、高らかな楽の音を響かせているが、歓声はなく市中は白々しい空気に満ちて感じられた。

「……『剣』は陛下だから別として、他の六使徒は、またこの国を裏切るかもしれん」

「魔女はまだ生きているんだ。きっと次も使徒を狙うぞ」

「次も使徒が裏切ったら、この国はついに終わりだ」

そんな声が聞こえてきた。市内を回り、王宮に帰るまでリオは生きた心地がしなかった。

（……使徒は全然、王都の人に望まれてないんだ――）

そのことが、はっきりと分かった。

そのとき突然、足下がぐらぐらと震動した。地震だ。台車は揺れ、馬が怯えたように足踏みする。

「魔女よ」

「ああ、恐ろしいこと。使徒が出てきて怒りを買った……」

歩道にひしめいていた人々からそんな声があがった。彼らは青ざめ、動揺した声があがる。

「みなみな、落ち着け。すぐにおさまる！」

一際大きく声をあげたのはユリヤだった。瞬間、聖堂の方角から白い光が空に向かって放たれて、地震は一瞬で鎮まる。

「ウルカの神はこの地をお見捨てになっておらぬ。魔女の討伐も近く完遂されるだろう。恐れる必要はない」

使徒としてではなく、王として声を張り上げるユリヤに、人々は頭を下げて伏した。だが恐怖は彼らの意識をさらったままで、再び動きはじめた台車が行き過ぎると、民人は我先に家の中へ入っていった。

これ以上使徒を見ていては、魔女の怒りを増長させる。まるでそう思っているかのように。

（この人たちにとって、使徒は魔女を思わせるものなんだ……）

豊かな王都に暮らしていても、彼らの不安と疑念は、セヴェルの寺院で自分が抱いていたものとそう変わらない気がした。

いつになったら平穏な暮らしが訪れるのか分からないという不安。

そして上に立つ人たちを信じても、その暮らしがもたらされるのか分からないという疑念だ。

気がつくと空いた手で、服の下にあるナイフを探っていた。

不安が胸に押し寄せてくる。今すぐ台車を降りて人々の中に駆け寄り、あなたたちを助けたい。信じてほしいと訴えたくなる気持ちを、リオは必死で抑えていた。

「やれやれ、くたびれた。魔女の襲来まであったし、ひどい時間だったね」

ようやく元いた王宮の広場に戻ると、苦笑まじりにルースが声をかけてきた。ゲオルクも

「体が凝ったぜ」と不満を言っている。

「……二人は平気だったの？　王都の人たちにあんなふうに疑われてて……」

いつもと変わらない二人の様子に思わず訊ねると、ゲオルクは「最初から分かってたこった」とどうでもよさそうだった。

「ここは王のお膝元だ。他の都市や村の人間よりも、使徒との繋がりが深い。先代の使徒の裏切りはまだ記憶に新しいってことだろ」

「リオは国境の町から来たんだっけ。それだとあんまりぴんとこないよね」

ルースは、僕の故郷も田舎だから似たようなものだよ、と優しく教えてくれた。

（使徒さえ決まれば国はよくなると思ってた。でも、そう思う人ばかりじゃないのか……）

「まあ、少しずつ信頼を勝ち取るしかないよ。僕らは誰も、陛下を裏切りたいわけじゃないんだし」

黙り込んだリオを心配してくれたのか、ルースが励ましてくれる。

「どうだか。案外王都の民人は真実を感じ取ってる。使徒なんてフロシフランの国にはもはや必要がないと、分かってるのかもしれないじゃないか？」

そこへ、イヤミ混じりに言葉を挟んできたのはアランだった。ゲオルクがムッと眉根を寄せる。

「相変わらずうるせえやつだな、ストリヴロ。お前のとこの領地はどうなんだ。フロシフランきっての大都市じゃ、ここと一緒で使徒を歓迎しねえって？　ご領主様が『王の翼』に選ばれたことはどう思ってんだ？」

「俺ほどの能力なら選ばれることは分かりきってる。うちの領民は賢いんでね、今は静かに情勢を見守ってるさ。けど彼らに必要なのは俺であって、使徒じゃない。そんなことはとっくに分かってる」

ストリヴロは先の戦争でも、自家の力で城塞（じょうさい）を守り通したんだ、と言ってアランは肩を竦めた。そこには大都市随一の領主である自信が見え隠れしていた。

「大体、こんなドブネズミが入り込むんだから、使徒なんてもはや意味がないのさ。王が偏見で選んでるんだから余計にね——」

そう言って、アランが見据えたのはリオだった。赤い瞳にぎらぎらと憎しみが宿っている。

リオは息を呑んだ。

（俺が選ばれたのが……どうしても気に入らないってこと？）

思わず助けを求めるようにユリヤを見る。王は台車から降りて、執務室へと向かっていくところだ。集まった使徒たちに労いの言葉一つかけず、不穏な言葉を吐くアランのことすら無視して——。そのことにはアランも気づいたのか、ユリヤを見やると小さく舌打ちした。

「……腰抜けめ」

唾棄するように言ってから、アランは台車を降りてしまった。よく見ればいつの間にやらフェルナンもレンドルフも姿を消している。

「まったく、我ら使徒はみんな、よく言えば自由、悪く言えば身勝手だね……」

まあ団結なんてなくても、僕はちゃんと仕事するけどさ、とルースがため息をつく。

「魔女狩りが始まらねえと、国民にとったら使徒の意味もなにもねえだろ。悪く言われてもしようがねえさ」

ゲオルクは案外冷静に肩を竦めている。ルースも首を傾げて、たしかにねえ、と同意した。

「でも魔女狩りなんていつ始まるんだろうね？　そもそも、使徒って王の付き人の立ち位置なのに、陛下は僕らと交わる気がなさそうだから国の事情もよく分からないし」

その言葉に、リオはドキリとした。胸にじわじわと不安が押し寄せてくる。

（……先代の使徒は、どうして先王を裏切ったんだろう）

——辛い選定を終えて使徒に選ばれたのなら、ルースが言っていたように——彼らだって、初めから王を裏切るつもりはなかったはずだ。リオたちは誰一人団結してはいないが、積極的に王ルスト・フロシフランを謀ろうとしている人間は、いないように見える。

（……正義の執行に必要なのは想像力……）

ユリヤの言葉を思い出す。

（ユリヤは俺たち使徒のこと、どう考えてるんだろう？　必要だと思っているのなら——なぜ、こんな日にも優しい言葉を……みんなにかけないいんだろう）

ユリヤは、使徒一人一人と繋がろうとしていない。もし自分がユリヤなら、きっと集まってくれた使徒たちを労うし、争いがなくなるよう間に立って話し合う。重たい役目を負っているのに、王都の民人に疎まれているのは、普通に考えれば割に合わない。

聡明なユリヤがそうしないのは、なにか理由があるのだとしか思えない。

けれどゲオルクは「べつに仲良しごっこしたいわけじゃねえから、陛下と親しくなくてもいいだろ」とあっさりしていた。

「いる意味はなくても、選ばれたんだ。俺は俺の仕事をするぜ。ユリヤ・ルジは王として、王の仕事はこなしてる。なら文句はねえよ。エチェーシフ家は王家の家臣だ。玉座にいるのが豚でも牛でも、王家の盾になって戦う。それだけだ」

「さすが。騎士には考える能力はいらないのかもしれないと思わされるね」

ルースがからかうように言い、ゲオルクはうるせえ、とルースを睨みつけた。だが素直な性格のゲオルクらしい考えは、同じ使徒としては今はありがたくすら思える。

（とりあえず、ゲオルクが裏切ることはありえない……）

そう信じられる。

訓練に行くという二人と一緒に台車を降り、同じ方向に向かいながら、リオはルースに訊ねた。

「ルースは……俺たち使徒が、今のまま仲良くなくてもいいって思う……？」

ルースはうーんと少し考え、それから答えてくれた。

「どちらかというと、使徒の中に使徒反対派がいることが問題かもしれない。決まってしまった以上、僕らなりに精一杯働きたいとこだけど——フェルナンは中立として、アランはあのとおりだからね」

「アランは一流貴族様だ。俺ら貧乏人と交わりたくないだけじゃねえか？」

「……そうかなあ。彼はリオが魔女の大蜘蛛に襲われたとき、身を挺して助けたろ？　単なる血統主義のいけ好かない第一貴族様とは、僕には考えられないけどね」

ルースは意味ありげな視線を、リオに投げてきた。リオは言葉に詰まり、ルースとゲオルクアランが使徒に文句があるとしたら、それは自分のせいだということ。ただ、その理由は知らない。

（なにか、過去にあったなにかのせいで、アランは怒ってる。ユリヤに対しても……俺に対し
ても）

そしてそれが、リオの失われた記憶に関係していることはもう分かっている。

（三年前、俺はアランに会ってたんだよね？　そうじゃないと、アランの態度は説明がつかな
い……そのとき、俺は魔女と関係があったのかもしれないんだ……）

失われた記憶の中で、リオがアランだけではなく、魔女と関係している可能性は高かった。
もしかしたら王であるユリヤとも、関係があるかもしれないが、それは分からない。けれど考
えようとすると頭が鈍く痛み、額に冷たい汗が浮かんで息苦しくなる。

（そもそも、アランは俺のことを昔から知ってるみたいだったけど……ルースやゲオルクはど
うなんだろう？）

ふと疑問に思い、リオは二人を見つめた。

「……あの。ゲオルクとルースは……戦争が終わる前に俺と会ったこと、あったっけ？」

そっと訊ねると、二人はどちらもきょとんとして眼を見合わせた。

「リオと？　……僕らは戦時中どっちも後衛部隊にいたから……国境付近までは進軍したけ
ど」

「でも俺ら、セヴェルには陣を張らなかったよな。三年前、リオは十三歳だろ？　補給部隊に入ってたなら顔合わせたかもしれねぇけど、十三じゃあ入れないだろ」

（……二人は俺のこと、知らない）

じゃあアランがリオについて知っているなにか、は、ルースとゲオルクには関係がないのだとリオは思った。

「あ、ううん。俺、戦時中のことはあんまり覚えてなくて……兵隊さんたちが来てたなーってことしか覚えてないから、なんとなく訊いただけ」

リオはあえて嘘をついて誤魔化した。二人はたいして気にした様子もなく、もうもとの話題に戻っている。

「アランが使徒反対派なのは分かりやすいけどよ、『鍵』のレンドルフはどうなんだ？　あいつも俺たちとは口もきかねえだろ」

ふと思い出したようにゲオルクが言い、リオはハッと我に返った。そういえば朝議の場にすら姿を現さない六人目の使徒、レンドルフのことはあまり考えたことがなかった。

しかしルースは呆れたようにゲオルクを見やった。

「きみは座学で学んだことはなにも覚えてないんだね？　『王の鍵』はそもそも、他の使徒と馴れ合うことを禁じられてるじゃないか」

「『鍵』ってそうなの？」

今まで知らなかったので、びっくりして思わず訊くと、ゲオルクが「ここにも勉強不足がいるぜ、先生」とルースに向かってニヤニヤした。ルースはリオには丁寧に、『鍵』は王の真名を知ってるからね、と説明してくれた。

「王の真名……」

「陛下の本名はルスト・フロシフラン――僕らはユリヤ・ルジだと思って付き合ってたから変な感じだけどね。でもそれとはべつに、もう一つ隠された名前があるんだ。ウルカの神と陛下を繋ぐ契約名とでもいうのかな」

知っているのは陛下自身と、『王の鍵』だけ、とリオは教わった。

「真名を使えば王を一時的に支配できる。だから『鍵』は、王が国に背くときにそれを止める役目なんだ。その秘密を漏らさないよう、基本的に誰とも密に接しないんだよ」

リオはルースの説明を聞いてようやく、レンドルフという青年が、いつまで経っても遠い存在のままなのを納得した。

「……じゃあ、レンドルフが俺たちと親しまないからって、陛下を裏切るとは限らないよね。……よかった」

呟くと、ルースは一瞬驚いたようにリオを見つめた。

「なに……？　ルース。俺、変なこと言った？」

慌てて訊くと、ルースが「ううん。ただ、リオは陛下に忠誠を誓ってるんだなあと思って」

と続けたので、リオは眼を見開いた。

「使徒なんだから誓ってねえお前のほうが問題だろうが」

ゲオルクが唾棄するようにルースへ言う。

リオも同じ感想だったので、ルースは違うのかと驚いた。ルースは肩を竦める。

「陛下への忠誠心はそこそこだよ。だってまだよく知らないもの。フロシフランはそもそも世襲制の国じゃない。王の器は神が決める――ただ、陛下は戦争のごたごたの最中に急ごしらえで選ばれたからさ」

「……正当な神の力の継承者じゃない、ってこと？」

リオがつい言うと、ルースはそこまでは言ってないよ、と笑った。

「そういう考えの人もいるだろうけどね。実際陛下は正しい王だ。だから神々の山嶺に光が灯る……まあ僕の忠誠心は置いておいて、国を健やかにはしたいよ。うちの家族は田舎住まいで、農家みたいなものだし、国が荒れると農村は都市部からの宿なしで荒らされて困る。王都が崩壊したら、カドレッツ家はいっそうの赤貧に喘ぐことになるしさ」

それは本音なのだろう。ルースの口元は笑んでいたが、眼の奥は笑っていない。静かな決意と、もしかすると――怒りかもしれない、強い感情が浮かんでいる。

（……ルースは家族のために、使徒になったんだ……）

とてつもなく単純。けれど強固な理由だ。リオも親友のセスや、寺院の子どもたちのために働こうという気持ちが強い。それはたぶんルースと似ている。だからルースの瞳に宿る怒りの理由も、想像できる気がした。

どうしてセスが死なねばならなかったのかという問いは、常に世界に対してリオが抱いている怒りだ。

あの死は理不尽で、間違いだったという根拠のない恨みのような気持ち。

ともするとその感情に心がむしばまれそうになる。だから普段はなるべく怒りをやり過ごして、自分のやるべきことに眼を向けようと努めている。

（……それでも、貧しい土地では当たり前のように人が死んでいく。ルースも、そういうことを知っているのかも）

訊きはしなかったが、ふとそう感じた。カドレッツ家の領地は農村だというのなら――ユリウスと旅をしたときに見た、あの貧しい村のようなものなのかもしれない。

（あの村の子どもたち、セヴェルのみなしごたちより、ボロボロの服を着てたっけ……）

世界には理不尽なことが多すぎるし、不公平も当たり前のようにある。そしてそれを解決するような魔法は、たぶんこの世には存在しない。

リオはもう毎日のパンに困らないのに、たった今お腹を空かせている子どものところへ、パンを届けることもできない。

（それでも……諦めるわけにはいかない。前を向いて歩かないと）

そうしなければ、理不尽は理不尽のまま変わらないという恐れが、今のリオを奮い立たせている。

訓練場に行く二人と途中で別れると、リオは一人になった。人気のない柱廊を歩いていると、ふとどこからか視線を感じる。

ハッと顔をあげると、少し先にユリヤが立っていて、リオをじっと見ていた。

（ユリヤ――……）

いつからそこにいて、リオを見ていたのだろう？

ユリヤはなぜか不機嫌そうに眉根を寄せていたが、やがてリオに背を向けて行ってしまった。

（なんだよ。……言いたいことがあるなら、言えばいいのに）

なんだかいやな気持ちだったが、追いかけていくこともできない。

立ち止まったリオは、無意識に胸元のナイフを握っていた。

「お前はいつの間にやら、ルースとゲオルクにずいぶん懐いたな。田舎の出同士気が合うのか？」

翌日の朝議のあと、いつものようにユリヤの私室で二人きりになるやいなやそう言われて、リオは一瞬耳を疑った。

「……え？　なんの話？」

思わず訊き返したが、ユリヤは椅子にどさりと座ると、書類を手にしてリオを見ようともしない。

（もしかして昨日披露目のあと、二人と歩いてたから？　でもそれがなんだって言うの……）

イヤミを言われた気もするが、その理由が分からない。リオはもやもやとしながら、

「俺が二人と仲良くなるよりも、ユリヤがみんなを労らないほうがずっと問題だよ。王様なら……あの披露目のあと、一人一人に声をかけるべきだったよ」

思わず本音を言うと、ユリヤはそっぽを向いたまま「お前が王になったらそうしたらいい」と取り合ってくれない。

（なんで俺が王様になるの）

リオはユリヤの言い分が分からずにムッとした。

「王と使徒の絆を深めないでいいの？」

「……朝議の感想と質問を始めろ」

ユリヤはリオの質問には答えず、強引に命じた。

リオは納得していなかったが、命じられては仕方がない。あとで話そうと思いながらとりあえず今日、気になったことについて意見をしたり、訊ねたりした。

さっきまで冷たかったユリヤも、リオが分からないことがあると言うと、やっぱり懇切丁寧

に教えてくれた。

（……こういうときは優しいのに）

なぜ普段は冷たいのだろうと思う。愛していないとはっきり言われたのだ。リオはユリヤに愛されているなんて、大それた勘違いはしない。だからこそ、ユリヤの優しさに戸惑ってしまう。

（……まだユリヤの気持ちなんてうじうじ考えてる。そんなことより今日は他に訊きたいことがあるだろ）

リオは意見交換のあと、昨日披露目が終わったあとから、一人悶々と考えていたことを切り出そうと決めていた。

「ユリヤ。今日は部屋に戻る前に、真実を教えてほしいんだけど」

およそ半刻が経ち、リオが部屋に戻る時間がやって来た。そこで勇気を出してリオがそう切り出すと、案の定ユリヤはあからさまに嫌な顔をした。威圧的な青い瞳に睨まれて、内心びくびくとしたが、リオは全身に力をこめて絶対にひかない、と決意する。

「……真実とは？　なにが知りたい」

言われて、リオは自分で用意してきた紙片を取り出し机上に置く。ユリヤは片眉をつり上げて、そこに連なっている文字を斜めに読んだ。

「……一、先代の使徒がどうやって魔女に籠絡されたか。二、ユリヤはいつ魔女狩りをするつもりか。三、アランがなにを怒っているのか。四、使徒たちを労い、団結を促してほしい……。最後のは願望になっているぞ」

ユリヤはひらひらと紙片を振り、投げるようにリオに戻した。答える気がないのか、机上に丸められた書類の束を引き寄せている。

リオは「ユリヤ！」と大きな声を出して責めた。

「答えてよ！」

するとユリヤはリオを見ずに、するすると答えた。

「一、先代の使徒は魔女に嘘を吹き込まれ、魅了されて裏切った。口車半分、魔法半分だろう。お前たちが同じことをされる心配は今のところないから考えなくてよし。二、魔女狩りはとりあえずウルカの神の洗礼の儀が済んでからだ。お前たちがどの程度神の力を受け取れる器なのか見たい。三は……アランのことか？　アランに訊け。知らん」

「知らないってことないでしょう？　明らかに俺のことと、ユリヤのことで怒ってる」

素っ気なく淡々と答えるユリヤに、思わず噛みついた。

「選定の館にいたときから、アランはユリヤに俺が近づくのを嫌がってた。使徒に俺がいるのも気にくわないから、あんなに使徒を不要だって主張するんだよ」

「そこまで分かってるなら俺に訊くな。アランはお前を嫌ってる、以上、終わりだろう。それから四は——まだなにも成してない家臣を労う王など、この世にいるか？」

話は終わりだ、とばかりに机上に書類を広げたユリヤにリオは食い下がる。

「そうじゃなくて。ユリヤ……このままじゃダメだよ。洗礼の前に……ユリヤからみんなに近づいて、繋がりを持たなきゃ」

ユリヤは肩を竦めて「なぜそう思う？」と訊いてくる。リオは必死になって説得した。

「今の使徒は……みんなバラバラで、心からユリヤに忠誠を誓ってるのはゲオルククらいだよ。王都の民人も、王宮の中の人も使徒はいなくていいと思ってる。そのうえアランまで同じ考えだ……使徒同士で助けあって、この国を建て直さなきゃいけないよね？　なら、俺たちはユリヤを通して繋がってないと……俺たちには今、絆がないでしょう？」

「絆ね……」

ユリヤはぽつりと呟き、なるほどな、と頬杖をついた。一瞬だけ、リオは分かってくれたかと期待した。

「絆作りはお前がやるといい。必要なら、使徒との情事は許可してやる」

しかしすぐに揶揄するように突き放されて、怒りが胸に湧いた。

（なんでそんなこと言うの？）

真剣に話しているのに、どうしてまた男と寝ていいと言われなければならないのだと思う。

「ユリヤが取り合ってくれないなら他の人に訊くからいい。ユリウスとか！」

「お前が朝議に出ていても、話しかけにもこない魔術師と、どうやって会話するつもりだ？」

せせら嗤われて、リオはぐさりと胸を刺されたような気がした。今朝の朝議にもユリウスはいたが、気がついたときには煙のように消えていた。ユリウスはリオに、会うつもりがないのだ――、だが、そのことで落ち込むのはもうやめようと決めていたから、リオはユリウスに会えない悲しみを頭から振り払った。

ただ、応えてくれないユリヤに対しての、無力感がひしひしと迫ってきてリオはうつむいてしまった。

「……俺の言ってることはなにか間違ってる？　無知で幼稚だから、無意味なことを言ってるの？　それならそう言って。なにも分からないままここにいるけど……ちゃんと役に立ちたいんだ」

自分なりに考えて、このままじゃだめだと思ったから話したのに、相手にもされなければ思い悩む。正解がどこにあるのか分からない。闇の中をただ手探りで進んでいるようで不安だ。

「教えてよ、ユリヤ……」

呟くと、数秒の間黙っていたユリヤは、やがてため息混じりに「いいやリオ。お前の考えは正しい」と言った。

リオは息を止めて、パッと顔をあげた。認めてもらえた喜びが一瞬湧き、次の瞬間、ならばなぜ応えてくれないのかという疑いに変わる。

「絆が必要だと思うのは正しいことなの？」

「そうだ。一緒に仕事をする仲間だ。仲間割れするのは好ましくない」

「じゃあどうして、ユリヤはそれをやってくれないの？　ユリヤは王さまで……俺たちはみんな、王さまの使徒なのに」

「……お前の答えは正しい。が、俺にとって少なくとも今は、お前たちの忠誠は不要なんだ。順番があとだ」

静かに答えるユリヤの顔を、リオは困惑して見つめた。

意味が分からない。

「……どういうこと？」

「さあな。いずれ分かるだろうから、今は黙っていろ」

それを最後に、ユリヤは話を終わらせてしまった。

(王にとって家臣の忠誠が重要じゃないなんて、ある？)

ユリヤはなにか嘘をついている。一体ユリヤの放った言葉のなにが真実で、なにが嘘なのか――リオにはさっぱり分からない。

だが執務室を追い出されてから分かったのは、結局ユリヤはリオの質問になにひとつ答えていないし、なにひとつ自分の行動を変えるつもりもないということだった。

（ああそう！　ユリヤの身勝手さはよく分かった。それならこっちだって勝手にやる）

いつものように部屋へ戻る通路を歩かず、リオは思いきって庭園に飛び出した。

「肝心なこと、なんにも教えてくれない！　ユリヤはこの国がどうなってもいいの⁉」

腹立ちまぎれに怒鳴っても、誰もいない庭園では小鳥がさえずるだけだった。

（六日後には洗礼の儀なのに――こんなにもやもやしたまま、儀式を迎えていいんだろうか）

自分なりになにかしたいと思うのに、なにをすればいいのか分からない。ユリヤには相手にされていない。それが悲しくて、ため息が出る。

噴水をまわり、大きなスズカケの木を通り過ぎて丘の上にぐんぐんあがった。崖に沿って張りだした場所が美しい柱で囲まれ、露台のようになっている。

（わあ……こんな場所あったんだ）

白い石でできた腰高の縁に身を乗り出すと、運河をたたえる王都が一望できた。正午近い明るい日差しに照らされて、晩秋の街並みからは槌と金床の音が聞こえた。よく見れば、都の半分くらいは建物の修繕作業が途中のようだった。

（戦争の傷だろうか……。披露目の行進のときには、緊張しててよく見てなかったな）

王の膝下、この国随一の都で生きる生活とはどんなものだろう……？

リオは想像してみたが難しかった。ここにもセヴェルのような寺院があるのなら、自分はやっぱりそこにいて、野良犬と呼ばれて生きている気がした。

「家庭教師をすっぽかす気か？　ルストが高い金を払って呼び寄せた、物見の賢者の一人だというのにな」

そのとき後ろから声がして、リオはびっくりして振り向いた。

露台の片隅には小さな円柱状の四阿が建てられており、赤い実をつけた蔓草が覆っている。四阿の入り口から、すらりと長い足が覗いていた。

駆け寄ると、思ったとおりアランが中の椅子に寝そべっていて、窓から伸びた蔓草へ手を伸ばし、赤い実をもいで食べていた。金色の髪や、豪華な刺繍を施した上衣、たてた片膝の上などに可愛らしい小鳥がとまって羽根をつくろったり、アランに体をすり寄せたりしている。

小鳥に囲まれたアランはけだるげで、その目許には憂いが乗り、もともとの美貌も相まって貴族や領主というよりは、どこかの国の王子のように見えて、リオはついドキリとした。

「……アラン」

「うるさい、昼寝の邪魔だ。帰れ」

アランは、片手で追い払う仕草をする。けれどリオはぐっと息を飲み込み、腹を決めて四阿の中に入った。アランは嫌そうにリオを見たが、構わずに四阿の壁に沿ったベンチへ座った。

「話がしたかったんだ。これから探すつもりだった」

「俺からは話なんてないよ、お嬢ちゃん」

「昨日王都を回ったあとに考えたことがあって」

「俺の話聞こえてる？」

勝手に話し続けるリオに腹が立ったのか、アランはむくりと上半身を起こした。赤い実が二つ、地面に落ちる。小鳥がそれを追いかけて床に降りた。

「ユリヤに……陛下に話したんだ。使徒同士の絆がないのはダメだと思うって。アランが怒ってる理由も知りたいって。でも――陛下は取り合ってくれなかった」

アランがわずかに、眼を細める。

「だから、俺の考えが間違ってるのか確かめたら、それは正しいって言われた。それでも、陛下は今、使徒からの忠誠を必要としてないんだって……、アラン。なんだかおかしくない？　ユリヤは、なにか隠してるよね？　だって使徒からの忠誠がいらない王様なんている？」

黙り込んでいるアランの表情は読めない。リオは続けた。

「……アランは、俺が失った記憶のことで……俺が嫌いなんでしょう？　ユリヤが隠しているなにかも……もしかしたらそれに関係してる？」

アランは四阿の壁にもたれてしばらく黙り込んでいた。その肩に乗った小さな鳥は黒ツグミだろうか。アランが指で優しく喉を撫でると、黒ツグミは愛らしい声でさえずった。

「多少はものを考えるようになったわけだ。犬よりは知能があるんだな。出会ったころより発達してて驚いたよ、お嬢ちゃん。今は猿並みだ」

「アラン……アランの知ってることを教えて。それか、どうしたら使徒として……協力してくれる？」

　悪態に構わず言ったとたんに、アランは舌打ちし、憎しみも露わにリオを睨みつけた。

「協力だって？　俺は会ったときから言ってるよ、選定の館にいたときも。俺を選べ、ユリヤにするな。記憶を取り戻せ。戻した記憶は真っ先に俺に教えろ。……それをお前がことごとく蹴ったんだろうが」

　言いながら、アランは長い足で四阿の壁を蹴った。リオはびくりとなったが、「それは」と言い返した。

「ユリヤを選んだのは……結果的には王様とユリヤは同じだったんだし」

「それがなんだっていうんだ。お前がユリヤと寝たかったのは変わらない」

　決めつけられて、腹の底がカッとなる。違う、と言おうとして本当に？　と思った。つい先日、自分はユリヤが好きなのかもしれないと思ったばかりだ。考えても仕方がないから封じ込めて忘れたが、「寝たかった」と断言されると、不意に思い出されて頬が赤らんだ。

「ほらみろ。そうだろ？」

「……だとしても関係ないよ。ユリヤは俺のこと、抱きたくないんだし……」

「今度は嘘か。お嬢ちゃんは賢くなって話術も男娼じみてきたな」

　呆れたようにアランが寝転がったが、リオは「本当に」と言った。その声が自分でも予想外に震えて、小さくなった。

「……他の侍従と寝てもいいって。必要がないうちは、俺のことは抱きたくないって言われたから」

言っていてみじめになり、リオはうつむいた。瞬間、アランがぱっと起き上がり、「はあ?」と怒ったような声を出す。

「まさかそれを真に受けてるのか? 絶対にないね。ルストはお前を他の誰にも触れさせない」

「でも、王様が許可するなら『鞘』は王以外とも関係できるって……」

「わざと言ってるだけだ。お嬢ちゃんが自分以外と寝るわけないと思ってる。大体、この城中に『瞳』も『耳』もあるのに、どうやってルストを出し抜くんだ? あいつには全部筒抜けなのに。俺がお嬢ちゃんを寝室に連れ込もうものなら、すぐ邪魔が入るさ」

苛立ったように唾棄して、アランは小声で「くそ、腹が立つ」と呟いた。

(ユリヤが俺のこと、そんなふうに特別に扱うことなんてないと思うけど……)

けれどアランはそう思っているようだし、それが気にくわないらしい。気を落ち着けるように深く息を吐き出すと、アランの肩に乗っていた黒ツグミがちょんちょんと縁を渡ってリオのところまで来た。

「……かわいいね。アランはアカトビになれるから、他の鳥とも仲が良いの?」

そっと手を出すと、黒ツグミはリオの手のひらに乗ってきた。羽根の感触が可愛らしく、思わず笑みが漏れた。

しばらくの間、アランは黒ツグミとじゃれあっているリオをじっと見ていた。ツグミがリオの頭に乗って髪を引っ張る。それがおかしくてくすくすと笑うと、

「……お嬢ちゃんはずいぶんきちんと笑うんだなあ……」

と、アランはよく分からないことを呟いた。

(どういう意味?)

思わずリオがアランを見ると同時に、黒ツグミがリオの肩に移動した。

「——俺に協力してほしいなら、記憶を差し出せ。前言ってたように。思い出してすぐに俺だけに伝えるんなら、お嬢ちゃんの希望を聞いてやってもいいよ」

「……それは」

リオは返す言葉に迷った。足を組み、膝の上に頬杖をついたアランは「なんで迷う。俺が悪事に使うと思ってるか?」と責めてくる。責められて、リオは少し考えた。

「……ううん。思わない。……そもそもアランが悪い人だと思ってたら、こんなふうに話もしにこない。アランは俺に意地悪だし、怖い……。だけど俺、アランが本当は優しいって知ってるんだ……」

自分で言いながら、ようやくその答えにたどり着いた気がした。

アランは眉をひそめて、「なにを言ってる?」と訊き返してくる。アランがしていたように

黒ツグミの喉を優しく撫でながら、リオは少し前のことを振り返る。

「……セヴェルの町では、みんなが苦しそうに生きてた。俺はずっと、セヴェルが辺境で貧しいからだって思ってたけど……ユリウスと旅をしたら、どこの町や村も、誰もあまり幸せそうじゃないことに気づいた」

たった一度通り抜けただけの、華やかな都市ストリヴロの光景が瞼の裏に蘇る。子どもたちが笑っていた。街には生気がみなぎっていた。

「アランの街では、みんなが幸せそうだった。親のなさそうな子どもにも、仕事があるみたいだった。船に乗せられた女の人たちも、娼館で働いてるのに……嬉しそうにしてた。……アランは領民にとって、きっといい領主様なんだろうね」

黒ツグミが賛同するように短くさえずる。

「アランが俺のことをどう思ってるかとかは……あんまり関係ない。この国をよくするためなら、アランは信じていいって思ってる」

顔をあげて、リオはまっすぐアランを見つめた。どれだけひどいことを言われても、アランを憎む気持ちになれないのは、たぶんあの街を見たからだ。世界中の街や村が、あんなふうに幸福そうだったらいいと思うから。

アランは睨むようにリオを見ていたが、やがて眼を伏せて呟いた。

「……なんでお嬢ちゃんは、性格の悪い、嫌なやつじゃないんだろうね」

それなら楽なのに、と言われる。

（どういうこと？）

アランはしばらく黙っていたが、やがて頬杖を解いて背筋を伸ばした。

「……俺が知りたいことはたった一つだよ。三年前……ハーデでの戦争の終わりに、なにがあったかだ」

「ハーデでの、戦争の終わり？」

眼をしばたたいたリオに、アランは壁にもたれて訥々と語り始めた。

「三年前の戦争で――俺はルストと同じ前衛部隊にいた。お嬢ちゃんがいたセヴェルの近く、ハーデとの国境沿いにある城壁。あそこに先王を裏切った七使徒の部隊が集まっていた。敵軍はおよそ六十万の兵力。王国軍は五十万。戦いは熾烈を極めた……。でも、先王がその肉体にウルカの神の力をすべて下ろして戦い、敵陣は崩壊した。……神の力を一人で使った先王は、その戦場で崩御され……命尽きる間際に、ルストを次の王として指名した。ルストは戦場で、ウルカの神の洗礼を受けたんだ。数十万の死体の中で、王になったんだよ……」

俺はそれを隣で見ていた、とアランは囁いた。

リオは、だだっ広い辺境の平原と、崩れた城壁、無残に連なる死体の山を想像して息を詰めた。

（ユリヤは……お父さんを亡くしてすぐ、戦わなきゃいけなかった）

それを思うと辛かったし、隣で見ていたアランも苦しかったのではないかと感じた。

「……俺たちはすぐさま行軍した。先王の死は誰にとっても苦しかったが、魔女を討伐しなければならなかった。後衛の部隊は国境に残して、前衛部隊だけで魔女の根城に踏み込んだ。——正直、敵軍に残っていた戦力はわずかだった。こっちもかなり削られてたけどな。それでも、魔女を抜かせばたいして力のない魔術師たちが籠城していただけだった」

ただ、魔女の城塞は迷路のように入り組んでいたと、アランは続けた。

「魔女を探しているうちに、俺はルストとはぐれてしまった。眼の前に現れる魔術師たちを斃しながら、ルストを探した。……そのうちに、断末魔のような叫び声が聞こえ、城に火の手があがり、壁が崩れはじめた。その場にいた俺たちは誰もが……ルストが魔女を討ち取ったのだと思った……」

「……違ったの？」

そっと訊くと、アランは分からない、というように苦い表情で首を横に振った。

「火はやがておさまり、城の崩壊も止まった。残った王国軍はルストを探したが——見つからなかった。ルストは三日間、どこにもいなかったんだ」

（三日……）

普通に考えて、その状況で三日も姿が見えなければ、命はないと思うだろう。

「……俺は覚悟したよ。ルストが死んだって。次の王をどうすればいい？　その混乱もあったが、それ以上に俺たちは幼なじみだ。突然友人を喪ったことに自分が耐えられそうになかった」

お嬢ちゃんなら分かるだろ、と言われて、リオは息を詰めた。セスのことが頭をよぎる。

アランは、幼なじみを喪ったと覚悟した当時の苦しみを思い出したように、赤い瞳を揺らしていた。

(アランにとってのユリヤは……俺にとってのセス……だったの?)

訊きたかったが、張り詰めたアランの表情を見ていると声も出せない。ただリオの胸は、親友を喪って絶望していただろう、三年前のアランの気持ちを想像して痛む。

「遺体だけでも王都に連れ帰り、弔わねばと……その一心でみんな探していたと思う。ところが三日後、ルストは突然現れたんだ。俺たちが散々探した城の中から……」

そして、その体には魔女の呪いがかかっていて、魔女は死んでいないことが分かったとアランは続けた。

「三日も……ユリヤはどこにいたの?」

「知らない」

当然の疑問を口にすると、アランは苦々しげに答えた。

「誰も知らない。三日の間、ルストがどこでなにをしていたのか、なにがあって魔女を討ち損ねて、呪いを体に受けたのか。ルストはけっして口にしない。だけど帰ってきたとき、ルストに憔悴しきっていて、倒れ込んだ。俺が支えると――あいつはうわごとのように言ったんだ。『あの子を探してくれ』って……」

伏せていた眼をあげて、アランはじっと問うようにリオを見つめた。その眼の圧力に、リオはありえない可能性を感じて、心臓がはねた。

「……その、あの子が、俺ってこと？」

「さあな。……けど、流れから見たらそうじゃないか？　三年より前の記憶がない子どもが、王国一の魔術師に連れられて王宮にやって来た。そのうえルストは魔女の呪いも解かずにその子どもに知恵をつけさせてる。なんのためだ？　命を懸けてこの国のために戦った……俺にも言えない目的はなんだ？」

ルストは大勢を欺いてなにかを企んでる、とアランは囁いた。

「……俺はルストこそが、この国最大の敵じゃないかと疑ってる。そしてリオ、たぶんお前のせいでルストはそうなってると、俺は踏んでるんだ」

――ユリヤが、欺いている？　誰を？　この国の人々を……？

（俺のせい で？　……なんで）

分からない。けれどそれが真実だったらどうしようと、リオは震えた。冷たい汗が、じわっと背に浮かぶ。

「……俺は救いたいんだ。この国を……ルストを」

アランの赤い瞳の中に、苦しみが宿っているのが見える。

(救いたいって……なにから？　魔女から？　それとも、俺から)

あるいは、ユリヤ自身の企みからだと、アランは言っているのだろうか？

心臓がどくどくと嫌な音を立てている。リオは混乱と疑念の中で、ふと一つの顔を思い出した。緑の瞳以外は、すべて黒ずくめの魔術師。ユリウス・ヨナターン。

(……ユリウスだけが、ユリヤの本当の目的を知ってる……？)

ユリヤはユリウスと、魔女の呪いを半分に分けたと言っていた。そしてそれを知っているのはユリウスとユリヤ、そしてリオだけだとも。

ならばユリウスは、魔女の呪いのことを詳しく知っている可能性がある。

(……ユリウスが俺を見つけたのは、偶然じゃない？　本当は初めから、俺を探していたのだとしたら――？　俺は、ユリヤが姿を消していたっていう三日間と、なにか、関係してる？)

答えは見つからない。

緊張に体が震えていたせいか、肩に乗っていた黒ツグミは飛び立ってしまった。遠くで聖堂が鐘を打ち、午前の終わりを報せていた。

六　公文書

——俺はルストこそが、この国最大の敵じゃないかと疑ってる。そしてリオ、たぶんお前のせいでルストはそうなってると、俺は踏んでるんだ……。

——俺は救いたいんだ。この国を……ルストを。

頭の中に、さっきからずっとアランの言葉が響いている。

午後、昼食のあとにリオは、図書室にこもっていた。

普段リオは、暇さえあればここに詰めて片っ端から本を読んでいた。だが、今日は本の内容がろくに頭に入ってこない。

リオは午前中、アランから聞いた言葉を反芻してはぼんやりとしていた。

（ハーデの戦争の、ユリヤがいなくなった三日間……と、俺のなくした記憶が関係してるなら、俺は魔女の城塞にいたってこと……？）

少なくともアランは、そう考えているようだった。

（でも……だったらなんのために、俺はそこに……？）

考えても考えても答えが出ない。覚えていないから、実感もない。記憶を思い出そうとしても鈍く頭が痛むだけで、より一層混迷が深まっていく気がした。

書架の前でぼんやりしていると、すぐ耳元で「リオ！　リオってば！」という声を聞いてリオはようやく我に返った。

横から顔を覗き込んでくるのはエミルだ。

「ごめん、エミル。俺、ぼうっとしてた？」

「してたよ。どうしたの？　リオ。午前の座学にも来ない。こんなこと今までなかったのに。家庭教師つけてもらえて嬉しいって言ってたでしょ」

「……」

アランから話を聞いていて、リオは午前中の座学を受けられなかった。リオの家庭教師はユリヤが雇ってくれた人だ。よく知らないが、高名な賢者らしい。エミルが謝ってくれたようだが、部屋に戻ったときには帰ったあとだった。

「ごめんな。エミル、先生に謝ってくれて……」

「それはいいよ。先生も普段は真面目なリオが来なかったのは理由があるんだろうって仰ってたし――でも、せっかく『北の塔』の物見の賢者様から教えてもらえるんだから、機会は大事にしたほうがいいとは思うけど……」

そうだね、と反省していたリオはふと、エミルを振り向いた。エミルはリオが朝議のときに書きつけてきた単語を見て、書架から本を探すのを、手伝ってくれている。

「エミル。そういえば物見の賢者様ってなんだっけ？」

今まで何度かその単語を耳にしたが、あまり気に留めていなかった。エミルはリオを見て眼を見開いたが、「あ、そうか。リオは辺境にいたから、接する機会ないよね」と呟いた。

「フロシフランには昔から、優秀な賢者だけが入れる『北の塔』っていう学術機関があるんだよ。年齢も性別も出自も一切関係なくて、とにかく賢い人だけが入れる場所。この王都より北の運河沿いに、学術都市ツェレナって場所があってね……」

ちょうど手に持っていた本をエミルが開いてなにか探し始めたので、リオはその手元を覗きこんだ。地理の本だったらしく、フロシフランの地図を広げたエミルがここ、と指さした街はたしかに王都より北方の場所だった。

「ここに『北の塔』っていう学問のための集まりがあって――その塔に入れた人は、物見の賢者って呼ばれるの。つまり国で一番賢い人たちの集まりだね」

貴族とはべつの特権階級になるんだよ、と言われて、リオはふうん……と頷いた。

「ここにある本も大半は『北の塔』で書かれた本だけど……ああ、これなんか、物見の賢者様だけが書いていい記録だよ」

そのときエミルが、書架のある場所を指して教えてくれた。同じような紺色の背表紙がずらりと並んだ場所だ。なんとなくそのうちの一冊をとると、『フロシフラン王国史　公文書』と題名がついていた。よく見ると年号が書いてある。リオはハッとして、別の一冊を手に取った。

「……これ、一巡年ごとの出来事がまとまった本なの？」

リオは思わずかがみ込み、つい三年前の年号の記録を見つけた。

（……ハーデとの戦争があったときの記録。ここに、ユリヤのいなくなった三日間のことが書いてあるかも！）

アランが知りたいと言っていた、謎の三日間。

もしそのことが書いてあれば、リオの失われた記憶の手がかりが摑めるかもしれない。

飛びつくようにページを開き、読み始めたリオにエミルは驚いたのか、うろたえた声で「リオ？」と訊いてくる。けれどリオはそれに返事も返さず、斜めに文字を読みながら自分の知りたい情報を探した。

記録は細かく、古代語で書かれている。しかしリオはここしばらくの猛勉強のおかげで、ゆっくりとなら古代語が読めるようになってきていた。

記録には、どこにどのような兵が配備されたかや、そのときに各都市でどのようなことが起きていたか、王——前半はずっと、ユリヤの父である先王のことだ——がどこでなにをしていたかが記されている。

ものすごい情報量と緻密さだ。

以前、選定の館の図書室で、リオはフェルナンに聞いて魔女の記録を探したことがあり、あわもなにやら王宮内の出来事を記録したものだったが、あちらとは違ってあやふやな記載は一切なかった。

「エミル、ハーデとの戦争が終わった日付っていつ？」

順繰りに読んでいては到底たどり着けない。エミルに訊くと、エミルは首を傾げて「えっと……たしか八の月、十五日……」と呟いた。

リオは一気にページを進め、八の月十五日を開いた。

「……っ」

そこで息を止めた。ページが真っ白だった。入っているのは日付と、『後年記載す』という言葉だけだった。

（……どうして？　なんでここの記録がないの？）

前後数ページを見ても、記載がない。前半最終の記録は、戦場で王が崩御したこと、そこで新たな王の洗礼があり、ルスト・フロシフラン王が誕生したこと、軍隊のうち一部がハーデへと進軍したことなど――アランから聞いた話と同じことが書かれているだけだ。

数ページの空白のあと、やがて記録は再開されるが、日付は八の月二十日になっている。それは敵軍を倒した国王が、王都への帰還途中だという記録だった。

（どういうこと？　三日どころか……ごっそり七日は記録が抜けてる……）

「リオ、公式文書のことでなにか調べてるんだったらうってつけの人が来たよ」

そのときエミルが言って、図書室の扉口を指さした。顔を上げて見ると、うたた寝している書庫番の横を通り過ぎて、フェルナンが入ってくるところだった。彼は片眼鏡をかけ直しながら、リオとエミルを見た。

「リオ、エミル。午後はいつもここにいるな」

「フェルナン様は宰相府のお仕事がお忙しいんでしょう。お久しぶりですね。リオ、フェルナン様に訊いてみたら？　フェルナン様はもともと物見の賢者様なんだし」

そういえば、前に誰かがそう言っていたのを聞いたことがある、とリオは思い出した。エミルは「僕は従者の会に出なきゃいけないから、そろそろ失礼します」と挨拶をして、慌ただしく去って行った。使徒の付き人を含め、位の高い従者たちにはその従者たちの付き合いや話し合いがあるらしく、エミルは週に何度かリオの側を離れるのだ。

「王国史の公式文書か。なにか調べ物が？」

エミルにかわってリオの隣に立ったフェルナンが、背表紙を見て言った。リオはしばらく逡巡した。けれど教えを請うには、なにも言わないわけにはいかないと、持っていた書物の空白のページを見せた。

「……ハーデとの戦争の最終日、三日間のことを知りたかったんだ。でも、ここにはその三日を含めて……七日分の記録がない」

フェルナンは一瞬眼を細めて、差し出された本を受け取り、パラパラとページをめくった。

「ここから八の月十二日から、十九日。この間のことは、陛下が『北の塔』に対して、五年間の黙秘を申し出られた。だからまだ作られていない」

さらりと言われたことに、リオは動揺した。

「……ど、どういうこと？」

よく分からないのに、それでも胸が騒ぐ。

（陛下って……ユリヤだよね。ユリヤが……なにかを隠したくて、書かないようにって言ったの？）

また、アランがユリヤを疑っていた言葉が蘇りそうになったが、思考を邪魔されないようにひとまず払いのける。

「……王国史の公文書記録は、公平性を保つために物見の賢者たちが記す。『北の塔』は独特な機関でな。王家から命令を受けても、従う義務はない。そして、『北の塔』には王に真実を訊ねる権利があり、王は訊ねられれば必ず答えねばならない……というのが、古来よりフロシフランの中核を成してきたしきたりの一つだ」

この国はウルカの神の国、ウルカの神の力を受け継ぐ王は絶対的な存在だが……と、フェルナンは言葉を接いだ。

「だからこそ、王に対峙する『人間』の組織として、『北の塔』が作られたんだ。そうして王の治世を常に監視し、公平かどうかを問う。ただし、王は『北の塔』に対して五年の黙秘権を持っている。ほとんどの王はこの権利を使わないが——ルスト陛下は使われた」

そのため正確な史書は作られておらず、記録は白紙だと、フェルナンは言った。

(それってやっぱり、アランの言ってたことが正しくて……ユリヤはなにか隠してて……しかもそれは俺のせいってこと——?)

いつの間にか息があがっていたらしい。リオは聞いたあと目眩がしてふらつき、書架にもたれかかった。普段ほとんど表情を変えないフェルナンが、訝しそうに眉根を寄せた。

「リオ・ヨナターン……? どうした。気分が優れないのか」

「ううん。ちょっと……」

そう言う声が震えている。心臓がばくばくと音をたてる。アランの言葉が頭を回る。

——俺はルストこそが、この国最大の敵じゃないかと疑ってる。そしてリオ、たぶんお前のせいでルストはそうなってると、俺は踏んでるんだ……。

ユリヤの顔とユリウスの顔が浮かんでは消え——リオは、思わず頭を抱えていた。

「……フェルナン、俺はみんなの敵なのかもしれない」

かすれた声が出る。

「俺……、俺が魔女の手先なのかもしれない。俺が、この国を不幸にしているのかも……っ」

顔をあげたとき、フェルナンの驚いたような顔が視界に飛び込んできた。

突然どうしてか、どっと涙がこみあげて吹きこぼれてきた。一人で抱え込み、不安になりなからも抑えていたものが溢れ出すようだった。

「……なぜそう思う」

「俺、記憶がないんだ。それで……記憶がないとき……戦争の最後の三日間、俺はもしかしたらユリヤと……陛下と一緒にいたかもしれないんだ……っ」

涙が止まらず、リオは顔を手で覆った。混乱に襲われていて、どうしていいか分からない。涙を止めようと、泣いていてはみっともないと何度も手で拭(ぬぐ)うのに止まらない。

(フェルナンに呆れられる……)

そう思ったとき、フェルナンの体が近づいてくるのが気配で分かった。片腕で、フェルナンはリオを抱き寄せてくれた。フェルナンの衣服からは、書物の紙の匂いがする——。

高い背丈と、服の上からは想像できなかった厚い胸板に触れると、ユリウスやユリヤに抱きしめられたときと感覚が似ていた。どうしてか安堵(あんど)を覚えて、リオは気がついたらフェルナンの背中に腕を回し、無言で泣き続けていた。

「落ち着いたか?」

リオは鼻をすすり、ごめん、と呟いた。

図書室でずっと泣いているわけにもいかず、リオは少し経ってからフェルナンに案内されて、宰相府に連れてこられた。

大きな建物まるまる一つが宰相府らしく、気ぜわしく役人が入れ替わり立ち替わり働いていたが、リオが連れられた小部屋は静かで、誰もいなかった。小部屋には長椅子が一つと肘掛け椅子が二つある他は、小さな卓がいくつかあるだけだ。窓は木の扉がついていて閉じられており、薄暗い室内に魔法の明かりがぼんやりと灯っていた。

「なるほど。アラン・ストリヴロがお前にこだわっていたのは、お前が陛下の秘密に関与していると思っているからだったのか。だがお前には記憶がない。なら、確かめる術(すべ)はないな」

向かいに座ったフェルナンは、リオの話を聞いた後で、そうまとめた。フェルナンには、すべて話したあとだった。

リオには記憶がないこと。

それをアランが知っていて、アランは記憶を思い出させようとしていること。

ユリヤがリオの記憶について、どう思っているかは分からないこと。

そしてアランは、ユリヤが詳細を伏せている三日間に、リオが関係していると考えていること。もしかしたらユリヤが消えていた三日間のことを、ユリウスだけは知っているかもしれないこと――。

フェルナンはそれらのことは知らなかったようだ。知っていたのは、ユリヤが王として、七日の間の公文書記録を『北の塔』に黙秘した、という事実だけだった。

「フェルナンは、選定の期間……ユリヤが王様だって知ってたよね？　他になにか呪いのこととか……それか、俺っぽい人物のこと……聞いてない？」

涙は引っ込んだが、リオは今自分の存在と、失った記憶に恐怖を感じて震えていた。

「……アランが言ったとおりなら、そしてアランが疑ってるとおりなら、俺は……理由は分からないけどハーデの、魔女の城塞にいて、ユリヤが消えてた三日間に関係してる。戻ってきたユリヤが呪いを受けてたなら……それは俺のせいなのかもしれないんだ」

だからユリヤは頑なに、リオには呪いが解けないと言うのかもしれない。

フェルナンは記憶を反芻するようにしばらく黙っていたが、「いや、特別なことはなにも」と答えた。

「魔女によって傷を負わされたとしか。どのような呪いかも聞いていないしな。それはたぶん、ルースやゲオルクも同じだろう。三年以上前にお前が陛下と接触していたとしても、知る由がない。俺は長らく『北の塔』にいて王宮にはあまりあがったことがないし、戦争には参加していないからな。ゲオルクとルースは参戦していたが後衛部隊だ。陛下のお顔を知らなかったくらいだから、二人もなにも知らないだろう。アランの話し方を考えるに、アランにも確たる証拠はないのだろう。陛下が呪われ、誰かを探していて、そしてユリウスがお前を連れてきて、お前が鞘になった。そしてお前には記憶がない。……その状況証拠から、アランはお前と陛下の関係性を決めつけているのだろうな」

フェルナンの言葉を整理すると、リオの失った記憶について知っている可能性があるのは、結局のところユリヤとユリウスだけということになる。

「なにもかもが憶測だ。事実ではない」

フェルナンはそう言ったあとで、考えるように口元に指を当てた。

「だが……選定の館にいたとき、魔女はお前を狙っているように見えた。お前と魔女に関係があるなら、あの時のことは辻褄が合う」

フェルナンが呟き、リオはハッとした。巨大な紫色の手。それから大蜘蛛。どちらもリオが狙われていた。ユリヤではなく――。

（やっぱり俺は魔女と関係してる……でも、でも、本当に？）

確信する側から、疑問に襲われる。ずっと自分を、セヴェルの野良犬と思ってきた。それなのに、実はこの国の重要なところに関係していると言われてもにわかには信じられなかった。

自分に、そんな影響力があるなんて思えない。

「……考えすぎ？　でも……だったらどうしてアランは……俺、この国をよくしたくて使徒になったのに。なのに、どうしたら……」

黙っていたフェルナンが、そのときすっと立ち上がった。どうしたのかと顔をあげると、部屋の隅でなにやら食器を取り出し、お茶を淹れてくれる。

魔法で湯を沸かしたのかもしれない。不意に鼻先に、甘い花茶の香りが漂ってきた。

「一度落ち着け。予測は予測でしかない。事実と予測を切り離して考えたほうがいい」

温かなお茶が差し出され、リオは「ありがとう……」と囁きながら受け取った。

「お前が陛下の呪いや魔女に関係している。これは予測だ。それも今のところ、事実がどうかを知っているのは一人、もしくは二人だ。一人が陛下、もう一人がユリウス・ヨナターン。そしてこの二人が事実を教えてくれる可能性は？」

リオは数秒考えたが、首を横に振った。

「たぶん、訊いても答えてくれないと思う……」

そんな気がした。ユリヤは呪いの解き方さえ教えてくれないし、それはユリウスも同じだろう。そもそも、ユリウスには会いたくても会えない。

フェルナンは琥珀(こはく)の瞳でじっとリオを見つめて、頷いた。

「ならばそれは予測のままだ。脇に置け」

リオはじっと集中して、フェルナンの言葉を聞いた。ちょっとでも今の状態を変えたいから、必死で覚えようと、帳面を取り出して『予測』と『事実』と書き分けていく。

「今はっきりしている事実は、お前に記憶がないこと。アランがお前を疑っていること。陛下がハーデでの三日間について伏せていることだ」

「う、うん。そうだね」

書き分けた事実の羅列を見て、頷く。

「アランと陛下の問題は、二人の問題だ。お前には解決できない。解決するためにお前ができる唯一のことは？」

「……記憶を取り戻す？」

おそるおそる言った言葉に、フェルナンは眼を細めて「そうなるな」と同意した。

途端に胸の奥がざわつき、恐怖が強くなる。思い出そうとすると反射的に起こる恐怖。けれどリオは必死にそれを振り払うため、頭を左右に強く振った。

「記憶を取り戻す魔法って、あるのかな？」

以前エミルに聞いたときはあってもできる人間はいないと言われた。だがフェルナンなら、もっとよく知っているかもしれないと訊いてみる。

リオの向かいに座ったフェルナンはしばらく考えて、それから「ないわけではない」と言った。

「だが相当に高次元の魔法だ。思い出させる魔法に比べれば、まだ忘れるように仕向ける魔法のほうがたやすい。どちらにしろ、頭の中に指を入れて弄る(いじ)ような技だからな。並みの魔術師には不可能だ」

「そういえば前……」

説明を聞いていて、ふとリオは思い出した。

「アランに初めて会ったとき、アランが俺の頭に触れて……『鍵を外した』って言ったことがあって」

「……頭の鍵？」

フェルナンは独りごちると、リオが座っている長椅子に移動してきて、隣に座る。不意に大きな手のひらで、頭を包むようにして持たれる。フェルナンの手のひらにぼんやりと緑の光が灯るのを、リオは視界の端に捉えた。

「……なるほど、誰かがお前の頭の中を少し弄ったのかもしれない。魔法の痕跡がある。……だが詳細は分からないな。アランほど器用でなければ、頭の中に鍵をかけたり外したりは無理だろう。――他にできるのはユリウス・ヨナターンくらいか」

ユリウス・ヨナターンに、魔法をかけられたか？　と訊かれて、リオは言おうか言うまいか悩み、けれどここまで話した以上、なにも隠してはならない気がして「俺の見た目、変えられてる」と伝えた。

「そのとき、かけることはできたかも……」

「……本来の見た目と、今俺に見えている姿は別なのだな？」

「フェルナンにはどう見えてる？」

黒眼黒髪の少年だと言われて、リオは黙り込んだ。ユリウスには、リオの見た目が魔女と似ていると言われたことがあった。だから容姿を変えたと。それを聞いたときも、自分と魔女はっている。

関係あるのかと動揺した。あのときはただの疑問だったが、今、それはほとんど確信に近くなっている。

（ユリウス……俺に嘘ついてたの……？）

王宮にあがってきたのに、まだ一度もきちんと話せないままなのは、その秘密のせいなのか。責めたい気持ちもあるのに、ユリウスのことを思うと会いたいという思慕が膨らみそうで、リオはうつむいた。

ぎゅっと眼を閉じると、ぼんやりとそこに浮かんでくるのはユリヤのことで、ユリウスが嘘をついているならユリヤはもっと大きな嘘をついていると思われた。

（ユリヤは俺の記憶の中身を知っているかもしれない……、アランは思い出せと言って、ユリウスは思い出さなくていいと言ってた。ユリヤは……俺が考えたとおりにすればいいって）

ユリヤに訊いてみようか。戦争の終わりの三日間、自分に会っていたのかと――。

（でもたぶん、教えてはくれない……だったら、自分で記憶を探すしかない）

「……リオ、俺も方法は探るが、ここで考えてもあまり意味がないだろう。記憶が戻ったあとでなければ、物事の正否を判断できないように思う」

フェルナンはごく端的に事実を言ってくれた。そのとおりだった。リオは眼を開け、頷いた。

「……そうだね。俺、俺は記憶を取り戻すよ。そうじゃなきゃ、きっと、この国の役に立つことはできないよね……」

顔をあげてフェルナンを見つめると、琥珀の瞳にはリオの、今にも泣き出しそうな顔が映っていた。

「……フェルナン。このことは、しばらく誰にも言わないで。それで……もしも、俺がこの国にとって悪いものだったら」

陛下の呪いなら、とリオは考えた末に付け足した。

「この国にとっていいように、俺を」

言いかけた言葉が一瞬、喉につかえる。けれどリオは腹に力を入れて、最後まで伝えた。

「俺を、排除……してほしい」

そうでなければ思い出す意味がないとリオは思った。自分がここにいるのは、フロシフランの国のため、貧しい人々のためだ。記憶を取り戻したあとに自分が害だったとしたら、消えるべきだと思う。それこそが、使徒としては正しい選択のはずだ。

フェルナンは黙っていたが、やがて「分かった」と頷いた。

リオは不意に、大きな手のひらで、頰を撫でられた。撫でられて初めて、リオは自分が小刻みに震えているのに気がついた。

「……かわいそうな子どもだ」

表情のないフェルナンの瞳に、その一瞬だけ憐れむような色が乗ったが、それはすぐに消えた。彼は立ち上がると、片眼鏡をかけ直しながら「仕事に戻る」とリオに言った。

それからたった今思いついたように、フェルナンは付け足した。

「……もしかすると、ウルカの神の洗礼のあと、記憶が戻るかもしれないぞ。俺たち使徒は、洗礼のとき神の力を受け取る。奇跡が起きるには……ちょうどいい機会だ」

リオはハッとして、フェルナンを見つめた。物見の賢者だという彼は、踵を返して部屋を出て行く。膝の上で、香りのいい茶が甘い匂いをたてていた。

お茶を飲み干してから宰相府を出て、リオはとぼとぼと歩いていた。疲れていたが、時間はまだあるので、図書室に戻ることにする。

(まだ今日の勉強、たくさん残ってるし……)

だが図書室に入ろうとしたところで、中から出てきた男とぶつかりそうになって、ドキッとした。出てきたのはユリヤだったのだ——。

ユリヤはリオを見下ろすと、あからさまに不機嫌そうに舌打ちした。

(な、なに。なんでなにもしてないのに舌打ちされなきゃいけないの)

リオはさすがにムッとした。図書室の入り口を塞ぐようにユリヤが立っているので、入れない。

「……あの。退いてください。入りたいんですが」

下から睨みつけて言うと、ユリヤは「家庭教師の授業をサボったそうだな」と言った。

「知ってるぞ。アランと話し込んでたんだろうが。そのあとはフェルナンと宰相府へ行ったな？　俺に隠れてなにを話してた？　それとも俺が許可したから、抱いてもらう懇願でもしてたか」

ずけずけと言われて、リオは顔がまっ赤になった。ユリヤはイライラした様子で腕を組み、また舌打ちした。

「そんなことお願いしてない。大体、そこまで知ってるなら……どうせ『耳』でもなんでも使って俺が誰となにを話してるか知ってるんだろ」

「宰相府のあの小部屋には『耳』がない。フェルナンはわざと連れていったはずだ。どうでもいいが、許可は出したとはいえ毎回お伺いはたてろ。今夜の何時に、どこで誰に抱かれますとな。許可は毎回とれ。『鞘』が誰とでも寝れば、俺の威信に関わる」

「……はあっ？」

めちゃくちゃな言い分だ。リオはわけが分からなかった。

（あの部屋に『耳』があるかないかなんて、俺は知らないし！）

「俺は……ユリヤとしか寝ないって言ったろ……」

ずっとその気持ちは、伝えているつもりだった。なのになぜ他の男と寝る前提で話をされなければならないのだ。

（俺のこと、淫乱だとでも思ってる？）

みじめになり、声が震えた。もう泣かないと決めているのに、また睫毛の先にじわじわとこみあげてきた涙がかかり、リオは慌てて拭った。

そうすると、ユリヤはべつに、と、歯切れ悪く小さな声で続けた。

「……俺は許可をとれと言ってるだけだろう。あいつらとそういう話をしていないなら、それはそれでいい。ちょっと確認しただけだ」

ユリヤはぷいと顔を背け、素っ気なく言うとその場を立ち去ってしまった。リオは持っていた帳面をその背中に投げつけてやりたいような衝動にかられたが、それはぐっと我慢した。マントのない簡易な王衣の背中を、もやもやとした気持ちで見守る。ユリヤは本を持ってはいない。

（……図書室に、なにしにきたんだろ）

ふと、リオは思う。もしかして、自分を探しに来たとか？

そう思って、すぐにまさかと思った。

（大体俺を探しに来たなら、なにか用があるだろ。イヤミ言うためだけに来るわけないし）

柱廊の奥へ、すぐ小さくなっていくユリヤの背中。

遠いなあ、と感じた。

（……宰相府の部屋には『耳』がなくて会話が聞こえなくても……それ以外の話は聞いてた

の？　それなら、俺が記憶がないことで悩んでるの……ユリヤは、知ってるよね）

アランがなぜリオを疎んでいるか、リオがユリヤの真意を疑っていることも、知っているのでは。

（それでも俺に、なんの話も打ち明けてくれないのは……俺なんて、ユリヤからしたらちっぽけすぎて、どうでもいいからなんだろうか……）

リオが記憶を戻すことも、ユリヤにとってはどうでもいいことなのか。

アランやユリウスと違って、ユリヤがリオの失った記憶についてどう思っているのかは、よく分からないままだ。

（もし、もしも洗礼の儀で俺の記憶が戻ったら――ユリヤは、どうするつもりだろ……）

考えても埒があかなかった。リオは頭を振って、ユリヤのことは忘れよう、と思った。今はとりあえず、残った勉強を終わらせてしまおうと、リオは気持ちを切り替えた。

それでも――その日の晩は、なかなか寝付けなかった。

アランから聞いた話や、フェルナンに示唆された可能性などがたびたび頭をよぎって不安になる。

そこに、考えまいとしても他の男と寝てもいいと言ったユリヤの顔も浮かんでくる。

寝台の中で何度も寝返りを打ちながら、リオはとうとう眠るのを諦めて一本、蠟燭に火をつけた。

それから窓辺に座り、西に見える神々の山嶺を見つめた。そこにはウルカの神の光がまたたいている。

（六日後の洗礼の儀……記憶が戻ることなんてあるのかな）

考えるだけでも、不安に胸が騒いでしまう。

「正しき王がフロシフランを統べる限り、尽きぬと言われる神の明かり……そう、言われているんだよ」

小さな声で、リオはぽつぽつと喋った。

それはかつてセヴェルの小さな寺院の屋根裏で、セスがリオに話してくれた言葉そのままだった。

記憶がなにもなかったせいか、セスの言葉は一言一句、まるで耳に刻みつけてあるかのようにはっきりと思い出せる。その優しい声音や、言葉の区切り方や、わずかな癖すらも鮮明に。

「……生きることに意味なんてないけれど……この世界には、生きる価値があるよ」

一番初めにセスが教えてくれたことを、リオは復唱した。

（……セス。もしかしたら、俺には……生きる価値がないかもしれない）

そうだったらどうしたらいい？　と、セスに訊ねたかった。

たとしても、できる限りの善いことをしてから死にたいと思った。セスのためにも、せめてそう生きると誓ったから。

それでも心は不安に覆われて、心細さに胸が震えていた。泣きたい気持ちだったけれど、もう泣かないと決めていたからぐっと奥歯を嚙みしめて我慢した。

（昼間……フェルナンの前で泣いてしまったけど）

裸足のつま先が冷たくなっていき、指先も凍えていくようだった。リオはそれでも窓辺に凭れたまま、両手を組んでウルカの神の光に向かい、頭を垂れた。

ああここが、セヴェルの寺院の屋根の上ならよかったのに、と思った。

時間を巻き戻して、セスが生きていたあのころに戻りたい。なにも知らず、明日のパンのことだけ考えていたころに……。

（……ううん、リオ。それは無理だよ。時は戻せない）

リオの頭の中には、優しく諭すセスの声が聞こえてくる。

我慢していたけれど、こらえきれずに一粒だけ涙がこぼれて、頰を伝った。

（そしてどれほど噓をつかれていても、愛した気持ちを、忘れることももう、できない）

リオの中で、セスの声はそう続いたからだった。

魔術師との、二人きりの旅の夜。森の中で過ごしたときの温かな気持ちが、蘇る。

選定の館で、意地悪な同室者だったユリヤを選び、十日の間恋人のように過ごした夜の、甘やかな気持ちも、蘇ってくる。

　とても簡単に蘇ってくる。すぐにその感情がリオの中をいっぱいにする。

（ユリウスが好きだし、ユリヤを愛してる……）

　この国のためになにもかもを捧げる。そのためなら、二人から憎まれてもきっと平気だ。けれどそれとはまったくべつに、ユリウスへの柔らかな情と、ユリヤへの淋しさに満ちた情は、どれだけ隠してもはっきりとリオの中に存在している。

　ユリウスへの気持ちはまだ分かる。彼は導師以外で初めて、リオに対等に接してくれた大人だった。けれどほとんどの時間意地悪で、今も素っ気なくされているユリヤへの感情は、いつの間に膨らんでしまったのだか自分でも分からなかった。

（ただ叱ってくれたから……それだけのことで、ユリヤのことが好きになってしまったなんて……）

　自分が滑稽で、悲しかった。好きな人に好かれていないのは、こんなにもみじめなのかと思う。だがリオの感情などどうだっていいのだとも分かっている。

　国のため、使徒として働くのに、リオが誰を愛しているかは重要ではない。今やるべきことはただ、記憶を取り戻して、真実を知って、分かったら正しいことをする。それだけだ。

（贅沢だな。愛し返してほしいなんて……）

　頬を伝った涙を拭っていると、寝室の扉をそっと叩く音がした。

「リオ？　起きてるの……？　窓辺に明かりが見えたから……」

　そっとかけられた声はエミルだ。リオは慌てて窓辺を下り、扉に駆け寄った。

「エミル、ごめん。心配かけちゃった？」

　扉を開くと、片手にカンテラを持ったエミルが寝間着姿で立っていた。

「眠れないの？」

　訊ねられて、「うん。ごめん、もうすぐ寝るよ」と答えると、エミルはちょっと待っててと言って引っ込み、やがて良い匂いのするハーブのお茶を淹れてきてくれた。

「エルマネのお茶だよ。よく眠れるんだ」

　エミルの優しさが嬉しかった。リオはありがたくお茶を飲む。少しの間お喋りしようか、と言って、エミルはリオがお茶を飲んでいる間そばにいてくれた。

　二人並んで窓辺に座り、とりとめもないことを話す。エミルは幼いころ、おばけが怖くて眠れなかった、という話をしてリオの緊張を解いてくれた。

「セヴェルの寺院にも、おばけを怖がる子たちがいたなあ。そういう子とはよく一緒に寝てた。抱っこをして、心音を聞かせたらよく眠れたみたいで……」

「いいなあ。リオが小さいとき、僕のそばにもいてくれたらよかったのに」

　エミルは貴族なのに、リオが寺院の話をしても、けっして蔑まない。心底羨(うらや)ましそうに言い、

「でも、もうすぐ『洗礼の儀』だもの。リオだって緊張して眠れない日はあるのが普通だよ」

と励ましてくれた。

「王宮にあがって、陛下と謁見してまだ六日だもの。不慣れなことも多いだろうし」

そういえば、洗礼の儀とは具体的になにをするのだろう。

よく分かっていないので訊くと、エミルはうーん、と考える素振りをした。

「僕も詳しくはないけど、昔読んだ王室典礼記によると、まず使徒は禊のために体を清めて……大聖堂に集まって、ウルカの神様に祈りを捧げて……。そうしたら、ウルカの神に認めていただけるみたい。洗礼が終わったら、使徒はウルカの神の力を使えるようになるんだって」

「……ウルカの神の力。それって、結構すごいことなんだよな？」

「でも、使える力は人によりけりみたいだよ。伝承とかだと、使徒はみんな空を飛べたとか、雷を呼べたとか、一人で千人を倒せたとか――大袈裟なことが書いてあるけど、おとぎ話だよ。先代の七使徒がそこまですごかったなんて、聞いたことないし」

リオ自身が大きく変わるわけじゃないから、とエミルは安心させるように言ってくれた。

「ただの通過儀礼だと思うよ。あんまり緊張しなくていいんじゃないかな」

もしもエミルの言うことが本当なら、洗礼の儀が終わっても、記憶は戻ってきそうにない――。安心したような、落胆したような、一方で本当になにも変わらないのかと疑う気持ちもあって、心はまだ不安だったがエミルを心配させたくはなかった。リオは「そっか」と微笑んでみせた。

もう平気。眠るね、と告げると、エミルはおやすみを言ってからリオの部屋を出て行った。

室内には、エルマネの優しい香りがまだ残っている。

蠟燭の火を消してから、リオはもう一度だけ窓辺に立ち神々の山嶺に灯るウルカの神の光を見つめた。

それからそっと息を吸い込み、リオは祈った。

「ウルカの神様……もしできるなら、俺に記憶を返してください。……そして正しいことを……正しいことをさせてください」

本当は怖い。記憶などいらない。けれどそれではここにきた意味がなくなるのだ。自分の命を、きちんと正しく使いたい。

「どうか俺に、正しいことをする勇気をください。……神様」

七　呪い

翌日の朝議の内容は、寝不足も手伝いリオはいつも以上に集中できなかった。終わったあとの場でも、ユリヤの顔を見ていると様々な疑いや不安が噴き出して、

「ユリヤ、ハーデでの戦いの最後の三日間……俺と一緒にいた?」

と訊いてしまいそうだった。それでもなんでも、とりあえずいつもどおりの日課をこなし、空いた時間を勉強や鍛錬にあて――。

特に変わり映えなく五日ほどが過ぎた。

なにもない五日間だったが、リオは毎晩あまりよく眠れず、睡眠不足が続いていた。

洗礼の儀を明日に控えたその日、いつものように朝議のあとユリヤの私室を訪れると、ユリヤが椅子に腰掛けながら「リオ」と呼びつけてきた。なんだろうと思い「はい」と返事をすると、

「お前……ここ数日ずっと顔色が悪いな。あまり眠れてないか?」

じっと見つめられて訊かれた。

なぜ分かったのだろう。リオはびっくりしてユリヤを見返した。リオは顔色が悪くないよう、

年輩の使用人に湯をもらい、布をひたして顔や首を温めてから出てきていたためか、エミルにすら不調を気づかれていなかった。

（俺の部屋にも『耳』ってあるのかな……ないか。ラダエ様がないって言ってた）

ユリヤは意外と、人のことをよく見ているのかもしれないと思う。

「今日はやめておくか。……座学もとりやめにするなら、お前の教師に伝えるが」

不意にそう続けられ、リオはびっくりしながら、「えっ、いいよ。大丈夫。ちゃんとやるよ」と言った。大事な学びの場なのだから、もったいない。

「朝議も一応ちゃんと聞いてたし……いくつか聞き逃しちゃったけど……ごめんなさい」

帳面を見せながら言うと、ユリヤは怒らなかった。むしろほんの一瞬だが、リオを案じるように眉をひそめた。

「……いや、今日は休め。教師から聞いている。お前、古代語はほとんど読めるようになったんだろう？」

「……え。うん、時間はかかるし、辞書も使うけど……」

「ならひとまずはいい。無理をしても知恵は身につかない。今日は休みだ。分かったな」

それ以上話す気はないのか、ユリヤは書類を広げはじめた。王の命令だと思うと、これ以上食い下がるわけにもいかない。それに体が辛い（つら）のは本当だったので、リオは頭を下げて部屋を退出した。いつもの癖で、魔法の扉を使わずに廊下に出る。

（使徒としてちゃんとしたいって思いながら……寝不足で休みになるなんて、俺、だめだな）

ため息をつきながら歩いていると、二叉に分かれた通路の左側から「鞘どの」と声をかけられた。

見ると騎士団長のヘッセンが、穏やかな笑みを浮かべて歩いてくるところだった。リオは自分より位の高い騎士団長にあまり歩かせてはならないと、慌ててそちらへ早足で向かった。

「騎士団長様、ごきげんよう」

騎士ではないので、挨拶の仕方にはいつも悩む。もの柔らかな態度のほうがいいだろうと、そんなふうに口にして礼をとると、ヘッセンは足を止めた。

「王宮での生活には慣れられたかな？　洗礼の儀は明日ですな」

親切な問いかけに、おかげさまで……と答えながら、ふと、リオはヘッセンもハーデとの最終決戦の場にいたのだと思い出した。

（そうだ。ヘッセン卿なら、なにか知ってるかも）

ヘッセンもアランと同じに、ユリヤを三日間、探したはずだ。

「……あの、ヘッセン卿。もしよろしければ、今度お時間をいただいて、少しお話をさせていただけますか？」

おそるおそる、申し出る。騎士団長は少し驚いた顔をしたが、すぐにもちろん、と答えてくれた。

「必要なら今お伺いいたしましょうか？」

「いえ、ゆっくり話がしたいので……」

　正直なところ、廊下で立ち話はしたくなかった。

（『耳』がどこにあるか分からないものな――洗礼の儀が終わったら、ユリヤだけでなくアランとフェルナンと、レンドルフにも会話を聞かれるのか……）

　アランとフェルナンはリオが記憶を探るように話していてもなにも思わないだろうし、ユリヤは今さらだが、レンドルフに関してはなにを思われるか想像がつかなかった。

　ヘッセンは承知した、と頷き、城内のどこに自分の部屋があるか教えてくれた。リオの持っていた石板に、簡単な地図を描いてくれる。

「夕方か夜には大抵おります。在室の際には、鞘どのがいらっしゃる西の棟のお部屋から見えるように窓辺に明かりを焚きましょう。おそらく見えるはずです」

　ありがとうございます、と頭を下げる。

「あのう、できれば『鞘』の部屋でお話ししてもいいですか？　ヘッセン卿が明かりを焚かれたら、使いを出しますので……」

　ヘッセンはもちろんですとも、と頷いたあと、不意に声を潜めて「陛下には言わないほうがよろしいのでしょうな？」と訊いてきた。リオはドキリとし、怒られるかと緊張しながら「内緒にしてくださると助かります」と答えた。ヘッセンはしかし怒りはせず、眼を細めて悪戯っぽい笑みを浮かべると、ではまた、と言って立ち去った。リオはほっとし、石板の地図をじっくり見て覚えると、それも持っていた布で拭いて急いで消した。エミルにも、知られたくなかったのだ。たぶん知られれば、ヘッセンのところになど行くなと止められてしまう。

そのとき後方に足音が聞こえた。リオはヘッセンと秘密の約束をしたような後ろめたさから、駆け足で隠れるように通路を曲がってしまった。

（ユリヤは『耳』で聞いてるかもしれないけど、なんとなく罪悪感があるな……）

やがて南棟の建物を出ると、一度も通ったことのない柱廊が現れた。

帰り方はなんとなく分かるから、ここを通っても平気だろう。

柱廊は王宮の北側にあたるらしく、建物の裏手で薄暗く、陰になっていた。

柱廊なので半分外に出ているわけだが、見える空は横の建物に阻まれてほんのわずかだ。じめじめした場所で雰囲気が暗い。

少し怖くなり、リオは急ぎ足になった。前方には建物の入り口が見えている。あと二つ建物を通過すれば、西の棟にいけるはずだと思った。

ふと、頭上をなにかの影がよぎったのはそのときだった。柱廊に差し込む陽光がわずかに揺らぎ、リオは空を見上げた。視界の端で捉えたのは大きな鳥の像で、もしかしてアカトビでは、と思った。

（アラン……？　違う、アカトビじゃないか……）

そのときだった。

突然前方の建物から、見知らぬ男が走り寄ってきた。男は騎士の平服を着ており、腰に差した長剣を抜いた。驚いて、リオは持っていた石版や石灰箱、帳面の類いを取り落とす。

「誰……っ」

振りかぶられる剣筋を、ほとんど奇跡的に避ける。

殺される、と思った瞬間頭が冷たくなり、自分も腰にしている短剣をとろうと思うのに、体が動かない。男が信じられないほど素早い身のこなしでリオへ振り向く。もう一度振りかぶられる剣先が見えた。

――ユリ……。

誰の名前を叫ぼうとしたのか分からない。刹那、眼の前が真っ暗になった。

衝撃はこなかった。

叫び声が聞こえ、視界の端に血が飛び散る。

柱廊の柱に男がはじけ飛び、頭を打って倒れ込む。男の口から、血がどくどくと溢れている――。

「……ユリウス」

リオはへなへなとその場に崩れ落ちるようにして、座り込んでいた。

眼の前には黒衣に身を包んだ、ユリウス・ヨナターンが立っている。魔術師はリオへ振り向き、「大丈夫か、リオ」と身を屈(かが)めてきた。

懐かしい緑の瞳、懐かしい声音に胸が緩み、つんと鼻の奥が痛む。涙が出そうだと思ったそのとき、倒れていた騎士の背中がばくりと開くのを見た。

開いた肉の間から、巨大な黒蜘蛛(くろくも)が出現しユリウスに飛びかかる――。

「ユリウス！」

リオは叫んだ。

魔術師が体を翻(ひるがえ)す。

ユリウスの肩に蜘蛛の肢が突き刺さり、鮮血が飛び散る。

リオは声もなく叫んだが、古代語と思(おぼ)しき言葉をユリウスが唱えたかと思った直後、蜘蛛は爆発音を立てて中心から破裂し、柱廊いっぱいに黒い肉片が四散した。

肉片の一つが床に落ちたユリウスの血に混ざって溶ける。

蜘蛛の肉が溶けたユリウスの血は、一瞬うごめいたように見えた。

（なに？）

ぞくりと、腹の奥に嫌な予感が走る。

「あっ」

声をあげたときにはもう、その血がうごめき、リオの左手首にべとりと張り付いていた。

「リオ！」

ユリウスは珍しく狼狽した声をあげ、跪いた。黒い模様の入った腕は切り刻まれたように痛み、リオは震えながらユリウスを見た。

「ユリウス、これ……なに……」

張り付いた血は黒いシミになり、リオの手首からものすごい速さで広がっていく。

その形は蛇——。

肌がめりめりと痛む。本能的に、蛇が心臓を目指していると分かる。

もしそこに到達されたらどうなる？

口を覆った布の下で、ユリウスが舌打ちし、「こちらが狙いだったか、魔女め」と呻くのが聞こえた。

リオは額に冷たい汗が噴き出て、体が痙攣しはじめる。息が苦しくて揺らいだ体を、ユリウスが強く抱いてくれた。緑の瞳で、リオを見つめてくる。

「リオ、時間がない。選べ。俺か、ユリヤ。どちらかしか解毒できない。どちらとする？」

なにを？

と、リオは訊こうとして、ユリウスの眼を見返した瞬間、問うまでもなくなにをするのか理解した。

選べ。その言葉が頭の中に反響する。早く、とユリウスが切羽詰まった声で言う。

リオは震える唇を開け——そうして、名前を告げていた。

なにが起きているのか、もう分からなかった。ユリウスに名前を告げた数秒後、リオは痛みのせいでほとんど意識を失っていた。

やがて腹の中に、硬くて熱いものがねじこまれる感覚に襲われた。

「あ……っ」

気がついたとき、リオはユリヤに組み敷かれ、後孔にユリヤの性器を受け入れて、揺さぶられていた。蛇が食いこんだ肌は痛かったが、腹部に温かな湯のようなものが溢れるのを感じたとたん、痛みはほどけるように消えていき、甘い情交の快楽だけが全身を駆け抜けていった。

「あ、ああ、んっ、ん、ユリヤ……っ」

瞳の裏がじんと熱を持つ。リオは無我夢中でユリヤに手を伸ばしていた。間近に見える整った顔に、困惑のような色が乗る。ユリヤは服を着たままリオと交わっていた。リオも下を脱いだだけ。性急に繋がったのだとぼんやり理解しながら、ユリヤの首に腕を回した。強い腰に足を絡ませ、できる限り近づこうとした。

「リオ、動き……にくい……っ」

そう言いながら、手をほどこうとするユリヤに、リオは泣きながらいやだと首を振った。青い眼を苦しそうに歪め、ユリヤは「くそ」と囁いて、リオの体をかき抱いてくれた。

激しく腰を振られて、強い愉悦が押し寄せてくる。

「ああ、あっ、ああ……っ、あー……」

久しぶりの感覚に、知らず、涙が溢れてくる。

（ユリヤが、俺のこと……抱いてくれてる——）

嬉しい。

多幸感が胸に満ち満ち、リオはユリヤの黒い髪に鼻先を埋めて、中の快楽だけで達した。

やがて腹の中に、ユリヤの精が吐き出されるのを感じる。リオはユリヤの首に回した腕に、強く力をこめていた。


ユリヤ、と誰かが誰かを呼んでいる。

リオは——いや、リオではない、銀髪にすみれ色の瞳の少年は、仕立ての上等な服を着て、ぶどう畑の中を歩いていた。

ユリヤ。

また呼ばれて、銀髪の少年は振り返り、兄さま、と答えた。

背の高い男が、果樹園の中を歩いて近づいてくる。

……この広さは山一つぶんはある、あんまり遠くに行かないでくれ。お前が探せなくなったら困る。

男はおかしそうに言って手を伸ばし、ユリヤと呼んだ少年の手をとった。

その手は大きく、温かかった。……ユリヤと同じ手だ、と夢の中でリオは思ったが、夢でユリヤと呼ばれているのはリオによく似た少年のほうだった。彼はまるで人形のように、兄に手をとられても無表情で、不思議そうにしていた。

緑のぶどうの房の下に、兄の姿がある。青い上衣に、王家の紋。しかし顔はよく見えない。

ユリヤ、おいで。

少年の兄がそう声をかけている。

——お前にこの世界を見せてやりたいんだ。この世界の、美しいものすべて。

ユリヤに男が笑いかけた。ようやくはっきりと男の顔が見える。

彼は春の日差しのように優しい笑顔をしていた。

その顔を、リオはよく知っていた。

それはフロシフラン国王、ルスト・フロシフラン。

リオがユリヤと呼んでいる、美しい男の顔だった。

ぱちりと眼が覚めた。リオは素肌に薄手のガウンを一枚羽織っただけの格好で、大きな寝台の、たっぷりした上掛けの中で寝ていた。

（なにか……夢を見てた。あれは……なんだったんだろう）

夢の内容を思い出そうとするが、振り返った端から消えていき、気がつけばどんな夢を見ていたのかもう思い出せなくなっていた。

あたりは薄暗く、天蓋(てんがい)付きの寝台にはカーテンが引かれている。その向こうにぼんやりと魔法の灯火が見え、薪(まき)の爆(は)ぜる音がする。暖炉(だんろ)のおかげで、寝台の中まで温かかった。

のろのろと起き上がると、体が覚えのある倦怠感(けんたいかん)に包まれている。ユリヤに抱かれたあとに感じる、独特の重だるさだ。だが苦しいわけではなく、どこか満たされている。

左腕を確認すると、蛇の模様は跡形もなく消えていた。ユリヤが消してくれたのだとリオは思った。

「……ああ、そうだ。騎士の身元は割れたか？」

ふと声が聞こえてきて、リオは耳を澄ました。カーテンをそっと開けると、今リオが寝ている寝台のある部屋の、隣室へ続く扉がわずかに開いていて、声はそこから漏れている。

（ここ、ユリヤの寝室だ）

リオは気がついた。どうやら隣が執務室のようだ。ガウンの前をそっと合わせて、リオは足音を消し、執務室の中を、細い隙間から覗(のぞ)きこんだ。

リオと同じように素肌にガウンを羽織っただけのユリヤが、執務机に座していた。ユリヤは難しい表情で、眼の前に立つヘッセンとラダエに話している。ベトジフとユリウスはおらず、かわりにつまらなそうな表情のアランが机の横にいた。ユリヤの机上には、蠟燭が三本、灯っている。

「鞘どのを襲ったのは、第五部隊に属する五等騎士でした。残念ながら騎士団に運ばれてきたときには既に死んでおり……襲った理由は不明ですが、魔女の仕業なのは間違いないでしょう」

ヘッセンが答え、苦しそうにため息をついた。

「陛下、私の不徳の致すところ、このような事件を招いてしまい、お詫びいたします」

ヘッセンが謝ろうとするのを、ユリヤは手を挙げて制した。

「いいや。ユリウスに調べさせたが、騎士の行動には特に怪しい点がなかった。唯一引っかかるとしたら昨晩宿舎を脱けて、わずかな時間一人になったことくらい。それも小用だったそうだ。おそらく……そのとき魔女に取り憑かれたのだろうが、さすがに気づけというほうが無理な話だ」

「『瞳』を使って見てみましたが、リオ・ヨナターン卿が普段使わぬあの通路を使ったのも、偶然でしたわ。あちらの通路には『瞳』の数が少ない……魔女が誘導したのなら問題ですが」

ラダエが心配そうに言うと、ヘッセンは申し訳なさそうに「いや、それはおそらく私が呼び止めたからでしょう」と付け足した。

「偶然お見かけしたので、声をおかけしたのです。鞘どのは私のほうへ向かってこられたので、そのまま普段使わぬ道へ入られたのかと」

「誘導というほどの仕掛けはなさそうだ。城内で出くわす機会を狙っていただけだろう。となると、他の騎士たちにも魔女が取り憑いている可能性がある。ヘッセン、すべての部隊長に事情を伝え、互いに監視し合うようにしろ。三等騎士以下には伏せてくれ。混乱を招く。近いうちにユリウスに騎士団を精査させる」

ヘッセンは深く頭を垂れて、「御意」と承った。ユリヤは厳しい眼をふと緩めて、ラダエを見た。

「ラダエ、亡くなった騎士の遺族に、俺から手紙を書く。二等騎士の称号と、賞与とともに、届けてほしい」

ラダエは恭しくそれを受けた。二人が退出していくと、ユリヤは一人物思わしげに、ため息をついた。青い瞳には蠟燭の灯火が映り、ゆらゆらと揺らめいている。その瞳を知っている、と思ったが、どうしてそう思ったのかは分からなかった。

「あのままお嬢ちゃんを死なせればよかったんだ。そうすれば全部解決したさ」

まだ一人残っていたアランが言う。

死なせればよかった……。

リオはその激しい言葉に息を呑み、呼吸を止めた。だがユリヤは、鋭く幼なじみの貴族を睨

みていた

「アラン、黙れ。俺は機嫌が悪い」

「嘘つけよ。久しぶりにお嬢ちゃんを抱く理由ができてよかったね。……愚かなルスト・フロシフラン。あの子の心臓に剣を突き立てて殺したほうがよほど早いのに」

アランはイライラとした調子で言ったあと、付け加えた。

「……リオに知恵を授けてどうする気？　王様自ら帝王学のいろはを教えこんじゃってさ。つまらないこと考えてるようだけど、あの子がそれを喜ぶと思ってるならお前は相当バカだよ」

心臓が、激しく鼓動する。聞かなければよかった……と後悔したが、もう遅かった。ユリヤは「黙れと言ったろう」と答えて、アランを黙らせた。

「王都周辺を探ってきてくれ。お前が一番得意なことだ」

「仰せとあらば。俺は『王の翼』なんでね――だけどルスト、間違うなよ。俺が仕える王はルスト・フロシフラン、一人だけだ」

薄暗がりの中、アランの赤い眼がぎろりと光った。アランは姿をアカトビに変えると、窓を開けて飛び去っていった。

ユリヤは額に手をあてて、小さく息をついている。青い瞳が物憂げに曇っている。リオはどうしたものか分からず、立ち尽くしていた。

（……そういえば前に……夢の中でもアカトビが……俺を殺せって、ユリウスに言ってた）

ふと、リオはそのことを思い出した。セヴェルから王都へと旅をしていたころ。ユリウスと二人きりになった夜、テントの中で見た夢を覚えていた。アカトビがユリウスと火にあたりながら言っていたのだ。

――このまま呪いを放っておけば、お前は死ぬぞ。早く殺せ。

(あのアカトビ……やっぱりアランだった？)

そのときだった。

「……聞いていたんだろう。入ってきたらどうだ」

ユリヤがリオの覗いている隙間のほうへ顔を向けて言った。リオはびくりと肩を揺らした。盗み聞きがバレて気まずい気持ちで、そろそろと扉を開ける。

午前中、毎日通っている部屋なのに、夜になると違う部屋に見える。

座しているユリヤがガウン一枚という格好で、襟ぐりからみっしりと肉のつまった厚い胸板が見えているせいかもしれない。

あまり覚えていないが、今日久しぶりに抱かれたのだ――と思うと、そんな場合ではないのに頬に熱が集まり、どぎまぎした。

「……腕についた蛇の印だが……あれがなにか分かったか？」

不意に訊かれて、リオは浮かれた物思いにふけっている場合ではなかったと気を取り直した。

ユリヤは脇机の上にあった銀製の水差しをとる。口の小さなその水差しからは、わずかに白濁した液体がとくとくと溢れ、足つきの酒杯に注がれた。

差し出されて受け取ると、かぐわしい白ぶどう酒の匂いがした。

ふと、どこまでも続くぶどう畑の中を、誰かと手を繋いで一緒に歩いた……そんな記憶が蘇りそうになって、なぜか分からずに戸惑う。

「……もしかして、ユリヤにかけられた魔女の呪い？」

それしか思いつかない。そうだ、とユリヤは肯定し、リオに座るよう促した。

リオが腰掛けると、ユリヤは自分の杯にも酒を注いで、向かいに座った。

「ユリウスに分けてあるものから、お前にうつった。浄化はできたが、またこういうことはあるかもしれない」

リオはじっと黙り込んだ。

（……やっぱり魔女の狙いは俺なんだ）

額にじわりと汗が浮かんだ。今、ユリヤにリオの記憶のことを訊けば、なにか教えてくれるだろうか——？　だが失敗すれば、警戒されて二度と話してもらえなくなるだろうとも思い、言葉が出てこない。

拳をぎゅっと固めていると、「洗礼は明日だ」と、ユリヤが言った。

「ウルカの神が使徒を認めれば、魔女もそう簡単には近づけない。お前は洗礼が終わるまで、俺の部屋にいろ。城内には内通者がまだいる可能性がある……洗礼が終わるまでは、誰にも接触させない」

　そう言われて、リオは驚いた。

（……守ってくれるの？　部屋に置いて？）

　それは純粋に嬉しかったが、ふと傷ついたユリウスの姿が浮かび、魔術師の怪我が心配になった。

「あの……ユリウスは平気だったの？」

「もう治っている。案ずるな」

「そう……」

　リオはホッと胸を撫で下ろしたが、同時に、久しぶりに会えたのにろくに話せなかったことが悲しくもなった。ぶどう酒を一口飲んで押し黙っていると、ユリヤが呟くように訊いた。

「……なぜ俺を選んだ？」

　一瞬、自分に訊ねられていると分からなかった。「え？」と声をこぼして、リオはユリヤを見つめた。

　――なぜ俺を選んだ。

　その言葉の意味を、やっと理解する。ユリヤは、リオがなぜユリウスではなく自分を選んだかと訊いているのだ。呪いを解く相手。抱かれる相手に。

　なにか言おうとして、けれど言葉が出てこない。

（それは……ユリヤが好きだから）

素直に答えれば、そうなる。

……ユリウスより好き？

たぶん、リオがユリウスに感じているのは保護者に対するような愛情で、ユリヤには恋をしている。けれどそう言えば、それはお前が記憶喪失で、「初めて」抱かれた相手が俺だからだと断じられる気がして言えなくなり、リオは口をつぐんでいた。リオがユリヤをどう思っていても、ユリヤには関係のないことだろう。リオはユリヤへの愛情を最近自覚しはじめていたし、咄嗟に選んだのがユリヤだったことや、抱かれていた間嬉しかったことを思うと――、

（やっぱり俺、ユリヤを愛してるんだ……）

と、分かった。

けれどこの気持ちを、わざわざ言葉にして伝えるつもりはなかった。愛していなくても、『鞘』の仕事はできるからだ。リオの気持ちなど、ユリヤにはたぶん邪魔なことも知っていた。

それでもほんの数秒、ユリヤは思い詰めたような眼でじっとリオを見つめていた。

心臓がドキドキと高鳴り、リオは頬を赤らめてうつむいた。こんな顔をしていたら、気持ちがバレてしまうかもしれない。

そう心配したが、間もなくユリヤは眼を逸らした。それから独り言のように、「まあ、お前は俺以外とは寝ない、と豪語していたからな」と呟く。

「ユリウスを選んだら、ひとしきり嘲笑ってやれたのにな……」

揶揄するようにユリヤが嗤い、リオはムッとした。

「俺はユリヤしか選ばないよ……なにを言われても」

心臓が、ぎゅうと締めつけられる。好きな人に、好きな気持ちを受け入れてもらえない淋しさが迫ってくるが、ユリヤはもうリオの言葉に答えずに酒杯の中身を一気に飲み干した。

「それを飲んだら先に寝ていろ。俺にはまだ仕事がある」

そう言って、さっさと立ち上がってしまう。

「……て、手伝おうか?」

もう少し話がしたい。その気持ちが先走って訊くと、鼻で嗤われた。

「お前に務まる仕事など今はないさ」

野良犬を追い払うような仕草で、ユリヤはリオに向かって手を振り、「いいから早く飲め。そして寝ろ」と続けた。

ユリヤはいつもと同じように、もうリオを見ようともしない。棚に並んだ難しそうな本を数冊、引っ張り出している。

(……ユリヤ。戦争の最後の三日間のこと、どうして隠してるの……? ユリウスに、俺を探すよう命じて……連れてこさせたのは、ユリヤなの?)

そう訊きたい。ユリヤがリオをどう思っているのか、これからどうするつもりなのか知りたい。アランがリオさえ死ねばいいと言った理由も知りたかったし、普段冷たいのに、なぜ知識を与えてくれるのかの理由も知りたい。

けれど言葉が出ずに少しずつ、酒杯の中のぶどう酒を飲む。酒は芳醇で、甘い味だった。

「……お前の」

と、ユリヤがいつもよりずっと小さな声で言った。

「故郷のぶどうが使われた酒だ。……みなしごの子どもたちが、時折、畑で不法に働いている
はずだ。……お前の育てたぶどうも入っているかもしれないぞ」

緑の葉が生い茂る果樹園。

セヴェルには、広い広いぶどう農園があったのを、リオはもちろん覚えていた。

そういえば導師に拾われた初めのころ、セスと一緒に何度か、役人の目をごまかしてぶどう畑で働いた。葉からこぼれる木漏れ日の中、雇ってくれた小作人の男にぶたれないようこっそり、セスと一緒にぶどうを一粒ずつ、もいで食べたことがある。

宝石を口に入れたような気がした。緑の実は甘く、みずみずしく、一房盗んで、寺院で待つ幼い子どもたちにも分けてあげたいと……強烈に思った。

――だめだよ、リオ。そんなことしたら、一度と働かせてもらえない。僕らだけじゃなく、下の子どもたちもね。

セスに言われて諦めた。たった一房のぶどうの幸福すら分けてあげられない無力を、ひどく

みじめに感じたものだ。

昼の休憩時間、腹を鳴らしながら眼の前にあるぶどうが食べられたらなあと焦がれて、木の根を枕に、セスと二人並んで寝転がった。お腹の音で演奏ができたら、路上で披露して僕ら大金持ちになれるのにね、とセスが言って、暗く沈んでいたリオもつい、笑った。リオの笑顔を見て、セスも笑っていた。

……懐かしい思い出が駆け巡り、もう一口酒を飲むと、涙が溢れた。

執務机に戻ったユリヤは書類を読んでいて、リオを見ていない。だからリオは、静かに酒を飲んだ。甘酸っぱく、こっくりとした酒は美味しい。涙がまた溢れて、杯の中にぱたぱたと落ちていく。

「……親のない子どもたちを優先して働かせる通達を出した」

そのとき、ユリヤが小声で付け足した。

「……え？」

リオは顔をあげて、ユリヤを見る。ユリヤは丸まった羊皮紙を取り上げ、リオに向かってひょいと投げてきた。リオは慌てて杯を机に置き、床に転げた羊皮紙を取りに行った。広げると、乏しい蠟燭の光に照らされて、長文が浮かび上がる。

「……王家直轄農地について、これより王都から役人を派遣し……親のない子どもも、あるいは定職のない親の子どもを優先して、農地手伝いとして日働きさせる……日当については、働きに応じて支払い、次の基準に添うこと……」

リオは読んでいって、やがて声をなくした。役人は王直属の権利を持ち、王が管理するため、都市の領事なども命令できない。そして毎日、条件に当てはまる子どもは必ず雇い入れられ、正当な支払いがされることが書かれている。

「寺院の子どもたち、みんな働ける……？」

「給金は安いが」

それでも、その日食べるパンが買える。残りを貯めれば、十日に一度は小さなおやつが買えそうだった。

通達に使ったらしい文書の下には、日付がある。最近のものではなかった。もう、一巡月は前のもの。リオが選定の館にいて、ユリヤと接しはじめた最初のころの通達だった。

「……昨日、すべての直轄地に役人を派遣し終えた。近々施策が実施される。……収穫の時期が終わっているから、しばらくは醸造の手伝いや苗木の植え付けになるだろうが、子どもにもできる仕事はいくらでもある」

ぽつぽつと話すユリヤの横顔を、リオは見つめた。ユリヤはそっぽを向いたまま、囁く。

「……もしお前が王なら、最初にこうするだろう」

体が震えた。得体の知れない熱い感情が、胸の奥からせり上がってくる。衝動に突き動かされるように、リオは気がついたら駆け出して、椅子に座るユリヤの横に回っていた。ぎょっとしたように顔をあげたユリヤに、リオはたまらず抱きついていた。

「ありがとうユリヤ、ありがとう、ありがとう、ありがとう……」

目尻に涙がにじむ。顔をあげて、ずっと前から気にしてくれてたんだね、と言うと、ユリヤは驚いたように眼を見開き、違う、と言ってそっぽを向いた。

「違う。うぬぼれるな」

「違っててもいい。……ありがとう、嬉しい」

王であるユリヤにとって、路地裏に潜む貧しさなど取るに足りず、どうでもいいことなのだろうという気持ちが、ずっとどこかにあった。セスのことだって、なんとも思っていない。小さな死など、気にかけていないと思っていた。

けれど違っていた。リオに出会ったころから、ユリヤは貧しい子どものことを気にかけてくれていたのだと思う。そこにはリオへの愛情はないかもしれないが、王としての、国民への愛はある気がする。

(やっぱりユリヤは、本当は優しいはずだ……)

見えにくい優しさかもしれないが、信じられる。ここ数日ユリヤに対して持っていた疑念が、ほどけていくのが、リオには嬉しかった。

(ユリヤはなにかを秘密にしてるけど……それはきっと、悪いことのためじゃない)

そう思えた。

（……ユリヤには訊かなくていい。洗礼の儀で、記憶が戻るかもしれない――俺はこの国と、ユリヤのためになることをちゃんと選ぶ）

そう決めたとき、不意に耳の奥に声が聞こえた。

――この畑では親のない子どもが、不法に働いているんだ。一日の食事代にも満たないわずかな賃金で。そういう子どもを、俺は一人でも減らさねばならない。

どこで、誰から聞いた言葉だろうか？

突然思い出した声音は、ユリヤのものとそっくりだった。

ただ、リオが知っているものより張りのある、若々しい声だった。頭の中にはもう一つ、声がする。さっきの声より高く、細く、どこか平板な声。

……でもそんなことできる？　誰かを立てれば、誰かが苦しむ……。

できなくても、しなければ、と、ユリヤに似た声が答えるのを、リオは聞いた気がした。

（……そんな話、ユリヤとしたっけ……？）

固まっていると、リオに抱きつかれたままのユリヤはぎこちなく身じろぎし、リオ、と呼びかける。

「もういい。離れろ。いつまでこうしている」

リオの肩を押すユリヤの手の動きは、珍しくぎこちなかった。よく見れば、耳がうっすら赤らんでいるかに思えたが、蠟燭の明かりが反射しているだけのようにも見えた。

「もう寝ろ。仕事の邪魔だ」

押し出されるように背を押され、隣の寝室へと連れていかれた。

「おやすみ」

ユリヤはそれだけ言うと、リオがおやすみと返すよりも先に、扉をバタンと閉めてしまった。

扉の向こうは、すぐにしんと静まりかえってしまう。

——そういう子どもを、俺は幸せにしたい。

続けて言った声を聞きながら、そのとき強く思ったのを覚えている。

……彼に幸せにされる子どもが羨ましい。

自分もそんな子どもならよかった。ぶどう畑で働き、質素な食事に感謝し……遠い場所で、救いたいと思ってくれている誰かがいるような、そんな子ども。

——彼を苦しめるような存在ではなく……できれば、彼に助けられ、彼を救える子ども。

あのとき、そう考えた気がする。

（……生まれ変われるなら、兄さまを、助けられる子どもに生まれたい……）

リオは呆然と立ち尽くしていた。これは誰の記憶、誰の感情だろう？

自分のものではないはずだった。こんな気持ちも、情報も知らない。混乱しながら、よろよろと寝台に倒れ込む。

「……俺の昔の記憶なの？」

（……でも、こんな記憶、本当に俺のものなのかな）

なぜかそう思った。なんの理由も、根拠もなく。ふと。

（……俺、本当に三年前も……生きていたんだろうか）

生きていなかった気がする。

記憶を失う前の自分は、自分であって自分ではない。そんな気がする。

窓の向こうで突風が吹いたらしい。窓枠がカタカタと鳴った。

上掛けの中に入ると、急な眠気に襲われた。ぶどう酒のせいかもしれない。

明日は洗礼の儀だと、リオは思い出す。

七使徒が、本当に『使徒』になる日であり、リオにとっては記憶が戻ってくるかもしれない日。

けれどリオにはまだ、実感がなかった。

（洗礼をして、本当になにか変わるのかな……？　とても想像つかない。まだ俺、ここでの生活にも追いついてない――）

眼を閉じて眠りに落ちていきながら、リオは思っていた。眼が覚めたら、もう少しだけでも「使徒らしく」なれているのだろうか？

分からないが、もしも洗礼の儀で記憶が戻るなら、少なくとも自分のすべきことがなにかくらいは分かるかもしれなかった。

八　洗礼

「リオ、起きろ」

耳元で名を呼ばれた。

眼を開けると、すぐ眼の前にユリヤの顔があった。

「……ユリヤ？」

どうしてここにユリヤがいるのかと、寝ぼけた頭で考えてからリオはそういえば自分はユリヤの寝台で寝ていたのだ――と思い出す。

もう朝なのかと思ったが、あたりは真っ暗な闇の中で、ユリヤも手に蠟燭を持っていた。

「大聖堂に向かう。これから洗礼の儀だ」

言われた言葉で、完全に眼が覚める。リオは驚いて、ユリヤを見つめ返した。

リオはユリヤに連れられて、魔法の扉で一飛びに大聖堂内部に到着していた。

（まさか洗礼の儀を真夜中にするなんて……）

エミルの話では、日中に行うもののようだったし、禊もなくユリヤに渡された服を着せられたので、たぶんこれは急に決まったことなのだろう。

（突然すぎて頭が追いつかない……、それに服も、単なる使徒の正装だ）

披露目の日は華やかな装飾がたっぷり施された服を渡されたが、今リオが着ているのは白地に青の縁取りがあるだけの、最も簡素な使徒の服で、マントも羽織っていなかった。

だが一緒に大聖堂へやって来たユリヤも王の服ではなく、同じ使徒の服を着ている。

大聖堂の内部はひんやりと底冷えしており、巨大な空間はほとんどが暗がりに閉ざされている。しかし祭壇の中央に一つだけ魔法の明かりがついており、その周りに、使徒であるアラン、フェルナン、ゲオルク、ルースとレンドルフがそれぞれ正装をして待っていた。

奥には大主教のニラーカもいる。それ以外には誰もいないので、どうやら洗礼の儀は大主教と使徒だけで行われるものらしい。

「リオ！」

リオがユリヤに連れられてくると、一番に駆け寄ってきたのはルースだった。

いつも落ち着き払っているルースには珍しく、少し慌てた様子だったので、リオは驚いた。

「どうしたの、ルース」

「どうしたのって。魔女に襲われたって聞いて心配してたんだよ。……エミルもずいぶん気にしてた。怪我はないんだね」

ルースは腰を屈めてリオの顔を覗き込むと、いくぶんホッとした様子だった。

ルースの後ろからゲオルクがリオを覗き、「ピンピンしてんじゃねーか。心配して損したぜ」と言う。

(二人とも、心配してくれてたんだ……)

突然、大蜘蛛に襲われたあとユリヤに抱かれたり、アランがリオを殺せばよかったと言っていたり、よく分からない記憶の断片を思い出したり——と、考えることが山積みで、呪われかけたことすら記憶が薄れていた。

ハッと思い出してアランを見ると、アランはぷいと顔を背けた。

(アラン、アカトビになって見回りに出てたみたいだったけど……戻ってきてる)

「こんなこと言ってるけど、ゲオルク、鐘が鳴るごとにきみの部屋覗いてたんだよ」

そのとき普段の調子を取り戻したルースが、からかうように言ったので、リオは意識をルースとゲオルクに戻した。ゲオルクは真っ赤になってうるせえ、と言っている。

「……心配かけてごめんね。ありがとう」

邪気のない二人の気持ちが、嬉しかった。けれどもしかしたら、自分はこの二人にとっても敵かもしれず、洗礼の儀でそれが明らかになるかもしれない——という気持ちがあって、リオは胸が痛んだ。

フェルナンもリオのほうを見ていて、眼が合うとこくりと頷かれた。

「無駄話は終わりだ。全員中央へ」

ユリヤが言い、リオはルースとゲオルクと一緒に、祭壇の前へ立った。みんなが口をつぐむと、あたりはシンと静まりかえり、静寂の音が聞こえてきそうなほど空気が張り詰めて感じられた。

リオは魔法の明かりにぼうっと照らされた祭壇を、そっと見上げた。

セヴェルの寺院の祭壇は小さく、色ガラスがはめ込まれているだけだった。だが大聖堂の祭壇には、巨大な白竜の石像が鎮座している――。竜は大きな丸い玉の上に前肢を置き、じっと人間を見下ろしているようだった。

（選定の館にいたとき、一度だけ見た白竜だ……）

魔女の手がリオを連れ去ろうとしたとき、助けてくれたのが白い竜だったことを、リオは覚えている。それにセヴェルで、ユリウスにガラスの玉を渡されたとき見た幻の中でも、同じ竜を見た。

明かりが乏しいせいで、巨大な石像はいっそう物々しく、神というより魔物のようにも見える。緊張して、足が震えてくる。

（儀式が始まる……記憶が、戻ったら……どうしよう。ううん、俺はそう望んだんだ。逃げちゃだめだ――）

全身が緊張に包まれたとき、大主教のニラーカが厳かに囁いた。

「王の御名のもとに、これよりフロシフランの七使徒の洗礼の儀を行う……使徒よ、みなそれぞれに神と出会い、神より受け取り賜らんことを」

ニラーカが「王よ、神に触れてください」と言うと、ユリヤが石像の、丸い玉の部分に触れた。

「シェステ……ヴィルキィヴィリィドラク……」

ユリヤは静かな声で、古代語を話した。リオがなんとか聞き取れた部分は、今の言葉にすると「神よ、私の六人の使徒たちに、あなたの力を分け与えることをお許しください……」という意味だ。

息を呑み、じっと固まって待っていたリオだが、特になにか起こる気配がない。どうしたのだろう、と思っていると、ユリヤが不意にため息をついた。

（ユリヤ……？）

ユリヤは苦み走った顔をしており、今にも舌打ちしそうに見えた。だがすぐに無表情になると、ユリヤは「リオ」と呼んだ。

「ここに来て、玉に手をあてろ」

リオはびっくりして、思わず自分を指さした。

「……お、俺？　なんで……」

「いいから。言われたとおりに」

ユリヤの青い瞳には、有無を言わさない強い光があった。神聖な儀式の空気が崩れることが怖かったので、リオはそれ以上疑問を挟まずに言われたとおりにユリヤの隣に駆け寄ったが、ちらりと後ろを見ると、ゲオルクとルースは不思議そうな表情だったが、アランは明らかに眼を見開き、フェルナンも怪訝そうに眼を細めていた。

だが気にしている場合ではない。リオはユリヤと同じように玉へ触れた。

ユリヤがもう一度、古代語を詠唱する。

――神よ、私の六人の使徒たちに、あなたの力を分け与えることをお許しください……。

リオも胸の内だけで、同じ古代語を唱えた。

そのときだった。

石像の玉から白い光が放出される。眼が眩む。

瞬間、リオは真っ白な空間にただ一人、立っていた。

無限に続く白い空間。

どこが上か下かも分からないその場所に、白い竜が座っていた。

リオのすぐ眼の前。

見上げるほどに大きな竜が――。

「……ウルカの、神様……？」

ぽつりと呟く。これは夢だろうか。

辺りを見回しても、竜とリオの他には誰もいないしなにもなかった。

やがて巨大な竜が首を動かし、リオの眼の前まで鼻先を下ろしてくる……。

心臓がどくどくと逸鳴り、頬が上気していく。

竜の眼は青に、緑に、金色にと変化し、最後にはすみれ色になった。

鼻先がリオの胸に触れる。とたんに、リオの胸から紫色の光が溢れる。

全身が心地よい浮遊感に包まれ、緊張は解けて、大きな多幸感がこみ上げてきた。

(なにこれ……気持ちいい)

不安や恐れが消えて、心が果てしなく開かれてゆく。

覗きこんだすみれ色の瞳には、どうしてかリオを受け入れ、認めるような明るい輝きが宿っている——。

「神様……」

ああ、この竜こそがずっとずっと自分が祈りを捧げてきた神様だ。

自分の心の奥までを知ってくれている、たった一つの存在。

そう感じた。たとえようのない懐かしさで、なぜか胸がいっぱいになる。

衝動的に、リオは眼の前の神の鼻先を抱きしめ、冷たい皮膚に頬を押し当てていた。

「神様……会いたかった……」

刹那、脳裏に幻が映ってリオはハッと眼を開けた。

「……あれ。なにこれ。なにかの記憶……？」

リオは抱きついていた竜の鼻先を放すと、すみれ色の瞳を見つめた。胸が激しく拍動する。

自分は真っ白な空間で竜と二つきり、存在しているだけなのに、どうしてかまるで違う映像が頭の中に浮かんでくるのだ。

それは崩れた城塞に、火の手があがっている像だった。

城塞は戦の最中のようだ。

甲冑を身にまとった騎士たちがなだれ込み、長衣をまとう魔術師の集団に切り込んでいる。あちこちで叫び声があがり、魔術師たちが次々と死んでいく。

そして炎渦巻く城塞の、瓦礫の下に、一人の少年が倒れていた。

（この幻……前も見た）

セヴェルで初めてユリウスに会った日。リオは同じような像を見たのだ。

銀青色の髪に、細い体。眼を閉じ、息も絶え絶えに転がっている少年のもとに、一人の男が駆け寄っていく。

銀色の甲冑を身にまとい、青いマントを肩から下ろした騎士だ。騎士は大きな手のひらで少年の頬を撫でる。少年の閉ざされていた瞼が開くと――すみれ色の瞳が現れた……。

どくん、とリオの心臓が音をたてた。

（倒れている子どもは……俺？　じゃあ、あの騎士は……）

――フロシフラン国王、ルストなのか？

不意にそのとき、眼が眩むほどの白い光が、再び視界を閉ざした。

ハッとして我に返った瞬間、リオは大聖堂の暗がりの中に戻っていた。もう眼の前に竜はいない。奇妙な幻も、真っ白な空間も消えている――。

慌てて周囲を見回す。

他の使徒たちも同じ幻影の中にいたのだろうか、みんな、たった今眼が覚めたように、困惑した表情であたりを見渡している。リオは視界の端で、それぞれの額に、いつかエミルが見せてくれたような――アランには『翼』の、フェルナンには『眼』の、ルースには『弓』、ゲオルクには『盾』の紋が光り輝いて浮かびあがっているのを確かめた。それらは二秒もしないうちに消え失せる――。

そして次の瞬間、上空からドオン！　と大きな音がした。

（なに……っ⁉）

リオは動揺した。

聖堂の天井が爆発し、瓦礫が落ちて床で飛散する。

刹那、爆発して空いた穴から巨大な黒蜘蛛が落ちてくる。

「な……っ、なんだこれ！」

ゲオルクすら咄嗟に反応ができずに固まっている。

蜘蛛の目玉がリオを見る。

息を呑んで固まったリオの眼の前に、雷のような素早さで割って入ってきたのはユリヤだった。

ユリヤは剣を抜き放ち、蜘蛛を斬りつけた。

その長剣は獲物に食い込む瞬間ユリヤの身の丈三倍もの大剣に変わり、白い光を放つ。光は『王の剣』の紋章を大きく浮かび上がらせる。

蜘蛛は一瞬で破裂し、残骸が聖堂の床に転がる。一息に蜘蛛を屠（ほふ）ったユリヤの顔は冷静で、眉一つ動かない。

（ユリヤ……、す、すごい……）

壁の向こうで大きな叫び声がした。窓に数体の巨大蜘蛛が群がっている。

壁を破り、聖堂の中に侵入してこようとしている。

騎士たちが一斉に蜘蛛に突撃するも、蜘蛛の脚の一振りで数人の騎士たちが空に舞う。

「な、なんなんだっ？　くそったれ！」

慌てているゲオルクに構わずユリヤが叫んだ。

「アラン！　フェルナン！　ゲオルク、ルース！　お前たちは市街地へ行け！　王宮は俺と騎士団で守る！」

ユリヤの指示は王としての命だった。聞いた瞬間、即座にそうせねばと思わせられる力がある。四人はハッとしたように顔を見合わせた。

（市街地⁉　市街地も魔女が襲ってるの……っ？）

「うわっ、なんだこれ！」

間を置かずアランが叫び、耳を押さえる。フェルナンも顔をしかめる。

「『耳』との感応だ！　市街地の音だ！」

ユリヤが言い、リオは気づいた。

（そうか……！　ユリヤには市街地の音が聞こえるから……魔女が襲ってるかどうか分かるんだ！）

おそらく今この瞬間から、神の力を受け取った『翼』『眼』『鍵』も感応している――。

「そういうことかよ！」

舌打ち混じりに叫んだアランが、アカトビに変わる。

巨大蜘蛛がまた一体、天井から落ちてくる。ユリヤは落下地点へ走り込んで一閃し、蜘蛛の体を一刀両断に斬り裂いた。

「リオ！　お前も行け！」

言われて、リオは混乱する。視界の端をなにかがかすめた。『鍵』のレンドルフだ。レンドルフは一足飛びに飛び上がって、天井の穴から外へ飛び出していく。

ツナートヒになったアランが、ルースとゲオルクを鋭い足の爪に引っかけて飛び立つ。

三人が聖堂の、ぶち抜かれた天井から外へ行くのと入れ替わりに、ひらりと黒い影が下りてきて、リオは抱き上げられていた。

「……ユリウスっ？」

それは魔術師の男だった。リオは瞬く間にユリウスに抱かれ、空に飛び上がっていた。魔術師は大聖堂の天井に出ると、軽く飛んだだけで王宮の高い塔の先端に達した。

激しい乱高下にリオは声をあげたが、視界へ飛び込んできた光景に息を止める。

王宮の向こう、王都のあちこちに火の手があがり、建物が倒壊していく。

暗い夜空が火を映して赤く染まっている。

王都の道を巨大な黒蜘蛛が素早く這い回り、人々を跳ね飛ばし、建物を破壊している。

王都に住まう人々が叫び声をあげ、泣きながら逃げている。

「どうしてっ、一体……いつの間に⁉」

大聖堂に着いたとき、街は静かだったはず。困惑して叫んだリオに、ユリウスが答えた。

「お前たちが洗礼を受けている最中だ。魔女に気づかれないよう、陛下は城内の誰にも知らせず洗礼の時間を予定より早めた。だが魔女は感づいて、襲ってきたようだな」

とはいえ無事、洗礼は終わった、とユリウスは付け足し、街中の広場にそびえる高い塔の上に下り立った。リオがそこに足をつけるのと同時に、空からゲオルクが落ちてきて、屋根にどすんと尻餅をつく。

「いってえなあ、クソトンビが！」

空に向かってゲオルクが悪態をつき、塔の先端にアカトビのアランがとまる。一緒にきたルースはひらりと器用に下り立ち、

「まあまあ、運んでもらったんだから」

と、言う。

そのときリオのすぐそばに、生き物の気配がした。

振り向くと、豊かな毛並みの大きな狼が、足音もたてずに屋根へ登ってきたところだ。オオカミの毛はハシバミ色で、瞳は琥珀色だ。

リオがびっくりしていると、狼はすっと形を変え、フェルナンの姿になる。

「俺が指揮をとる。アラン、今いる蜘蛛の個体数を数えてこられるか？」

リオは眼を瞠り、フェルナンを見つめた。

「フェ、フェルナン、動物の姿になれたの……？」

「なれるようになったみたいなんだよね。さっき、洗礼を受けてから」

思わず話を遮って訊くと、すぐ隣から声がした。振り返ると、見たこともないほど大きく、立派な葦毛の馬がいた。美しく、逞しい体。瞳はルースと同じ青――しかしそれは幻のように、眼を見開くのと同時に、馬はルースの姿に戻っていく。

思わずゲオルクを見ると、その体は一瞬、金色の巨大な熊に見えた。すぐに消えたが、残像はリオの中に強く残る。

「どうやら本当の力を、ウルカの神が引き出してくれたみたいだぜ」

「魂の形が動物の姿だったなんてね。アランがアカトビになるときは、こうしてたんだねえ」

呑気（のんき）に笑うルースに、リオはどきりとした。

（魂の形……そういえば、みんな家紋に描かれた姿になってる……）

アカトビ姿のままのアランは、塔の先端にとまったまま毒づいた。

「ふん、この程度で浮かれるなよ。これまでは変化する魔力操作すらできなかったいい証（あかし）なんだからな」

アランは「個体数を確認する」と言い置いて飛び去っていく。

「洗礼を受けてから力がみなぎってるぜ。俺一人でも蜘蛛ぐらい全部片付けられそうだ」

「だめだ、連携する。被害を最小限に食い止めるぞ」

フェルナンは注意したあと、指示を出した。

「蜘蛛はリオに吸い寄せられるだろう。リオを囮（おとり）に使う」

（え……？）

リオは混乱したが、反駁（はんばく）の余地もないままユリウスに抱かれて広場に下り立っていた。

「俺を、囮って——

――ここまでの経過から、それが妥当と判断したのだろう。フェルナンは『王の眼』だ。ウルカの神の力を得て、先読みができるはず。信じろ」

（……先読み？　未来が見えるの？　……ウルカの神の力って……そんなにすごいものなの⁉）

と、このわずかな時間だけでアランが屋根の上に戻ってくる。

通りの向こうから悲鳴があがり、王都の人々が広場へと逃げてくる。その後ろからは、巨大な蜘蛛が一気に十数体も押し寄せていた。

そのとき巨大な光の矢が無数に蜘蛛へと降り注いだ。前列にいた蜘蛛数体が矢に貫かれ、貫かれた途端に体を粉々にして飛び散る。ルースの力だと、リオは気づいた。

だがすぐに、大蜘蛛は新たに湧き出る。

湧き出た蜘蛛が広場になだれ込んでくる――。

矢はさらに降り注ぎ、次には真っ赤な火の玉が、並んだ蜘蛛三体の胴を砲弾のようにぶち抜いていった。大きな穴を腹に空けて、蜘蛛がガラガラと倒れる。赤い火の玉は、よく見れば高速で飛ぶアランだ。

それでもまだ湧き出る蜘蛛に、どこから現れたのか、地面から生え出た蔓草がからみつき、ぎりぎりと縛り上げて潰していく。

「もしかして……フェルナンの魔法？」

「そうなる」

リオの後ろに立つユリウスが頷く。倒れていく蜘蛛の死体の向こうから、最後の一群がリオに向かって飛びかかってくる。そのときリオを庇うようにして、上空からゲオルクが下りてきた。

「ようやく俺様の出番だな！」

心底から楽しげにがなり、ゲオルクは巨大な斧を振り回した。

その一撃は風刃となって、蜘蛛を一息に薙ぎ斃す。

最後の蜘蛛が息絶え、騒然としていたあたりは瞬く間に静かになっていた。

「アラン、敵の数は？」

いつの間にか下に下りてきていたフェルナンが訊き、滑空してきたアランがトビから人の姿に戻って「もういない」と報告する。

「僕の矢で消火するから、フェルナンかアラン、水の魔法かけてくれない？」

同じように下りてきていたルースが、虚空に向かってまっすぐ片手をあげている。

見ると、空には青い光でできた巨大な弓矢が浮かんでいる。アランがルースの肩に手を置くと、矢の先に水が溢れ、それは不思議なことに虚空にとどまっている。ルースが弓をひけば無数の矢が流星のように空を飛んでいった。

一瞬にして、王都の向こう側、火が燃えさかっている場所に土砂降りの雨が降った。

火は闇夜に消えていく。雨が止むと硝煙の臭いが濃く漂い、燃えていた空も静かに暗くなっていった。

（……終わったの？）

あっという間に終わった。

以前、あの大蜘蛛一体に同じように四人がかりで挑んで、全員がひどい傷を負っていた。ユリヤが来るまで倒せなかったのに、数十体の蜘蛛を相手に誰も傷つかなかった。これがウルカの神の洗礼の結果なのだろうか。

（エミルは大して変わらないって言ってたけど……そんなことない。洗礼の儀で、みんなすごい力を受け取ってる――）

だが街は建物が破壊され、蜘蛛の死骸が広場にも通りにも転がり、人々が大勢倒れている。すすり泣く女の声を聞いて、リオは思わず振り向いた。

女は小さな子どもを膝に抱えて泣いている。

「使徒様……使徒様ですか？」

女は泣きながら、ずるずると片手で這いずってこちらへとやってくる。彼女の片足は変な方向に折れ曲がり、肉の間から骨が見えていた。

それでもそんなことなど気にもならぬように、女は胸に抱いた幼い子どもの体を必死に守って、リオの隣に立つフェルナンの足元へとすがった。

「使徒様、どうか、どうかこの子を、この子を助けてください……」

子どもはぐったりとして動かず、見れば、全身が真っ赤な血で染まっていた。薄く頼りない胸の肉はえぐれていた。リオは息を止めた。残酷な光景とその恐ろしさに、心臓がどくどくと鳴る。フェルナンは跪いて子どもの様子を見、

「まだ息はある、だがもう……」

と、口ごもった。リオの耳には、突然街の人々の苦しむ声が、すべて聞こえてくる気がした。痛みを訴える呻き声、子どもの名を呼んで泣く母親の声、親が倒れ、泣き叫ぶ子どもの声……。

頭の奥にちらついたのはセスの顔。寺院にいた、子どもたちの顔だった。

もし同じことがセヴェルで起こったら？

リオは強い恐怖に襲われる。胸の中心が、熱くなっていく。

だめだ。助けなきゃだめ。

そう思う。

（俺も、神様から力を受け取った。前に、みんなを助けたときみたいに……できたら？）

胸の前で手を組んで、選定の館でアランたちを癒やした日のことを思い出す。ぐったりと血を流す子ども。この子どもを死なせたくない。

もう誰一人、死なせたくない。光の当たらぬ場所で孤独に死ぬ者など、二度と作りたくない。

誰も死なせない、傷つけさせたくない。

（生きた意味がなかったかもなんて、誰にも、思わせたくない……っ）

「ウルカの神よ、お願い、助けて……っ」

遠いセヴェルの寺院の屋根の上、無力なまま祈っていた。

あのときと同じように今も祈る。

リオは呟いた。覚えたての古代語で助けてください、と唱える。

「神様……っ」

とたんにリオの胸から、まばゆい光が溢れだす。

光は紫色を帯び、上空に向かって一息に放出される。

刹那、巨大な光の玉がリオの頭上に膨らんだ。

ルースが「わ……大きい」と呟いた。

玉は広場の上空いっぱいに広がって、弾ける。

弾けたあとは、街いっぱいに光の雨が降った。

人々がどよめいて、光の雨を見上げる。

光が蜘蛛にあたると蜘蛛の体はかき消え、人にあたると、傷口を照らしだす。

リオは体から、どんどん血がぬけていくような心地だった。だがそれでも、癒やしきるまで絶対に倒れたくなかった。

（ウルカの神様……全員治して……誰も死なせないで、お願い、お願い……っ）

願いが聞き届けられたかは分からなかった。やがて降り注いでいた光の雨が止むと、体から力が脱けてリオは倒れる。その細い肩を、ユリウスが抱きかかえてくれた。

「……よくやったな、リオ」

耳元で囁かれ、リオは霞んだ眼で足元を見た。女の足はきれいにくっついており、子どもは眠っているように見えた。

リオはよろよろとユリウスの腕を離れて女の前に座り込み、子どもの手をとった。それは温かく、服は血濡れていたが、子どもの胸にあったひどい傷はなくなっていた。たいらな胸を撫でると、心臓の動きが分かる。子どもは安らかに寝息をたてていた。

全身からほっと力が脱けていく。

「生きてる……、よかった」

囁くと、眼の前の女が嗚咽した。

「使徒様……使徒様、ありがとうございます……っ、ありがとう、ございます……っ」

女は慟哭しながら石畳に身を投げ出し、額を地面にこすりつけてお礼を繰り返した。どんなにか恐ろしかったろうかと思うと、リオも冷静ではいられず、涙ぐんで女の背を撫でてしまう。

「よかったですね……、怖かったでしょう、あなたの足もきれいになって……よかった」

泣くのを我慢していたから、震える声で囁くと、女は驚いたように泣き濡れた眼をあげた。

広場に倒れていた人々が起き上がり、使徒様、使徒様と声をあげはじめる。

「王の七使徒様だ。七使徒様が救ってくださった」

「奇跡を起こしてくださったんだ」

嗚咽と歓声が街中からあがった。使徒様、使徒様と囃す声に、戸惑いつつ立ち上がると、フェルナンがリオに言った。

「……リオ・ヨナターン。お前が奇跡を起こしたらしい」

リオはびっくりして、フェルナンを振り返る。

「違うよ。みんなで戦ったから……」

「いいや。お前が救ったんだ。お前がいなければ、こうはなっていない」

断じるフェルナンに、ゲオルクもルースも、アランすら異を唱えない。

広場には人々がどんどん集まってきて、使徒様、使徒様と声がする。彼らは高揚し、その瞳は希望に輝いていた。数日前、リオや他の使徒が王都を回ったときにあった侮蔑や疑念の色は、もうどこにも見られない。

「さっきまで死ぬかと思っていました。でも、すっかり治った。奇跡を起こしてくださった」

群がる人々がそんなことを口々に言う。

「先代の使徒様は、王を癒やすことはあっても我々民草にまで癒やしの手を差し伸べられはしなかった……」

誰かが涙ながらに言っている。

(俺……役に立てたの……?)

戸惑いと一緒に、役に立てて嬉しいという喜びが胸に広がる。

そのとき誰かが陛下だ! と叫んだ。見ると、騎士を数人伴ったユリヤが、青い王のマントを身につけて、広場へと姿を現したところだった。

威厳に満ち満ちたその姿に、人々は自然と道を開けて伏す。

「一人であの蜘蛛の大群、退けたのかよ。恐れ入るぜ」

ゲオルクが小さな声で笑う。ユリヤはリオの隣に立つと、声を張り上げて民たちに問うた。

「我が民よ、恐ろしい思いをさせたな。だが今夜、我が国の使徒は力を得た。フロシフランは魔女の手には落ちぬ。余の使徒を歓迎してくれるか?」

広場からは歓声があがった。七使徒の名前を連呼し、王都の人々は歓迎の意を示す。

「そして我が鞘、リオ・ヨナターンはこれまでの『王の鞘』とは違う、比類なき癒やし手。奇跡を起こす神の使いだ」

ユリヤが付け足したので、リオはびっくりした。なぜ自分の名前をわざわざ言うのか分からない。

けれど集まった人々はいっそう声をあげて、今度はリオの名前を呼び始めた。リオは困惑して一歩後ずさりそうになったが、期待に満ちた人々の眼差し(まなざし)を見ては動くこともできなかった。

「……陛下はこうなることを予想して、きみをこっちへ向かわせたんだね」

ルースが感心したように呟く。

「陛下のお気に入りだね、リオ」

ルースは笑っていたが、リオは戸惑うばかりだ。

ユリヤは他の使徒のことは紹介しない。

ただ、静かな面持ちで沸き上がる民を見つめているだけ。アランが小さく舌打ちするのが聞こえた。

（ユリヤ……なにを考えているんだろう）

まるで分からない。だが、今のリオは鞘様、と呼ぶ声に応えて、微笑むことしかできなかった。それがたぶん――王の使徒として、求められる姿だと思ったからだ。

九　第二王子

王宮内部は有事の際の非常点灯がなされていた。

まだ朝が来るには早く、空は暗いが、城を囲む壁にはずらりと火が焚かれて城内は明るい。

リオが他の使徒と王宮に戻ってくると、迎えてくれた騎士団がわっと歓声をあげた。

『王の七使徒』！　と叫ぶ者もあれば、奇跡を起こせしは『王の鞘』！　と言う者もあった。期待と興奮に満ちた眼で騎士たちに見つめられ、リオは内心たじろいでしまった。

「鞘どの、素晴らしい奇跡でした。王宮内でもあの巨大蜘蛛により負傷した騎士が大勢いたのです。あなたの力がそれを救った」

騎士団長のヘッセンが歩み寄ってきて、熱っぽくリオに感謝した。

リオは戸惑ったが、鞘様、私はあなたのおかげで生き延びました、という騎士が数名、リオの足元に跪き胸に手をあてて、

「一生、お守りいたします」

と誓う。リオは「いえ……そんな、お怪我が治ったなら……それで」としどろもどろに返事

をすることしかできなかった。

　つい昨日まで空気のように、あるいは男娼のように扱われていたはずだ。突然態度を変えられても戸惑うだけで、リオは思わずすぐ後ろにいたルースの陰に隠れてしまった。

「みんながきみに感謝してるよ」

　ルースはおかしそうに言ったが、リオは困ってしまった。

「……戦ったのは俺じゃなくてみんななのに」

　一人だけ感謝されるのはおかしい気がした。平等ではない。

　もちろん他の使徒たちもこの事件で受け入れられたようで、騎士たちは口々に「七使徒は素晴らしい戦いぶりだったとか」「見てみたかった」と言っている。

　それはよかったが、なかでもリオは特別、熱烈な歓迎をされていた。

「俺らは俺らの仕事をしただけだ。お前は『鞘』として、定められた仕事以上の働きをしたんだから感謝されるのは当たり前じゃねえか」

　胸張れよ、と、ゲオルクが呆れたように言う。

「王国四百年の歴史の中でも、『王の鞘』が王以外を癒やしたなんて奇跡は、まず聞かないからねえ」

　ルースはくすくすと笑っていた。リオにも、どうしてあんなことができたのか分からない。だが自分は祈っただけなので、役立てたのは嬉しいが、過分な感謝を受けるのはどうにも居心地が悪かった。

そのとき、一人アカトビ姿で王都とその周辺を見てきたらしいアランが、人の姿に戻って陣頭指揮をとるユリヤに報告をしに下りてきた。

「王都の東端の農地に、昨日までなかった巨大な穴が開いていた。おそらく、魔女はそこから蜘蛛を王都に送り込んだみたいだな」

「そうか……王宮への侵入は選定の館の演習場からだった。そこにも巨大な穴が空いている。今、魔術師たちが穴に残った魔力を分析して、魔女の居場所を探っている」

ユリヤが言うと、

「無駄無駄。そんなことでしっぽが捕まえられるなら、とっくに見つかってるさ」

アランは肩を竦(すく)めた。ユリヤはフェルナンを呼びつけ、

「フェルナン、魔女の動きが読めるか?」

と訊(たず)ねた。フェルナンは片眼鏡をかけ直し、しばらくの間じっと虚空(こくう)を見つめていた。

「気配はありません。当分は襲ってこないようです。あちらも消耗したのでしょうね」

「先見の『眼』が言うならそうだろうよ。まあいくら神の力があるって言っても、予見なんてあてにならないけどさ」

アランは皮肉っぽく嗤(わら)っているが、フェルナンは無視している。

ユリヤは陣営の中央にある椅子に座り、その左右には二人の宰相が立った。

ヘッセンの指揮のもと、騎士団がずらりと並ぶ。

「ルース、ゲオルク、お前たちは第四、第五騎士団をそれぞれ率いて、市中警護にあたってくれ。フェルナンとアランは東端の農地に空いたという穴の調査をしてくれるか。魔女に繋がる情報が得られるかもしれない」

ルースとゲオルクは、それぞれかしこまってその命を受けると、騎士団を率いて出て行く。アランとフェルナンは一瞬にして姿を獣に変え、それぞれに高い壁を飛び越えて出て行った。

「陛下。あとは我ら騎士団にお任せください。陛下はほとんど一人で数多の魔物を相手どられた。ひとまずお休みいただきたい」

ヘッセンの進言に、ユリヤはしばらく黙っていた。

リオは思わず陣営の周りを見回した。城塞はところどころ崩れており、大聖堂は天井が破壊されているばかりか、壁にも大きな穴が空いている。梁によって支えられているのだろうけれど、建っているのが不思議なくらいの様相だった。

（全部、大蜘蛛が壊したのなら、ここにも市街地と同じくらいの数の蜘蛛が押し寄せてたんじゃ……）

想像しただけでぞっとした。

ユリヤはしばらく黙っていたが、やがて立ち上がった。

「そうだな、そうするとしよう。ヘッセン、騎士たちも半数は休ませ、交代制にするように。

見えた。

またいつ有事になるか分からない」

リオは自分はどうしたらいいのかと悩んでいたが、そのとき小さな体が駆け寄ってくるのが見えた。

「リオ！　よかった、無事だったんだね！」

涙眼でとびついてきたのはエミルだった。

「エミル、怪我しなかった？」

顔を覗きこむと、大丈夫、と返ってきてホッとした。

「紫色の光の雨、リオが降らせたんでしょう？　すごかったよ。怪我してる人は治ったし、大蜘蛛の死骸は全部消えたんだ。癒やしの力って、あんなふうに使えるんだね……」

僕の中にもあるものだけど、桁が違う、とエミルが感心したようにため息をつく。自分ではよく分からないままに使った力なので、リオはなんと返したものか困った。

（神様がお願いをきいてくれただけだし……役立てたなら嬉しいけど……）

「みんなリオに感謝してる。奇跡の使徒だって」

「……俺は最後に祈っただけ。蜘蛛を倒したのは他のみんなだよ」

居心地悪く言っていたそのとき、柱廊の向こうの陰へ消えていくユリヤの青いマントが見えた。リオは「エミル、俺ちょっと、ユリヤと話してくる」とだけ言い残し、走ってあとを追いかけていた。

柱廊を抜けると、建物の下部、アーチ状になった中門が見えた。そこに人はおらず、灯火の明かりもあまり届いていない。走ってユリヤに追いついたリオは、マントの端をぎゅっと摑んで王を引き留めた。

「ユリヤ！」

前に回り顔を見上げると、ユリヤは眼をすがめてリオを見下ろした。疲れているのか、その顔はいつもよりどことなく青白い。

「……なんだ」

低い声で邪険に訊かれ、リオは一瞬ひるんだが言いたいことがあったので踏みとどまった。

「さっき、どうして俺の名前だけ大袈裟に言ったの？　……他のみんなも十分すぎるほど働いたのに……」

「そんなことでいちいち呼び止めるな」

ユリヤは迷惑そうだった。ため息をつき、「いいだろう、『鞘』が単なる男娼ではなく、意味のある役目を負っていると——そう知らしめられたんだから」と面倒くさそうに説明した。

「……それはそうかもしれないけど」

けれど本当に、それだけの理由なのだろうか？

リオにはユリヤの目的がよく分からない。聡明なユリヤにしては、少し軽率ともとれる行動だったと思う。

「ルースやゲオルクや……フェルナンや、たぶんアランも、自分に自信がちゃんとあるから平気だけど、あそこで俺だけ褒めるのは、気分を害されても仕方ないことだったよ。俺のためを思ってくれたなら……嬉しいけど、王様なら、ユリヤはみんなを労うべきだった」

勇気を出して意見を言うと、ユリヤはふっと笑った。青い眼が優しくなり、リオは少し驚く。

「そうだな、リオ。お前ならいい王になれるだろうな……」

冗談のようなことを言ってから、ユリヤはリオを押しのけて先へ行こうとした。だがそうする前に壁に手をついて、痛みをこらえるように前屈みになった。

「……ユリヤっ？　どうしたの？」

ユリヤの額には汗がにじんでおり、さっきより顔色が悪くなっている。息もいくらか浅い。

（……もしかして、蜘蛛と戦うのに力を使ったから）

「呪いが……きついの？」

不安に胸が痛む。顔を覗き込んでそっと訊くと、ユリヤは舌打ちし、平気だ、と言ったがそれはどうやら嘘のようだった。ユリヤはリオを押しのけて歩いたが、それはユリヤらしからぬ弱々しい足取りだった。南棟に面した中庭に入ると、月明かりに照らされて、ユリヤの影が石畳に落ちる。それを見た瞬間、リオは怖気が走った。

ユリヤの影は人型をしていない。とぐろを巻き、鎌首をもたげる蛇の形をしていた――。

（ユリヤ……！）

思わずユリヤの背を見る。ユリヤの体に、ざわざわと忍び寄る黒い触手が見えた。触手はだんだん濃さを増していき、やがて蛇に変わる。蛇は鎌首を揺らめかせ、ユリヤの心臓のあたりへ頭を寄せると、その場所をちろちろと長い舌で舐めている……。

（……もしかして、今までもこうだった？）

ふと、その可能性に思い当たった。

リオはウルカの神の洗礼を受けた。他の使徒と同じように、なにかの力が増しているかもしれない。そうでなければ、王都いっぱいに光の雨を降らし、人々を癒やせるとは考えられない。

そしてたぶん、力が増したために、ユリヤの呪いがはっきりと見えている。

ユリヤは足を引きずるようにして歩いている。まるで今にも倒れてしまいそうだ。

（それのどこが……どこが平気なんだよ！）

怒りとも悔しさともつかない気持ちが膨れ上がる。リオは腹立ち紛れに駆け寄り、ユリヤの二の腕をぐっと摑んで自分のほうへ無理矢理振り向かせた。

「強がらないでよ！　俺を抱いて、ユリヤ！」

リオは怒鳴っていた。もうこれ以上、絶対に譲るものかと思った。

「それが俺の仕事だろ！　そんな弱った状態で、しないなんて言わせない！」

拒むならどこまでもついていき、寝台に押し倒してやろうとさえ思った。強く睨みつけると、ユリヤは一瞬むっと眉根を寄せたが、やがて「うるさい……」と弱々しい声で抵抗した。

「いらないと言っているだろう、寝れば治る」

「寝れば治る⁉　そんな簡単なものじゃないはずだろ！」

「体力で圧し勝てる。今までもそうだった」

「そんなのおかしい！　俺がいるのに！　俺の仕事だろ、取り上げないでよ！」

本当に腹が立ってきた。けれど同時に、悲しくもなる。ユリヤの声はいつもと違って張りがなく、青い瞳は時折焦点が定まらなくなる。それほどぎりぎりの状態でも、なぜ意地を張るのかと思う。

「……そんなに、俺を抱くのがいや？」

思わず訊ねていた。

そんなに、そんなにいやなのだろうか。命の危険を冒してもなお、拒むほど？

リオが呪いにかかりかけたとき、助けてくれたのは仕方なくやったことで、本当はあれもいやでいやでたまらなかったのだろうか。

情けない、みっともないと思ったけれど、声は震え、瞳は潤んでいた。

ユリヤはリオを見下ろし、困ったように眉を下げた。そうじゃない。やがて、吐息のような声でそう答えるユリヤを、リオはじっと見つめた。

「ならどうして……そんなに拒むの」

「……お前が俺に情を移すからだ」

たった一度、たった二度、とユリヤは呟いた。

「たった、五度、六度、十度……重ねていけばいくほど、お前が、俺を……好いていくからだ」

　喉がぎゅうとせばまり、息が止まる気がした。

「……俺は」

　ユリヤは息をこぼすように囁いた。

「お前には返せない。……もう、俺の愛情は、すべてあげてしまった」

　ユリヤに、と、聞こえた気がする。

　直後、ユリヤは眼を閉じてぐらりと体を傾げた。大きな体が倒れ込んでくる。リオは驚きながら咄嗟にその体を受け止めたが、気を失ったユリヤの体は予想以上に重たい。結局ユリヤを抱いたまま、石畳に尻餅をついていた。

「ユリヤ……ユリヤ！」

　揺すっても眼を覚まさないユリヤの様子を見て怖くなり、リオは頭から血の気がひいていく。黒い蛇の影がユリヤの体をぐるぐると取り巻いている。リオはそれを払いのけるように手を動かしたが、蛇の影は実体がなくてなんの意味もなかった。

　整った顔を覗きこみ、確かめると細く息はある。それにホッとしながらも、どうしたらいいか分からずに途方にくれた。

「誰か……誰か！」

一人で運ぶのは無理だ。声を張り上げると、「鞘どの？」と、来た方向からヘッセンが駆けつけてきてくれた。リオはそれを見て安堵した。

「陛下はどうされたのです？」

「たぶん疲れて……呪いがひどくなったみたいです。陛下の私室に運ぶのを手伝ってくれますか？」

訊くと、ヘッセンは一人でユリヤの体をおぶってくれた。リオはほんの一瞬ユリヤの手を握ったが、その大きな手は常にないほどひんやりと冷たい。

まるで死人のよう。

（ユリヤ……死んじゃわないよね？）

不安に、胸がつぶれそうになる。

ヘッセンにはユリヤに巻き付く黒い蛇の影は見えないらしい。不気味な影はリオを嘲笑うようにユリヤに巻きついたままだ。

リオは恐ろしさに逸鳴る胸の中で、ひたすら祈っていた。

（神様……ウルカの神様、誰より……誰よりユリヤを死なせないで）

――この人は、俺の大事な人なんです。

（ユリヤに俺を抱いてもらわなきゃ……でも、どうしたら抱いてもらえる？）

ユリヤはリオを抱く気が微塵もないのだ。どうしたらいいか分からずに、リオはただ思いあまる気持ちで、ヘッセンを追いかけた。

――お前には返せない。……もう、俺の愛情は、すべてあげてしまった。……ユリヤに。

ヘッセンが寝台にユリヤを寝かせてくれている間、リオは倒れる間際にユリヤの言っていた言葉を反芻していた。

（ユリヤ……本当はこの名前って、第二王子の名前だよね。魔女の連れ子だったっていう、ユリヤの……ルストの、義弟）

つまり国王ルストは、義弟のユリヤを愛していたのだろうか……？

「ありがとうございました、ヘッセン卿。一人じゃ運べなかったので、助かりました」

ユリヤが寝台におさまってから、リオはそう言ってヘッセンに頭を下げた。

「いいえ。情けないことに、魔女の大蜘蛛相手では、我ら騎士団はほとんど歯が立たなかった。陛下お一人で相手にされていたので、お疲れが出たのでしょうな」

ヘッセンは悔いるように呟き、ため息をついた。そこまで戦えるユリヤはすごいのだろうと思いながらも、なぜ一人くらい、戦える使徒をそばに残さなかったのだろうという疑問も湧いた。

(……もしかして、使徒の名誉回復のためだったのかな。実際みんなが戦って……王都の人たちは使徒に感謝してくれた)

だがユリヤ一人だけが傷つき、損をしている状況なのはどうなのだろう、とリオは思う。

(もっと頼ってくれてもいいのに……どうしてユリヤは……心を開いてくれないんだろう)

呪いが辛いときくらい、抱いてほしい。

そのための『王の鞘』なのに、なぜ仕事をさせてくれないのか。

(選定を終わらせて、使徒をこの国に迎えること……きっとそれは、ユリヤだって望んでいたはず。『鞘』を選ぶことも、ちゃんと承知していたはず……それなのに俺にその仕事を求めないのは——俺がユリヤを、好きだから?)

だとしても、リオはユリヤに同じ気持ちを求めるつもりはないのだから、無視すればいいだけだ。

(……それともユリヤには、俺を抱きたくない理由が他にあるのかな。……第二王子を愛してるから? でも、本当にそれだけなの?)

「……そういえば」

扉口に立ったヘッセンが、ふと思い出したように呟いた。

「以前に、私とゆっくり話をされたいと仰ってましたな。もしよければ今、どういった内容かお聞きしても?」

「あ……」

リオは少し前、ヘッセンにそんなことを頼んだと、今になって思い出した。

あのときはユリヤが隠しているハーデでの三日間のことを知りたかった。

それは今も訊きたいが、にわかに、それよりも気になることができた。

（『耳』が部屋にあるかもしれないけど……いいか。ユリヤは眠ってるし……）

いちいち気にしていたらなにもできないと思い、リオは切り出した。

「……ヘッセン卿は、第二王子のことをご存知ですよね？　……ユリヤ殿下は、先の戦争の渦中でどうなられたのでしょうか……」

訊ねると、ヘッセンは一瞬驚いたような顔になった。やがてだんだんとその表情は険しくなっていく。

「ユリヤ殿下のことでしたか」

小さくため息をつくと、なにをどう話せばいいのか……と、ヘッセンはぼやくように付け足した。

「鞘どのの、殿下への知識が市井の民と同じならば……驚かせるでしょうが、ユリヤ殿下は……実際には三年前の戦争に関わっていないのです」

ややあって教えられた言葉に、リオは小さく「えっ」と声を漏らしていた。ヘッセンはそっとリオを応接の椅子に促し、自分もそこへ腰掛けると、顔をリオの近くに寄せて、声を落として話してくれた。

「……ユリヤ殿下は魔女の連れ子だった。それはご存知ですか？」

リオは頷いた。選定の館にいたとき、リオはフェルナンから、前王妃が魔女でその連れ子が第二王子だったと聞いていた。

「でも……第二王子のユリヤ殿下は、戦争を引き起こして……獄中にいるはずでは」

うっすらと知っている知識で訊く。

それはセヴェルですら知られていることだった。

魔女はハーデを建国し、第二王子ユリヤを正式なフロシフランの次代国王とのたまって、戦争を始めたはずだった。そして敗北ののち、第二王子は捕虜となり、王都に連れ戻された――と、リオは聞いていた。

「世の中ではそういうことになっています。しかし実際には少し違う。ユリヤ殿下は魔女がハーデに向かう前夜、深い眠りにつかれました。……死とは違う、けれど、二度と目覚めることのない眠り。呪いのようなものだと……私は陛下から直接聞かされています」

「……眠った？　ユリヤ殿下が？」

よく分からずに、混乱して問う。ヘッセンもよく分からないのは同じなのか、「はっきりとしたことは分からないのです」と続けた。

「一度だけ、眠ったユリヤ殿下を見ました。たしかに深く眠られ、声をかけても起きなかった。

やがてハーデが建国され、魔女は本物のユリヤ殿下は自分のもとにいると宣言した。そこで陛下は……今の陛下ですが。先の王の許しを得て、ユリヤ殿下を王宮の奥深くに隠されました。なぜ、そうなさったのかは分かりません。ただ我ら家臣には、ハーデにいる殿下は偽物である、生け捕りにせよとの通達がありました」

リオはごくりと息を呑んだ。心臓が、ズキズキと痛みだす。その話のどこかに、リオ自身も関わっていたらどうしようと、恐ろしくなる。

「……ハーデには、ヘッセン卿も乗り込まれたのですか？　そこで……魔女と、偽物の殿下と戦われた……？」

身を乗り出してそっと訊くと、ヘッセンは痛みをこらえるかのような顔をして、「辛い戦いでした」と、呟いた。

「先王は、進軍の途中で倒れられた。己の元使徒、七人を道連れになさいました。その後、陛下は魔女の根城に攻め入ったのです」

リオは厳かに頷いた。アランの言っていたことが本当なら、そのあとユリヤ――ルストは、三日間姿を消したはずだ。

「我々が相手にしたのは、魔女についていた魔術師の一団です。戦ううちに我々はちりぢりになり、陛下は三日の間、行方をくらまされた」

「……そのときのことは、ストリヴロ卿から聞きました」

思わず言うと、ヘッセンは難しい顔をして頷いた。

「魔女は深傷を負ったまま逃げたが、ユリヤ殿下の偽物は陛下が捕らえて息の根をとめた……と、我々は陛下から聞きました」

そうヘッセンは続けた。

「ただ、偽物の殿下の遺体は、どこにもなかった。陛下は魔法の働きで砂塵になったと仰ったが、誰もその姿を見ていない……確かめようがないのです」

「……じゃあ、陛下が嘘をついている可能性もある……ということですか？」

思わず訊ねると、ヘッセンは眉根を寄せて、いえ、我ら家臣は陛下を信じていますと言った。

「……けれど一つ気がかりなことはあります。戦争が終わって三年が経っても、本物のユリヤ殿下が眼を覚まさないことです。魔女はたびたび襲ってきますから、魔女が生きているのは確かです。……戦場で、陛下がユリヤ殿下の偽物を手にかけ、葬ったのは事実かもしれませんが、ならば……本物のユリヤ殿下はどこにいったのかということになる」

いまだ眠ったままなのか、それとも既に亡くなっているのか。

誰もなにも知らされていないし、ヘッセンですら、眠っているユリヤの居場所を知らない。

「ただ、一巡週のうち、三の曜日、陛下は午後、必ずどこかへ御身をくらまされる。私は、そのときに陛下は殿下のもとへ行っているのでは……と思っているのですが」

ムこは真実は教えてはもらえないようです、とヘッセンは苦笑混じりに言った。

リオはそれがどうしてなのか、分からなかった。

「なぜですか？　ヘッセン卿のことを、陛下は信頼しておられるはずなのに」

「……それは先の戦争の最中、私が不適切な発言をしたせいでしょう」

　リオは眼をしばたたいた。

「……実は四百年前まで――この地はウルカの神だけではなく、もう一柱、べつの神が治めていたという裏の歴史があります。魔女と魔女を信奉する一派は、おそらくそのもう一柱の神を信仰する一団ではないかと……先の戦時中、先王に伝えたことがありまして」

「……それのなにがいけないんですか？」

　よく分からない。そんな歴史があったとして、四百年以上前の話だ。事実かどうかも分からないことなのに、なぜ信頼にひびが入るというのか。

「……王家への不敬ととられても仕方のない内容だったのです。いや、これ以上話すのは勘弁願いたい。私としても、陛下の執務室で、無礼は控えたいもの」

　ヘッセンは誤魔化すように笑って、立ち上がった。どうやらこの話を長々としたくはない様子で、リオもさすがに引き留められなかった。

「……鞘どの。だがもし、あなたがユリヤ殿下の居場所を突き止められれば……もしかするとこの国の、不安の種は消えるかもしれぬ」

　けれど改めて出て行こうとしたヘッセンは、小さな声で付け足した。

「あなたはどこか……生前の、お元気だったころのユリヤ殿下に……似ておられる。背格好や雰囲気のようなものですが……陛下も、いずれあなたには真実を打ち明けてくださるやもしれぬ」

失礼、と頭を下げて、ヘッセンは今度こそ部屋を出て行った。

（……似てる？　俺が、第二王子に……？）

ヘッセンを見送ったあと、リオは寝室に戻った。

寝台では額に冷や汗を浮かべて、苦しそうな顔で眠るユリヤの姿がある。

その腹の上には黒い蛇がとぐろを巻いており、まるで心臓を探すように、ユリヤの左胸へちろちろと舌先を伸ばしていた。

リオはムッとし、ユリヤの傍らに座ると、蛇の影をしっし、と手で払った。もちろん払ったところで蛇は消えない。

リオを見ると、蛇はうっすら眼を細めて嗤うような顔をした。

（お前なんかに渡すもんか）

心の中でリオは言い、腰を浮かして、ユリヤの顔に顔を近づけた。

男らしい肉厚の唇から、ひゅうひゅうと苦しそうな息が漏れている。それを飲み込むようにして、そっと唇を重ねた。

（ウルカの神様……俺の力を、ユリヤに与えて）

胸の中で祈りながら、祈りをこめてユリヤの唇に、息を流し込む。ユリヤの唇からは、汗の味がした。長い間唇をくっつけて、リオの呼気をユリヤに注いでいると、ユリヤの気息が安らいでいくのが分かった。

ゆっくりと離れたら、ユリヤは穏やかな寝顔になっていた。腹にいたはずの蛇の影も、消えている。

眉間にまだ少し寄った皺を、リオは指で優しく伸ばし、額の汗を拭ってあげた。

「……弟だったユリヤ殿下のこと、愛してるの？」

愛しているから偽名まで、弟の名前を使ったのだろうか。

答えが返るわけもない問いを、そっと投げる。起きる気配もないユリヤの胸に、片耳をつけるようにして頭を乗せた。とくとくと動く心臓の音が聞こえる。

「でも……俺にとってのユリヤは、あんただけだよ」

小さく呟いたとき、胸の中でなにかが、かたんと音たてて動いた気がした。

（俺……やっぱりユリヤが好きなんだな）

今さらのようにはっきりと自覚する。ユリヤを思うとき――リオの胸は息苦しく、悲しく、重たく痛む。受け入れてもらえないことが切なく、ユリヤが他の誰かを想っているかもしれないと想像すると、そのことで心が切り刻まれたようになる。

この感情を恋と言わないなら、なんなのだろうと思う。

――お前のそれは恋じゃない。

かつて選定の館で、ユリヤにユリウスへの恋心を嗤われたとき、無性に腹が立った。けれど今なら、たしかにそうかもしれないと思えるだろう。ユリヤへのリオの想いは、ユリウスへのそれとはまるで違っている。ユリウスへの慕情は優しく穏やかだけれど、ユリヤへの気持ちは辛く悲しい。胸が引き裂かれるような痛みに満ちている。

(……俺今、第二王子のこと、羨ましいって思ってる)

ユリヤが愛情を全部あげてしまったという、王子様。

彼のことが羨ましく、妬ましく、恨めしい。

彼さえいなければ、ユリヤは自分を抱いてくれたかもしれない。そう思ってしまう。

(ばかだな。……問題は、俺が俺の仕事をできないことだ。ユリヤが眼を覚ましたら……俺の気持ちなんて気にせず抱いてくれって頼もう)

リオはそう決めた。単純に義務として、仕事として抱いてもらうしかない。気持ちの伴わない交わりでも構わない。

(第二王子について、調べたほうがいいかもしれない。もしかしたら俺の記憶と第二王子のことは、なにかしら関係してる可能性もあるし……)

リオはたしかに一度、自分の中に返ってくる記憶を感じたことがある。

とある少年が、ルストのことを――兄さま、と呼んでいた記憶だ。

これは第二王子の記憶ではないだろうか？

（真実を知らなきゃ……。ユリヤを助けたい。そのためにも、記憶をすべて取り戻さないといけない――）

遠く、聖堂の鐘が聞こえてきた。本体はほとんど破壊されたようだが、鐘付台は無事だったらしい。窓辺には薄白く夜明けの光が忍び寄っている。もうすぐ、朝がこようとしていた。

十　王の鍵

眼が覚めたとき、リオはユリヤの寝室の、長椅子で寝ていた。

「……ユリヤ！」

ずっと起きて看病しているつもりだったので、リオは慌てて飛び起きた。いつの間にか体にかけられていた毛布が、ずるりと床へ落ちる。

（あれ……誰が毛布を？）

そう思ったとき、横から「なんだ？」と淡泊な声がかかった。見るとユリヤはとっくに起きて、身支度を調えているところだった。

「ユ、ユリヤ。じゃなくて……えっと、ルスト。体、大丈夫なの？」

昨日土気色の顔で、死にそうに見えたユリヤと違い、王家の紋章が大きく描かれた青いマントを身につけているユリヤは威厳に満ち、いかにも頑健そうに見えた。リオが眼をしばたたくと、ユリヤは「寝れば治ると言わなかったか？」と素っ気なかった。リオは思わずユリヤの名前をルスト、と呼び変えてしまったのだが、それについてはなにも訊かれない。

（ニーハかユリヤを好きって知っちゃって気まずい……ああ、わけ分かんないな。そんなことどうでもいいか。それより、俺が寝てる隙に口づけたこと、ユリヤは知ってるかな？）

そう思うと恥ずかしくなったが、あれは仕事だ。リオはユリヤに恋をしていることは忘れようと思い、一度咳払いして気持ちを落ち着けた。

「昨日のこと、ユリヤ……は、覚えてるの？」

迷った末に、結局呼び慣れている名前で呼ぶ。

「お前と話している途中で倒れた。そのちょっと前までのことなら」

ため息まじりに言うユリヤの様子から、リオはどうやら、口づけのことはバレていない……と気づいてホッとした。同時に、ユリヤは自身で口走った一言も、忘れているのだろうなと気がついた。

――お前には返せない。……もう、俺の愛情は、すべてあげてしまった。……ユリヤに。

（弟の話をしたことも、覚えてないんだ。そうだよな。正気だったら、ユリヤはきっとあんな大事なこと、俺には言わない……）

「今から市中を見回る。お前もついてこい」

命じられて、リオは急いで身だしなみを調えた。ユリヤは本当に元気になったのか、疲れらしきものは見えなかったが、リオは長い間ユリヤの寝台のそばに座りっぱなしだったので体が冷えていたらしい。小さくくしゃみをした。

とたんに、ユリヤが毛織りの外套を出してきて、リオに着せてくれた。

「寒いか？」

問われて、ドキリとする。首元で紐を結んでくれている大きな手を見下ろし、リオは赤らんだ顔を隠した。

「大丈夫。あ、ありがとう……」

ユリヤはリオのその言葉には、なにも返さなかった。

（……普段が冷たいから、こんなちょっとのことで優しくされた……って嬉しくなってる俺、恥ずかしいな）

くしゃみをしたから外套を与えた。ユリヤにとってはその程度のことだろうから、期待なんてしたらだめだ。恋心を思い出さないようにしないと……と、リオは内心自分を戒めた。

それから二人で、王宮の広場へ出た。

広場には騎士団が集まっており、騎士団長のヘッセンもいた。ラダエやベトジフ、フェルナンなどもいる。

「昨夜は苦労をかけたな。市街地、王宮ともに異変はなかったか？」

「は、今のところ魔女の動きはありません。市街地の復旧も朝から始まっております」

ユリヤが声をかけると、ヘッセンがすぐに答える。ユリヤは今度は宰相たちから報告を受けた。後ろに下がるとき、ヘッセンはちらりとユリヤの背後に控える、リオを見た。眼が合い。リオは小さく頭を下げた。

　ふと視線を感じて顔をあげると、騎士たちの数人がリオを見ていて、眼が合うと敬礼した。昨夜跪いて、一生をかけてお守りします、と誓ってくれた騎士たちだった。リオは困って、ただそっと頷いた。それだけで、彼らは嬉しそうに笑っている。なんだか面はゆく、居心地が悪くて、リオは体を小さくしていた。

「陛下。調査を進めたところ、あの大蜘蛛は魔女の魔力ではなく、べつの魔力を動力にしていたようです」

　そのときフェルナンが進言し、ユリヤが眉をひそめた。

「どういうことだ？」

「先日、騎士団の騎士の肉体を割って蜘蛛が現れ、リオ・ヨナターンを襲いましたが……あの騎士は、体は損傷していましたが臓器のほとんどは無事でした。ただ、心臓だけがなかった。今回、王宮の地下と、市街地外区の地下から蜘蛛が大量に現れたので、もしやと思い空いた大穴の奥を調べました。穴は王宮のものは地下牢（ちかろう）に、外区のものは秘密裏に活動をしていた教団の建物が地下にあったようで、それぞれから数十人の遺体が見つかりました。その遺体も背中が割れ、心臓がなくなっていました」

「……教団とは、裏の神を信奉する教団か」

　リオはぎくりとして、ユリヤの横顔を見た。裏の神とは、もしかすると昨夜ヘッセンが口にしていた「史実に残っていない神」の話ではないのだろうか。ヘッセンはその話を口にしたために、ユリヤの信頼を損なったと言っていた。フェルナンは数秒黙ったあと、「そうです」と肯定した。

　ユリヤはため息をついた。

「なるほど。遺体からはすべて、心臓がなくなっていた？」

「ええ。以前、選定の館の演習場の地下から現れた蜘蛛も、建物の地下で働いていた使用人の遺体から心臓を抜いて呼び出されたもののようです。おそらく、魔女は己の魔力を消耗させないよう、人体の心臓から魔力を取り出して一時的に増幅させ、大蜘蛛を無限に生み出しているのではないかと。……ごく普通の人間にも、微量の魔力はある。それを利用したのでしょう」

「禁忌を冒して非道な魔術を施すことで、あれほど強大な魔物を生むというわけだな」

「憑依体（ひょういたい）はユリウス・ヨナターンが特定しました。ごく小さな黒蜘蛛です。耳から体内に入ったようです」

「耳から？」

「生き残っていた地下牢の囚人が、目撃したと言っています。その大きさでは、取り憑（と）かれてもほとんど気づかないでしょう。……心臓に巣くい、当人の魔力を消耗するのであれば、魔女はその小さな蜘蛛を生み出す魔力だけ使えばすむ。このままでは無限に被害者が生まれます」

　話を聞いていて、リオはぞっとした。

魔女に手負いで、深傷を負っているはず。それなのにあの恐ろしい魔物を、大した労力も割かずに次々に生み出せるのだ。これではイタチごっこのように、いつまでも、いつ出てくるか分からない大蜘蛛に怯えなければならない。

「駆逐の方法はあるはずだ。引き続き調べてくれ」

フェルナンは頷いて下がった。リオは助けを求めるような気持ちであたりを見回したが、ユリウスの姿は見当たらなかった。

（ユリウスは市街地にいってるのかな……？　もしユリウスでもどうにもできなかったら……王都の人がみんな、蜘蛛にされてしまうかも……）

自分だって、なってしまうかもしれない。ふとそう思ったとき、「恐れながら王よ」と、誰かが声をあげた。見ると、つい今しがた合流したらしく、馬から下りている途中のルースだった。

「ルース・カドレッツか。市街地警護にあたってくれていたのだったな。感謝する」

「身に余る光栄です。それはいいとして、あまり悠長に構えていると、次は魔力が高い人間が狙われる可能性がある。例えば、僕らとかね」

ルースは肩を竦めて、フェルナンやリオを見た。ベトジフが舌打ちし「第二貴族が陛下に生意気な口を」と言ったが、ユリヤは手を挙げてベトジフの言葉を制した。

「良い。使徒としては同じ立場だ。そのとおりだ、ルース。だが安心しろ。使徒にはウルカの神の力が引き継がれている。魔女とは相容れぬ力だ。けっして憑依できない。混ざった瞬間に、憑依体が浄化されるだろう」

淡々と話すユリヤに、フェルナンがハッとしたように片眼鏡を動かした。

「なるほど、相反するウルカの神の力を使えば、浄化は可能ということか……」

その場にいた者の視線が、自然とリオに向かった。リオは一瞬それが分からずに固まっていたが、やがて気がつき「え……？」と肩をすぼめた。

「……陛下、方法があるかもしれません。使徒で協力し、魔力をリオ・ヨナターンに集中させる。リオには先日のように、浄化の雨を降らせてもらう。あれは癒やしの雨でしたが、蜘蛛の死骸はあの光に当たって消えた。ほんの小さな蜘蛛でも、まんべんなく降り注ぐ光に当たれば浄化が可能です」

ユリヤはしばらく考えたあとに頷いた。

「そうだな……だが、まずは地下に潜む者をあぶり出さねばなるまい。地上にいなければ、あの光は届かない」

フェルナンは頷き、ユリヤはルースに、「カドレッツ。いい気づきを得るきっかけとなった。進言感謝する」と伝えた。

簡単な話し合いはそこで終わり、リオはユリヤに伴われて馬上の人になった。馬は駆れるようになったが、まだ早駆けなどができないので、ユリヤの前に乗せられる。

王宮の門をくぐり、市街地へ出る。

「ユリヤ、さっきの話……蜘蛛を駆逐するために、俺がなにかできるってこと？」

不安と緊張をないまぜにして訊くと、「助けがあればできるだろう。一度はできたことだ」と冷静な答えが返ってくる。自分にもできることがある、役に立てると思うと、胸がぎゅっと摑まれたようにいっぱいになり、前向きな気持ちが湧いてきた。上手くできるかは分からなかったが、やり方も分からずに必死にやった昨夜と違い、今度は使徒として、意志をもってやり遂げたかった。

（役立てるならなんでもする……）

そう決意する。

状況が分かって一息ついてから、不意に、ユリヤに抱かれるような形で馬に乗っていることに気がついて、妙にドキドキと心臓が高鳴った。汗がじわっとにじむほど緊張する。馬が歩を進めるたび、体が揺れてユリヤの胸に背中が当たった。手は鞍に置いているが、これ以上体が触れてはいけないようで、つい前屈みになると、

「背を伸ばしていろ」

と、ユリヤの腕が胸に回され、ぐいと引き寄せられた。半ば抱きしめられるようになり、リオは「ご、ごめん」と謝りながらも、心臓が飛び出すのではないかと思った。

（なに動揺してるんだ。ユリヤへの気持ちは忘れるって決めたのに……）

簡単にときめく自分が情けなくて、リオは心の中で自分を叱っていた。

「お前は王都を救った一人だ。そうでなくとも……人の上に立つ者は、どんなときであれけっして下を向くな」

――前を見ろ。常に前を。どんなときでも。

ユリヤはそう言った。軽い雑談として流すには、あまりに熱のこもった声だ。

どういう気持ちでユリヤは、この言葉をリオに伝えているのだろう？

思わず視線だけで振り返ると、ユリヤは己の言葉どおり、まっすぐ前に視線を向けていた。

青い瞳には、どこまでも真実を見透かそうとするような聡明な意志がこもっている。

「……ユリヤはずっとそうしてきたの？」

小さな声で訊く。どんなに辛いときでも、前を向いてきた？

（たとえば……戦場でお父様を亡くしたときや……愛している義理の弟を……失ったときも？）

まだ第二王子がどういう状態なのかはよく分からないが、良い状態ではないはず。だからそんなふうに思う。

ユリヤはリオのその問いには答えず、しばらくの間黙っていた。

王宮の鎮座する丘を少し下ると、大きな運河と、市街地が見えてきた。

小高い丘の上からは、フロシフラン王都だけではなく王都の向こうの街道と、広い農地までもが視界に入った。

手前の運河に架かる橋は壊れていなかったが、市街地はいくつも建物が崩れている。崩れた場所以外は赤い屋根が軒を連ねている。

晩秋の風が運河を渡って、頬を冷たくなぶる。晴れた空は高く、雲一つない。

「王として……常に前を向くようにしてきた。何度倒れても、起き上がったときには、次の一歩を踏めるように。……だが、俺は一度間違えてな」

ふとそのとき、ユリヤが囁くような声音でそんな言葉を連ねた。

リオは先ほど、自分が問いかけたことへの答えなのだと気がついて息を呑んだ。

「ただ一度間違えただけでも……もう、取り返しがつかなくなった」

ぽつりと呟かれた言葉に、リオはドキリとした。

——間違えた。ユリヤが？

どういうことなのかは分からなかったが、どうしてかリオはユリヤが傷ついている気がした。

(間違えたってユリヤが言うのは……第二王子のことなのかな)

だが振り返ると、ユリヤは先ほどと同じ凪(な)いだ表情だった。

(……ユリヤ。第二王子は今、どこにいるの？)

そう訊きたかったが、訊けるはずもない。やがて馬は市街地に入った。

「陛下……それに使徒様」

「使徒様、ありがとうございます、使徒様」

街中を馬で行くと、道ばたから出てきた老若男女が、ユリヤにもだが、リオにも頭を下げ、跪いて敬意を表する。リオは戸惑い、どうしていいか分からなかった。ユリヤには「お前が救った民だ。顔をあげて笑顔でいろ」と囁かれ、リオはなるべくそうした。

半壊した悲惨な街の様子を見て笑顔でいるのは難しかったが、リオに頭を下げる人々は嬉しそうだった。

「王都の人たち、みんな強いんだね」

一夜にして崩壊した建物を前に、朗らかな彼らを心からすごいと思った。けれどユリヤは違う、と呟いた。

「お前が救ったからだ。街は壊れても、人は誰一人死ななかった」

淡々としたユリヤの態度からは、褒められているのか分からず、リオは後ろをそっと振り向いた。頭上を、アカトビが飛んでいくのが見える。

やがて馬は市街地を出、丘を駆け上がると、広い農地に出た。いくらか行くと騎士たちが集まっており、そこには巨大な穴が空いていた。ユリヤが馬を下り、リオももたもたとそれに続いた。

穴の前には騎士に混ざって、ゲオルクもいた。騎士の中でも特に階級の高そうな一人が、こちらに気づいてユリヤへ敬礼し、報告を始める。リオはそっとゲオルクの背中に近づき、

「なにか分かったの？」

と、声をかけた。ゲオルクはちょっと驚いたようにリオを振り返ったが、「ああ、陛下と一緒か」と呟き、「分かったっつうか、この下は異教徒どもの祭壇だった」と教えてくれた。先ほどフェルナンが報告していたことと一致している。

リオは暗い穴を見下ろした。下には小さな明かりがいくつかあって、それがホタルのようにあちこちに動いていた。どうやら騎士が入って、中を調べているらしい。

「そういえば……ユリウスはここにいないの？」

思い立って、そんなことを訊いた。昨夜そばにいてくれた魔術師の姿は、どこにも見かけない。

「さあ。こっちには来てないぜ。王宮じゃねえのか……？」

俺はあいつのことはよく知らないからな、と、ゲオルクは肩を竦めた。リオはそう、とだけ呟いて、空を見上げた。遠くを、アカトビが飛んでいる。アフンなら知っているだろうか、とふと思う。

（……ユリヤは昨夜、魔女の呪いで苦しんでた。同じ呪いをユリヤと分けているユリウスは……大丈夫だったのかな？　ユリウスも、苦しんでいるかも）

リオはそのことが、気がかりだったのだ。

　王宮へ戻り、馬の背から下りていると、アカトビが城壁を越えて飛んできた。廏舎の前の狭い敷地には馬番くらいしかおらず、その馬番もユリヤの馬を預かるとすぐ廏舎に入ってしまったので、アカトビが眼の前でアランの姿に変わっても、見ていたのはリオとユリヤだけだった。

「周辺都市を見てきたけど、被害はなかった。狙われたのは王都だけだな」

　服についた羽根をパン、とはらってアランがユリヤに言う。

「視察ご苦労。あとはフェルナンと合流してくれ」

　ユリヤが言うと、アランは鼻で嗤うような仕草をした。

「王都じゃ使徒様の人気がうなぎ登りだ。特にお嬢ちゃんのな。よかったなあ、ルスト。お前の思惑通りにことが進んで。リオ・ヨナターンを救世主にしようってわけだ」

　イヤミたらしく言うアランの言葉に、自分の名前が出てきたことが不思議で、思わずユリヤを見ると、ユリヤは顔をしかめていた。

「お前の芸のない言いがかりにはうんざりする。俺は政務に戻る。リオ、お前はしばらく休め……」

　そう言って歩き出したユリヤの足元へ、アランが長い足を突き出した。リオが「あっ」と声をあげたとき、ユリヤはらしくもなく、アランの足にわずかに片足を引っかけてよろめいた。

「無理してるの、見え見えだよ、ルスト。お嬢ちゃんを抱かなくていいわけ？」

せせら嗤いながらも、アランは苛立った様子で言った。ユリヤは姿勢を直すと、きつい眼差しでアランを振り返った。リオは二人のやりとりをただ横で見ていたが、ユリヤの顔色が朝よりも青白くなっていると気がついた。嫌な予感がして、咄嗟にユリヤに駆け寄っていた。

「ユリヤ……もしかして呪いがきつい？　無理してるなら、部屋に行こう」

アランに聞かれていると分かっていても、気にする余裕などなかった。やっぱり、眠るだけでは駄目だったのだ。思わずユリヤの手をとったが、それはすぐに振り払われた。

ユリヤは苦々しげな、悔しそうとも言える表情でリオを見下ろしており、やがて小さく舌打ちして、背を向けた。

「そうかー、抱きたくないかー、情が移るものな。これ以上好きになると困るのはなんでだ？」

アランがからかうように言う。振り返ったユリヤは苛立ったようにリオに告げた。

「リオ、部屋に戻って休んでろ。アランの戯れ言に耳を貸すな」

命令に、理不尽な気持ちになる。抱いてくれたらいいのに、なぜユリヤは強情をはるのだろうと思った。

（心配してるのに……大体、抱かれるのが俺の仕事なのに。勝手になかったことにして…ユリヤは自分勝手だ）

相手にされない自分がみじめたらしく思えて、泣きそうになる。

そんな姿を見られたくなくて、返事もせずに背を向けると、リオはたまらなくなってその場を立ち去った。リオ、とユリヤがいくらか焦ったように呼ぶ声がしたが、振り返らなかった。

建物と建物の隙間から小庭に出ると、そこにも人気はない。うち捨てられたように逆さに置かれた大きな壺がいくつか並んでいる。

リオは壺を椅子代わりにしてその一つへ腰掛けた。

小庭には大きなスズカケの木が生え、花や緑は手入れされぬまま好き放題に伸びていた。二つの建物に挟まれて、西側だけがぽかりと開けて見える。そこはすぐ崖になっており、崖の向こうには市街地の西端と農地と森、神々の山嶺が覗けた。

瞼の裏に、顔色の悪いユリヤの姿が浮かぶ。すると胸がじくじくと痛む。

(我慢するくらいなら抱いてほしいのに……そんなに、俺に好かれるのがいやか)

その理由は昨夜も聞いている。ユリヤはリオが、ユリヤに情を移すのがいやだと言っていたはずだ。けれど思い出すと、いじけた気持ちが湧いてくる。

(……俺がいくらユリヤを好きになったって、関係ないのに。ユリヤにも気持ちを返してほしいなんて言ってないんだから――)

うつむくと、細く頼りない二本の足と、まだ幼げな自分の体が見える。第二王子はどんな姿だったのだろう、と思った。ユリヤが愛している人の体は、自分とはまるで違うのだろうか。

(ユリヤは……第二王子を抱いたことあるのかな)

無意味な想像をしている。考えても仕方のないことだと思い、リオは頭を振って、その考えを振り払った。

（部屋に戻って着替えよう。昨日から同じ服のままだ）

ため息混じりに立ち上がろうとすると、「あれ、帰っちゃう？」と声がした。

「うん、……この服もう、埃っぽいし……」

上の空で答えてから、ハッとする。

どこから声がしたのだろう。慌てて顔をあげると、すぐ横に男が立っていてリオを覗きこんでいた──。

ふわふわと癖のある黒い髪に、生き生きとした青い瞳。背は高く、使徒の服を着ていた。

「……レ、レンドル……！」

『王の鍵』レンドルフだ。

驚きのあまり大きな声で名前を呼ぼうとすると、レンドルフは自分の口元に一本指をたてて「しーっ！」とリオの言葉を遮った。

リオは思わず、口元をぱっと両手で押さえた。だが、どうして自分が言われるままにそうしてしまったのか、次の瞬間にはよく分からなくなる。

「ほんとは誰とも話しちゃだめって言われてるの。だから小さい声にしよ」

幸いここ、『耳』がないし、と言ってレンドルフはあたりをきょろきょろ見回すと、リオの隣の壺にひょいと腰掛けてきた。長い足を投げ出し、壺に両手をつく。体は大きいのに、まるで子どものような仕草だった。

「話したら怒られるんだけど、リオ？　が、昨日光の雨を降らせたでしょ。あれがすごかったからどうやってやったのって訊きたくって」

きらきらした眼を向けられて、リオは戸惑った。一度も話したことはなかったが、レンドルフは今までリオが勝手に抱いていたイメージと、百八十度違う様子だった。

（……大人じゃない……みたい）

どう接していいか分からずに固まっていると、「もしかして内緒？」と首を傾げられる。リオは、「あ、ううん。そうじゃなくて……」と慌てた。

「……ど、どうやったのかな。神様に祈っただけだから分からない」

「へーっ、すごいね。リオは神様と仲良しなんだ」

だからお願い聞いてもらえるんだね、と言われて、リオはたじろぎながら笑った。

（……レンドルフって、こういう……人だったの？）

『王の鍵』は特別な位置にいる使徒だと聞いていたし、所属もユリウスだ。もっと静かで大人びた人なのだろうと勝手に思っていただけに、無邪気に喋る様子に度肝を抜かれた。

「そ、そういえば、レンドルフはユリウス・ヨナターンの直属だよね。その……ユリウス、昨夜様子がおかしいとかなかった？」

リオはハッとした。ユリヤが呪いで苦しんでいた間、ユリウスがどうしていたのか、レンドルフなら知っているかもと思ったのだ。しかしレンドルフはきょとんとしていて、

「ユリウス？　さあ。知らないなー、僕昨日は途中からユリウスの当番じゃなかったし」

と呆気なかった。

リオは眼をしばたたき、「当番って……？」と訊き返した。

「……でも、蜘蛛が襲ってきたとき、レンドルフも王宮のどこかにはいたんだろ？　洗礼の儀には出てたんだし」

言いながら不意に思い出す。そういえばレンドルフは大蜘蛛が開けた大聖堂の穴から外へ出て行った。入れ替わるようにそのあと、ユリウスが下りてきたのだ。

「そうだけど、僕寝てたからよく分かんないや」

（……寝てたって。どういうこと？）

ますます分からなくて、リオは眼をしばたたく。

「言われたとおりにしてたらご褒美くれるっていうから、静かにしてるのに、誰も遊んでくれないしもう飽きちゃった。リオは、暇なときなにしてるの？」

しかしレンドルフは辻褄の合わない説明のことなど気にしておらず、急にそんなことを言う。リオは困惑しながら「大抵、図書室にいるけど……」と答えると、「いいなあー」と言われる。

「そこは人がいっぱい来るから行っちゃだめなんだって。僕なんて当番じゃないときは、ユリ

ウスの部屋でずっと一人ぼっちだよ」

「……ユリウスの部屋」

「なんにもないんだよ。難しい本とか、不気味な鎧（よろい）とかだけなの。寝てるしかなくていやになっちゃうよ」

唇を尖（とが）らせる姿まで、小さな子どものようだ。

「でも当番は当番で大変なんだよ。リオがこっちに来るまでは二ヶ月も椅子に座ってなきゃだめだったの。大人のつまんない話ずっと聞いてないといけなくて、居眠りしたらね、とおーくにいるくせに怒るの」

「……怒るって、誰が？」

レンドルフはきょとんとして、

「王様に決まってるよお！」

と言った。リオはわけが分からなくて、眼をしばたたいた。

「王様ってすぐ命令するんだもん。時々砂糖のお菓子くれるけど」

「へ、へえ……？」

レンドルフの話している「王様」がユリヤのことなのかどうかも、よく分からなくなってきて、リオは首を傾げた。疑問はありあまるほどあったが、どう質問していいか分からず、とりあえずべつのことを訊いてみた。

「読みたい本があるなら、借りてきてあげようか？　……こっそり渡すんならいいんだろ？」

言うと、レンドルフはパッと顔をあげて眼をきらめかせた。

「ほんとにっ？　わあ！　リオって良い人だね！」

『王の鍵』は無邪気に喜ぶと、リオの体にぎゅっと抱きついてきた。そのとき——リオは違和感を感じた。

（あれ……？）

自分よりずっと背の高い、体の大きな男に抱きつかれているはずだ。頬には胸板が当たっている。しかし、どうしてか抱きしめられたときに感じた感覚、質量は、遠いセヴェルの寺院で、小さな子どもたちに抱きつかれたときと同じものだった。

温かく小さな子どもの手が背中に回り、一生懸命にリオに寄り添っている。胸元に頬を寄せられて、ぎゅう、と抱かれる愛しい重たさ。レンドルフの体からは、子どもの頭頂部から香る、汗と埃と、柔らかなミルクの香りさえした。

「わあ……リオの胸から、すごくいい匂いがする」

そのときうっとりとレンドルフが言った。

「……これ、神様と同じ匂いだ」

ウルカの神様の匂い、と囁いて、レンドルフはぱっとリオから離れた。

「ユリウスを起こさなきゃいけないみたい。僕、戻らなきゃ。ねえまた、時々ここに来るね。

もし会えたらお話ししてね」

今日話したのは誰にも内緒だよ、とレンドルフは言うと、立ち上がり、リオがなにか問いかける前に駆けていった。あとには無人の小庭が残り、リオはたった今初めて話した『王の鍵』が、本当に自分の知っている『王の鍵』と同一人物だったのか、分からなくなった。

（寝てたってどういうこと……？）

あんな巨大な蜘蛛に、城も街も襲われていたのに、レンドルフはその間眠っていたというのか。

駆け去っていったレンドルフの背中はすぐに見えなくなって、リオは一人首を傾げていた。

部屋に戻ろうと思っていたが、リオはそれをやめてユリウスを探しに出ることにした。

そう思ったのは呪いのせいで苦しんでいないか、様子を見たいのもあったが、リオが知りたいと思っていることの大半をあの魔術師は知っているだろうと踏んだのもある。ユリヤから聞き出せないことでも、ユリウスからなら聞き出せるかもしれない。

（それに……やっぱりユリヤの呪いを癒やさないとだめだ。ユリヤがどうしても俺を抱くのがいやなら、他に方法がないか、ユリウスに聞いてみたい……）

今はいち早く、ユリヤを癒やしたかった。さっきまでは拒絶されて腹が立っていたが、レントルフと話したおかげで少し冷静になっていた。

（ユリヤを癒やして、呪いを解くのが俺の仕事だ。なんとかして、その仕事をする方法を見つけなきゃ）

しかし王宮内には魔術師の姿はなく、市中にいるのかもしれないなと、リオはこっそり廏舎に忍び込んだ。おとなしい馬を馬房からこっそり連れ出そうと思ったのだ。

が、柵に手をかけたところで、

「なにしてるんだろうねえ、お嬢ちゃんは」

と声がして、慌ててそちらを振り向いた。

見ると、出入り口にアランがいて、じろりとリオを睨んでいた。

「ア、アラン。な、なんで分かったの」

アランは朝からあちこち見回っていて忙しいはずだ。思わず言うと、「分からないと思う？」と呆れたように睨まれた。

「俺は『王の翼』だよ。すべての使徒の中で一番感覚が鋭くて、一番視界も広いんだ。お嬢ちゃんがどこでなにしてるかなんて、大体分かる」

リオは思わず、廏舎のどこかに『瞳』があるのだろうか、と探した。よく考えたら、この王宮と王都に仕掛けられた監視のからくりは、アランとも感応している。

アランはため息をつき、ずかずかと馬房に入ってくるとリオの手首を乱暴にとって引っ張った。

「余計な手間を増やすなよ。なにしてんだか知らないけど、お嬢ちゃんになにかあったら俺がルストに八つ当たりされる」

ぐいぐいと引っ張られて、いつしかリオは、以前フェルナンにも連れてこられた宰相府の小部屋に押し込まれていた。

今、この建物は有事のためか人が出払っているらしく、どこからも物音一つせず静かだった。

「自分の部屋に戻らないならここで休んでろ。エミルを呼んできてやるから」

長椅子に座らされて、そんなふうに言われる。リオはおずおずと、アランを見上げた。普段優美にみだしなみを整え、洒落た雰囲気のアランには珍しく、アランも昨夜から着の身着のままで、髪も乱れている。

「……アランも休んでいけば。ずっと働いてるんだろ?」

「俺はお嬢ちゃんと違ってやることがいくらでもあるんでね。そんな暇はないよ」

憎まれ口を叩きながら、アランは指先一つで茶器を空に取り出し、あっという間に湯を沸かしてお茶を淹れた。なにもない虚空から、突然焼き菓子が飛び出てきて、リオの前に並んだのでリオはびっくりした。

「今のどうやったの?」

訊くと、アランは顔をしかめた。

厨房にあるものを移動させただけだ。簡単な術だよ」

「でも、たぶんフェルナンはできなかったよ――」

言うと、アランはふん、と鼻で嗤った。

「そのへんの二流魔術家どもと一緒にしないでもらおうか。俺はね、ものすごーく器用なんだ」

（……そういえばアランだけは、もとからアカトビになれたものね……）

リオは以前この部屋でフェルナンに相談したときのこと、ふと思い出した。

アランほど魔術の操作に優れていなければ、頭の中を弄ることは不可能。

フェルナンはそんな意味のことを言っていた。

厨房にある菓子を転移させるのは「ある」ものに干渉する技だから、時間や記憶に干渉するよりはたやすいだろうが、その間にある「空間」を越えると考えると、やはり「ない」ものにも干渉している気がする。

すると、水を湯に変えるのに比べれば、たぶんずっと高度だろう。

「今エミルに使いを出したから、そのうちお迎えがくるよ。部屋に戻ったら一眠りするんだな」

面倒くさそうに付け足したアランは、リオの前に小さな机と、お茶の入ったカップと焼き菓子とをきれいにそろえてから、部屋を出て行こうとした。

その瞬間、リオはぐっと腹を決めていた。

「アラン。今夜部屋に行っていい？」

アランは眼を見開き、リオを振り返った。この部屋にはたしか、『耳』がないのだ。前にユリヤが言っていた。ラダエは、使徒の部屋にも『耳』がないと言っていた。王の悪口を言いたいなら自室で、と。

だからたぶん、ここでアランに言ったことは、ユリヤの耳には届かないとリオは踏んだ。

「なんのために？」

疑うように、アランが眼を細めてリオを見る。リオは顔をあげて、まっすぐにその赤い瞳を見返した。

「たぶん、失われた三日間のことを——ユリウスは知ってると思う。さっきはユリウスを探しに行くつもりだった。でも、ユリウスも俺には教えてくれない気がする」

「……」

アランは無言だ。同意なのか、違う考えなのかは、不機嫌そうなその顔からは分からない。

「ユリヤが……俺を抱かない理由は、第二王子なんだろ？　……ユリヤは、第二王子に全部愛情をあげたって」

ぽつりと言うと、アランが眼を見開き、「それ、ルストがお前に言ったのか？」と訊いてきた。おずおずと頷くと、アランはとたんに舌打ちした。

「お嫁ちゃんになんてこと話してんだ、あいつ……」

心臓が、緊張で逸鳴る。リオは胸元を探り、ぎゅっとガラスのナイフを握った。

「アランは第二王子のこと……知ってるんでしょ？　ユリヤは本当に……王子のこと、愛してたの？」

訊く声がわずかに上擦った。額にじわっと冷たい汗がにじむ。アランは腕組みし、なにか考えるように壁にもたれた。

「……まあね、俺はルストの幼なじみだ。この王宮には長く逗留してる時期もあった。……第二王子の――ユリヤが、王宮内で普通に暮らしてたことはあるし、俺もよく一緒にいた。ルストがユリヤを愛してたかっていうと……愛してたんだろうな。最初はまさかと思ってたけど、そうじゃなきゃこうはなってないってことが山ほどある」

ため息をつきながら言うアランの言葉に、リオは一度ごくりと息を飲み込む。

――やっぱり、愛していた。

その事実に、胸がちくちくと痛む。

「王子は……眠ってるの？　この王宮のどこかで……」

「そうだけど……もう目覚めないよ」

だからルストはおかしくなったんだ、とアランは舌打ちした。その赤い瞳に、じわじわと苦悩と、怒りが広がっていく。まるでとても辛い記憶を思い出したかのように。

「ルストはどうかしてる。あの戦争のあとから――ユリヤを失って、頭が変になってる」

唾棄するアランに、リオはうつむいた。

(少なくともアランがそう思うくらいには、ユリヤは弟を愛してるんだ……)

そこに自分がどう関係しているのかは、よく分からない。アランがなにも言ってこないのは、アランにも分からないからだろう。

「アランは前に、俺の頭の鍵を外した……って言ってたよね。その鍵を最初にかけてたのは……ユリウス?」

「……そうなるな」

「ユリウスは、俺に思い出してほしくないことがあったってことだよね」

「ユリウスというより、ルストがだろ。けど俺が外したあとは鍵はかけられてない。べつにずっと記憶を封じておきたいわけじゃないってことさ」

どういうことだろう?

リオが顔をあげて眼をしばたたくと、アランは肩をすくめた。

「だからその理由を知るために、俺はお嬢ちゃんの記憶を知りたいんだよ」

あいつはもう大分、おかしくなってるはずなんだ、とアランが呟いた。

「大切なものを何度も失った。そのせいで……ウルカの神に祈ることもしなくなった」

(大切なもの……お父様と、弟のこと……?)

あるいは、他にもあるのかもしれない。アランはやや伏し目がちに黙り込んでしまった。長い睫毛の下で、赤い瞳が憂いを帯びて揺れていた。

魔力操作はどの使徒よりも秀でていて、第一貴族出身。有数の財をなす都市の領主。

それでもアランの心は、もしかするとユリヤや他の使徒よりもずっと繊細で、揺れやすいのではないか……と、ふと、リオは気がついた。

「記憶を取り戻す方法があるなら、手伝ってほしい」

リオはそう言っていた。

洗礼の儀でも、記憶は戻ってこなかった。魔女の襲来があり、落ち着けなくて考えている余裕がなかったが、呪いに苦しんでもリオを抱こうとしないユリヤを思うと、記憶を取り戻さねばならない、という焦燥にますます駆られた。

「……もし、もしアランが俺の記憶にこだわる理由が……ユリヤを、ルストを救いたいからって言ってたのが本当なら」

俺も同じだから、とリオは続けた。

「……この国のために俺の記憶が必要なら取り戻す。アランにも教える。だから……方法があるなら、協力してほしい」

アランはしばらく黙っていた。記憶を取り戻すと決めて、そのために今アランに頼み事をしていてもなお、過去を思い出すことには怖さがある。それでも、取り戻さなければなにも変わらない。

(ユリヤの呪いを解かなきゃならない。ユリヤを──助けたい)

抱いてもらえないなら、他の方法を考えるしかない。

「……一つだけ、試す価値のある方法がある。ただし苦痛を伴う。それでもやるか?」

黙っていたアランが、そのときじっとリオを見つめて確認した。赤い瞳に、リオの覚悟を試すような鋭い光が宿っている。リオはごくりと息を呑み、深く頷いた。

「……分かった。日が暮れてから部屋に来い。ルストには知られるなよ」

それだけ言って、アランは部屋を出て行った。

扉が閉まっても、心臓はまだばくばくと不穏な音をたてている。リオは膝の上でぎゅっと拳(こぶし)を握った。

──歩くために本当に必要なのは、一歩を踏み出す勇気。

セスの声が耳の奥に返り、うつむきそうな顔を意識してあげる。

いつでも前を。顔をあげて、どんなときでも歩き出せるように前を向いていたいと、心のどこかでそう願った。

(今夜アランの部屋に行けば、もしかしたら記憶が戻ってきて──そうすれば、俺がなにをすべきかはっきりと分かるかもしれない)

ユリヤが隠していることがなにか。この国のためになにが必要なのか。

それが分かるのかもしれなかった。

夜になり、リオはエミルにもう眠ると伝えて一人になった。少しだけ期待をこめて待ってみたが、日が暮れても、ユリヤがリオを呼び出すことはなかった。

(体が弱ってるのは分かってるのに……それでも呼ばないってことは、ユリヤはなにがなんでも俺を抱かないつもりなんだな)

黒い蛇がユリヤの体に巻き付いていたことを思い出すと不安になった。今この瞬間も、あの蛇がユリヤをむしばんでいるのだ。

じりじりと焦る気持ちを抑えながらリオは真夜中を待った。

窓辺から見える明かりのうち、非常点灯のたいまつ以外が消えるのを見届けてから、リオは足音を忍ばせ、同じ並びの部屋へ近寄った。扉に貼られた陶製の板に、翼の紋が描かれている。一度大きく息を吸う。本当に大丈夫なのかと、一瞬不安が頭を駆け巡った。

(いや、もう決めたんだ。なにか行動しなきゃ、なにも変わらない)

リオは意を決して扉を叩いた。と、音もなく取っ手が回り、ひとりでに開く。ゆっくりと中を覗くと、アランが部屋の窓辺に腰掛けて、こちらを見ていた。

「本当に来たのか。お嬢ちゃん」

室内に灯りはなく、白い月明かりだけが窓から差し込んでいる。アランは湯浴（ゆあ）みのあとらしい、素肌にガウン一枚で、髪を濡（ぬ）らしていた。もしかしたらついさっきまで働いていたのかもしれない。

金色の髪からまだ水滴をしたたらせながら、アランは窓辺に片足をあげて、キセルを吸っていた。青白い月明かりの中、白い煙がもやもやと天井に上っている。

リオはゆっくりと中へ入ると、扉を後ろ手に閉めた。心臓がいやな音をたて、緊張で胃がきりきりと痛んでいた。

「そんなに緊張しなくてもいいだろ。自分から協力してくれって言っておいて」

アランはキセルから草の玉を落とすと、窓辺から退いた。部屋の中は暗くて良く見えないが、ほとんどリオの部屋と同じ造りのようだった。大きな書斎机の引き出しから、アランは小さな瓶（びん）を取り出すと、リオを手招いた。

「……もしかして、まだ忙しかった？」

「そりゃあね。でも俺はフェルナンと交代制だからお気遣いなく。ちなみにルストは無理してまだ働いてるよ。――あのままじゃ、いつか本当に死ぬね、あいつは」

舌打ちまじりに言うアランの眼に、怒りが灯っていた。

（……本物の怒りだ）

リオはそう感じた。アランは出会ったときから、ずっと怒っている。それはリオに対してというより、もしかしたらユリヤに対してかもしれない……と、今さらのように気づいた。

アランはリオの手に、小瓶を一つ乗せた。なんだろうと見ると、小瓶の中には琥珀(こはく)色の液体が入っている。

「飲んだら思い出せる。たぶんね。魔法の薬だよ」

書斎机の椅子にどさりと腰を下ろして、アランは長い足を組むと、どうでもいいことのように軽い口調で言った。

「……これ、どういうもの？」

すぐ飲む気にはなれない。本当に記憶が戻るのだろうか。疑いながら訊ねると、アランは腹のところで手を組んで、しばらくじっと、リオを見つめた。

「記憶を取り戻せるかもしれない、薬かな」

「――そんなものを持ってたなら……どうして、今まで出さなかったの？」

だって、アランは俺の記憶を取り戻せとずっと言っていたのに。

そう思って言うと、アランは「無理に飲ませるものじゃない」と答えた。

「そもそもそれは、記憶を戻すために作られた薬ってわけでもない。俺が考えに考えて、おそらく、それを使えばもしかしたら戻るかもしれないと思ってるだけのものだよ。だから戻らない可能性もある」

リオはこくりと息を呑んで、アランが言おうとしていることを、理解しようと努めた。

「どうもお嬢ちゃんと魔女の呪いはなにか関係がありそうだからな。俺は魔女じゃないんでね、呪いの構造は分からないが……持てる魔力と知識を総動員して、効きそうなものを作った」

リオは思わず眼を瞠った。

「覚悟があるなら飲みなよ。なにかしらの変化はあるんじゃないか」

口調は突き放すようだが、アランの眼は揺れていた。不安そうに、片足を小刻みに動かしている。

リオは腹の底で覚悟を決めた。逃げ出しても、また悩むだけだ。じっとアランを見つめ、リオは頷いた。

「分かった。アランを、信じるね」

そう言うと、アランはどこか驚いたように眼を見開き、椅子に凭れていた背を浮かせた。

「リオ、やっぱり……」

アランがなにか言いかけた瞬間、リオは瓶の蓋を開けて中身を飲んでいた。

ねっとりとした液体が口内に流れ込み、喉が焼けるほど甘い味が広がる。ごくりと飲み干すと、液体の通過していった場所が熱くなる。

突然、リオは発狂するほどの激痛に襲われてその場にしゃがみこんだ。

痛みは喉を、胃を焼き、胸も焼けた。苦しい。苦しい、苦しいと思いながら、床にへたりこみ、ハアハアと浅い息を繰り返す。頭がガンガンと嬲られるように痛み、全身がみしみしと軋

た

（なに……っ？　これ、なに……）

　思っていたのと違った。立ち上がれず、気がついたら倒れていた。視界がぐらぐらと揺れ、だんだん呼吸ができなくなる。霞んだ眼にアランの顔が映る。

「くそ。やっぱりきついか……、リオ、なにか思い出せるか？」

　アランはリオのそばに膝をつき、顔を覗き込んでくる。その表情に、常にはない焦燥が映っている——。

（アラン……これ、なんの……薬？）

　涙が溢れた。脳裏に、セスの笑顔が見えた。初めて会った日の、十三歳のセス。リオを抱きしめて、きみは愛されていたと言ってくれた……。

　寺院の子どもたちや、導師の顔も浮かんでくる。通っていた食堂の看板娘、アレナの顔や、セヴェルの町でリオを野良犬と嗤った人々。

　それからユリウス。夜の闇の中で火を焚く、静かな姿が映って消えていき——船縁に立つ傲慢なアランの笑顔や、選定の館で出会ったフェルナン、ゲオルク、ルース、エミル……そしてユリヤの顔が、次々と浮かんでは消えていった。

　けれどももっと前のこと、もっとずっと前のことを思い出したい——。

　激痛が全身に回り、意識が遠のいていく。涙が溢れて、頬を伝う。死んだなと思ったとき、夜の草原を駆ける幻を見た。

リオは星になって、広大な草原の上を飛んでいた。星になったリオは、ゆっくりと円弧を描き、下降していく。

ああ……この落ちた先に、セスのいる寺院がある……と、淡く残った意識の中で思った。星になる前に、自分はどこでどうしていただろうか？

最初に見えたのは、どこまでも続くぶどう畑だ。

『ユリヤ』が歩いている。隣には『ルスト』がいる。兄さま、と『ユリヤ』が呼び、『ルスト』は語りかける。

——貧しい子どもたちを、俺は幸せにしたい。

第二王子の『ユリヤ』は、兄のその言葉を聞いて、羨ましい……と思っている。

……自分も、彼に幸せにされる子どもになりたいと。

やがてその記憶は途絶えて、次に見えたのは炎に焼かれる城塞だった。

崩れた壁の下で、死を覚悟している少年がいる。少年は『ユリヤ』なのだろうか？

銀髪に、すみれ色の瞳をしている。

一人の騎士が駆け寄ってきて、助けようとしてくれる。銀の甲冑（かっちゅう）に、青いマント……マントには王家の紋章がある。男に、少年はなにかを訊いた。母親からずっと言われていたただ一つの質問だった。もし男から聞き出せたら、自分は生きていられる。

——三番目の子。お前の生まれてきた意味は……。

母の声が、耳の底に響き渡る。

(違う、だめ……訊いちゃだめ……)

リオは夢幻のような映像を見ながら、冷たい汗を全身にかいて呻いた。

薄れゆく意識の中で、青いマントの男が、少年に名前を訊かれて答えている——。

(やめて、俺に、与えたらだめ)

——だめ。与えないで……!

記憶に向かって叫んだそのとき、けたたましい音がリオの耳に響いた。ドアを蹴破る音、激しい足音と、人が殴られる音だ。

「解毒剤を出せ! 今すぐ!」

誰かが怒鳴っている。ユリヤだ。

「思ったより早かったな、『瞳』は避けたのに……まさかお嬢ちゃんをいつも監視してるわけ?」

「アラン。殺されたいか!? 俺は殺すぞ、この子のためならお前を——!」

闇夜に光る剣の刃が、薄く開けた瞼の下に見えた。

アランが舌打ちし、上着の内側から小瓶を出して放った。ユリヤが受け取り、リオを抱き上げる。

「心配しなくても、お嬢ちゃんは『鞘』だ。しばらくしたらこんな毒くらい浄化する。ちゃんと計算して作った毒だ」

アランが地団駄を踏んでいる。

「もう少しで記憶が戻るところだったのに！」

ユリヤは聞かずに、瓶の中身をすぐに口に含む。

ユリヤの整った顔が近づき——口づけられた。口内に、なにかの液体がとぷとぷとこぼれてくる。喉にたまったものを嚥下する。今にも切れそうな意識の糸を、かろうじて繋ぎとめているうちに、全身を覆う強い痛みがゆっくりと退いていくのを感じた。

体に力が入らない。ほとんど閉じていた眼を開けると、青ざめた顔で自分を覗きこんでいるユリヤが見えた。なかなか焦点が合わなかったが、やっとユリヤの瞳と眼を合わせ、

「……ユリヤ」

と、かすれた声で呼んだ瞬間、ユリヤが大きく、安堵の息をついたのが見えた。突然、きつく抱きしめられる。

（……え？）

思いがけないユリヤの行動に、リオは眼を見開き、困惑した。服ごしに、ユリヤの体温が伝わってくる。押しつけられた耳には鼓動が聞こえ、それは信じられないほど強く、早く脈打っていた。

（ユリヤ……俺のこと、心配してくれたの……？）

とても信じられずに、そう思う。けれど聞こえてくる心音は間違いなくユリヤのものだった。案じてもらえるわけがない。

愛されてはいないし、どちらかと言えば疎まれている。呪いがきつくても抱いてもらえないくらい──。

そう分かっていても、ついさっきまで激しい痛みに苛（さいな）まれ、死ぬかもしれないと覚悟したリオの胸には、突然強い恐怖が襲ってきて、震える指でユリヤの服を摑（つか）んでいた。まだ力が入らない弱々しい手つきですがり、ユリヤ……と聞こえないくらいの声で呼んだ。

ユリヤは瞬間的に腕に力をこめて、もっと強く、リオを抱きしめてくれた。

生きている──そう安堵すると、緊張がほどけて再び意識が遠ざかる。

そのとき、アランが舌打ちするのが聞こえた。

「……なんで助ける。呪いを解く気、あるのかよ。ルスト」

「本気で殺すつもりだったのか？」

唸（うな）るようにユリヤが言う。

リオは話を聞かなければならない気がして、無理やりに閉じようとする眼を開けた。アランは頰を腫（は）らして、うつむいている。殴られたのかもしれない、と思った。泣き出しそうなアランの顔を見て、リオはユリヤに違う、と言いたかった。

（ユリヤ、違う……アランは、俺が頼んだから薬をくれただけで……）

「殺せないさ……リオは、毒じゃ死なない体だろう。……だけど」

だけど、とアランは呟いた。ひどく傷ついた顔で、小さく。

――死んでくれれば楽なのにと、思ったよ。

死んでくれれば、もう考えずにすむ……。

「……お前かお嬢ちゃんか、選べと言われたら、俺はお前を選ぶさ。そうだろ……」

フロシフランの王、ルスト。お前は神に選ばれた、国王なんだから――。

悲しそうに言うアランの声を最後に、リオはとうとうこらえきれず意識を手放していた。

十一　虚実

眼が覚めると、暖炉に火が燃えていた。リオは自室ではなく、ユリヤの寝室にいた。天蓋のカーテンは開き、寝台のすぐそばに座ったユリヤが、頭を垂れてうなだれている……。

自分が気を失っていたこと、アランに毒薬を飲まされたこと、死にかけて、奇妙な記憶の欠片を見たことを、リオはうっすらと思い出した。

（そうだ……何度か見たのと同じものだった。崩れた城塞と、青いマントの男の人……）

のろのろと起き上がると、ユリヤが「なぜだ?」と、呻くのが聞こえた。

「……なぜ、アランの言葉に乗った。なぜ、あんな薬を飲んだ……」

リオが目覚めたことに、ユリヤは気づいたようだった。リオは寝台に手をついて、ユリヤのほうを見た。体にはまだ毒が残っているのか、頭を上げると血の気がすうっと下がっていき、眼の前がくらんだ。

「アランは、記憶を取り戻すための薬だって……」

「ただの毒薬だ!」

かすれた声で答えた瞬間、うなだれたままのユリヤが、座っていた椅子の肘掛けを、思い切り拳で叩いた。

「運が悪ければ死んでいた……っ！」

吐き出される言葉に、心臓が切り裂かれるように痛んだ。深い悲しみが――正体もなく、リオの胸を襲ってくる。これは自分の感情ではない、という気がした。これは、たぶん……。

（誰の気持ち？　俺は、一体誰だったんだろう）

三年前まで。リオは自分は一体どういう人間だったのかと思った。分かったことは、やっぱり三年前、自分はハーデにいて、崩れ落ちる魔女の城塞の中でユリヤに……ルストに助けられたのだ、ということだった。

そしてそれを、ユリヤは隠している。

（ユリヤは、最初からユリウスに俺を探させてたのかな……？　だとしたら、どうして）

わけも分からずに、涙がこみあげてくる。泣かないように努めながら、分かっていることだけを口にする。

「……死の淵に立てば、記憶が戻るんだよね？　だからアランは、あの薬を」

気を失う寸前に、そんな話を聞いた気がする。だが言ったとたんに、ユリヤは唾棄した。

「仮定の話だ！　そんなに上手くいくか！　それが確定事項なら、俺がとっくに殺してる……っ」

　リオは頭を振っていた。嘘だ、と思った。ユリヤは、そんなことはしない。直感で分かった。ユリヤはリオを殺したりしないのだ。

「……ユリヤ、どうして？　俺は、ユリヤの大事な、弟じゃない……もしかしたら似てるかもしれないけど、違う人間。そうでしょ？」

「なんの話をしてるんだ！」

　ユリヤはようやく顔をあげて立ち上がり、寝台に片膝を乗せて身を乗り出すと、リオの胸ぐらを摑んだ。涙で霞んだ視界に、ユリヤの激昂した顔が映った。

「記憶の断片を見たんだ……。ぶどう畑を歩いてた……あなたと」

　あんた、と言いかけて、リオはもうユリヤをそんなふうに呼ぶことができなくて「あなた」と呼び変えていた。どうしてなのかは分からない。ただ、リオの中に芽生えはじめた知性が、これ以上無作法な言葉選びを許さなかった。あるいはそれは、微かに戻りつつある記憶のせいかもしれなかった――。

「あなたと、第二王子。二人で、ぶどう畑にいた。あなたは……王子に優しかった。王子はなにかに悩んでた……あれは、俺の記憶であって、俺じゃない」

「思い出したのはそれだけか？」

　訊ねられて、首をふる。

「あなたは……城塞で少年を助けたよね。……あれは俺でしょ？　でもどっちにしろ――どっちも、俺であって俺じゃない」

ユリヤは小さく、舌を打った。忌々しげに、「これ以上探るな」と呻いた。

「お前と弟は違う人間だ。弟は……今もこの王宮のある場所に眠ってる。二度と目覚めないが――」

そこまで言って、ユリヤは苦しそうに顔を歪めた。

弟が二度と目覚めないと言ったことに、苦悩しているような表情だった。

「とにかく……お前の記憶など、俺は必要としてない。思い出さなくても『鞘』は務まる。命を懸けてまでやるべきことは今、それじゃない！」

怒鳴られて、ぐっと喉が詰まる。死にかけたのは愚かだったと思うが、ならば隠し続けるユリヤは悪くないのかと思う。呪いを解きたい。ユリヤを助けたいという気持ちがあるから、リオは動いた。

（無理をして……傷ついてるユリヤを見たくないのに）

悔しさが、腹の底からせり上がってくる。

「だったら、せめて……俺を抱いてよ！」

拳を握り、ユリヤの胸を叩いていた。そうしても、ユリヤの強い体はわずかに揺れるだけだった。抱いて、とリオはもう一度言った。言ったとたん、みじめさに涙が溢れて、頬を伝った。

「俺を使って……俺を、ちゃんと役に立てて。ユリヤがそうしないから……俺は記憶を取り戻したら、呪いを解けるかと思って……知ろうとしたんだ！　情を移すから駄目ってなに……っ？　俺が……俺が勝手にユリヤを好きになっても、ユリヤには関係ないだろ……っ」

どうせユリヤは、俺を好きにはならないんだから――。

吐き出すと、胸ぐらを掴んでいたユリヤの手がゆるゆると解かれていく。

「……お前の情は、ただの反射だ。真実の恋情じゃない」

ぽつりと、ユリヤが呟く。その言葉に、にわかに怒りが湧いた。リオは気がついたら、平手でユリヤの頬を打っていた。冷たい音が、部屋に響く。

王に手を挙げるなんてと、頭の片隅で思った。不敬罪で首が飛んでもおかしくない。この国で一番偉い人に、なんてことをしたのかと。けれど一方で思う。そんなことどうでもいい。どれだけ偉くても、リオの気持ちを勝手に決めつける権利なんて誰にもない――。

「反射ってなに⁉　なんでそんなふうに言われなきゃならないのっ？　俺は毒薬だと分かってても、ユリヤのためになるならあの薬を飲んだよ！　これからだって、必要なら飲む！」

言ったとたんに、ユリヤの顔が青ざめる。

「ふざけたことを言うな！」

「ふざけてない！　ふざけてるのはユリヤだ！」

悔しい。悔しくて、鼻の奥が冷たくなり、涙がどっと溢れた。

ユリヤを好きだと、はっきり言ったことはない。けれど伝えてもいない気持ちを、ただの反射だと、どうして見下されなければならないのだろう？

「できるなら今すぐユリヤの呪いを解きたい！　俺が死んで解けるならそうしたっていいよ、それが俺の仕事だろっ？　国中を癒やしても、誰に褒められても意味なんかない。ユリヤを癒やすのが俺の仕事だ！　俺の一番の役目だ、俺がなにをどう思ってるかなんて、関係ない！　俺がユリヤに恋をしてても、してなくても、俺の役目はただ……ユリヤを癒やすことだ！　仕事をさせてほしいだけだ！」

真実がどこにあり、存在しない記憶の中で自分がどんな人間で、なにを考えていたかよりも。リオにとって大事なのは、「今の自分」がユリヤを助けたいと思っていて、国の役に立ちたくて、『鞘』として仕事をこなすことだった。

それだけが大切で、恋情だとか記憶だとかは、全部おまけだと思っていた。

「……アランはこのままなら、ユリヤは死ぬって言った。それは嘘？　嘘じゃないなら……死ぬかもしれないのに、俺を抱かないなんて……そんなに、俺はユリヤにとって、疎ましいの」

魔女の呪いに囚われたとき、肉が裂かれるように痛かったことを覚えている。

あの痛みを、ユリヤは常に抱えているかもしれない。呪いがきつくなったユリヤは、頑健な体の持ち主なのに気を失ってもいた。

それなのに、それでもリオを抱きたくないのなら強硬手段に出るしかない。

震える声でリオはユリヤに詰め寄った。

「ユリヤ……俺のこと嫌いでいい。……俺は勘違いしない。だから、俺を抱いて。抱かないなら、俺はまた毒薬を飲むよ。死にかけてでも、記憶を取り戻す」

拳を握り、勇気を出して顔をあげた。濡(ぬ)れた視界に映るユリヤは、顔を歪めてリオを見下ろしている。なにか言おうと肉厚の唇を開き、ユリヤは「俺は……」と言ったきり、リオから眼を逸(そ)らした。

「……なに。ユリヤ。なに？　教えてよ。……教えて」

なんでもいい。ひとかけらでもいい。ユリヤの気持ちが知りたかった。すがるようにユリヤの胸元に手をかけた。

「教えてよ……っ」

「だから俺は……っ、お前さえいなければ、ユリヤは……弟は死なないで済んだから……っ」

顔を背けて、ユリヤは呻くように小さく叫んだ。

聞いた言葉に、リオは固まる。

「お前がいたせいで、五年前……俺の弟は死んだ……——だから俺がお前を愛したら、それは弟への裏切りだ……」

なぜお前が生まれてきたのかと思ってしまう、とユリヤは続けた。

「お前が生きていて、ユリヤは死んでいる。理不尽だ。……俺が愛したのは弟で、お前じゃない。なのに……お前を抱いたら、俺はお前を」

そこまで言って、ユリヤは口をつぐんだ。

ユリヤはうなだれて、舌打ちする。苦しそうに、悔しそうに。

リオは震えて、ユリヤの胸元から、ゆっくりと手を放す。

「お前は悪くない。……お前は覚えていない。思い出さなくて構わない……。ただ、お前にとって一番大事な存在を……俺が殺していたら、お前は俺と抱き合えるか？」

抱き合って、愛し合ったら……それは愛していた相手への裏切りにならないのかとユリヤは続けた。

リオの脳裏にはセスが浮かんだ。セスを殺したのがユリヤなら？

いや、セスの死の遠因は、こじつければユリヤだとも言える。かなり乱暴だが、初めてユリヤが王だと知ったときは、そんなふうに感じたこともあった。なら、リオが今ユリヤを好きだと思う気持ちは、セスへの裏切りだろうか？

分からないが、少なくともユリヤは、そんなふうにリオを見ている……。

「俺が第二王子を殺したの……？」

「……原因はお前だ」

「記憶を取り戻したら、そのことが分かるの？」

「いや……」

ユリヤは顔を背けたまま、口ごもった。

「分からないと思う。お前の知らないところで、起きたできごとだ」

誰も知らない、とユリヤは続けた。

「俺しか知らない。お前に知ってほしいとも思っていない」

ユリヤは苦しそうな顔で、片手で目許（めもと）を覆った。体から力が脱（ぬ）けていき、リオは寝台にへたりこむと、そっか、と囁（ささや）いた。

「俺が死ねば、眠ってる王子は目覚める……？」

ふと、思い立って訊（き）いた。ユリヤは黙っていたが、しばらくして首を横に振った。

「……無理だろう。たぶん」

そうなんだ、とリオは呟いた。

「俺を抱かないと、呪いがきつくなるの……それじゃ、ユリヤは困るね」

どうしていいか分からずに言うと、ユリヤは他にも、と付け足した。

「……お前相手でなくても、癒やしの力を持つ相手は他にもいる。……お前が来る前は、そういう相手とどうにかして、しのいでいた」

そうなんだ、とリオは呟いた。

（たしかに、選定の館にも何人か『鞘』候補はいたものな……）

なんだ。そうだったんだ。知らなかった……。

と、ぽつりぽつり、言ううちに、じわじわと涙がこみあげてきて、同時に自分が愚かで、情けなくて、乾いた笑みが浮かんでくる。

「だったら話してほしかった。……ごまかせる痛みだって知ってたら、もっと、慎重に……俺だって毒を飲んだりは……。でも、俺がユリヤの大事な人を死なせてたなんて——俺、知らなかったから……」

喉が痛い。泣きたくないのに、涙がこぼれてくる。

知らなかった。なにも知らない。分からない。ただ憎まれていたという事実だけが現実味を帯びて、胸に突き刺さる。

「じゃあ……ユリウスが俺を連れてきたとき、いやだった？」

いやだったよね、と言うと、ユリヤは答えず黙っていた。けれどリオには、沈黙は肯定に思えた。

使徒の選定が終わらないからリオを連れてきただけで——ユリヤは本当は、リオと会いたくなかったのでは。

そう思う。

（なんだ…じゃあ俺には、『鞘』の仕事、できないんだ）

ふと気付いた瞬間、心が真ん中から、ぽきりと折れてしまう心地がした。

「……俺、もしかして、生きてたら……だめな人間だった？」

世の中に、そんな命なんてない。

生きることに意味はなくても、この世界には生きる価値があると、いつだったかセスは言ってくれた。それを信じていた。

自分だって、ここで生きる価値があると思いたかったけれど、覚えていないだけで、本当は生きていてはいけなかったのかもしれない。

もともと希薄な命の価値が、もっと、もっともっと、薄められていく気がする。

どちらにしろ、リオには『鞘』の価値がないのだ——。王宮内にはリオのかわりをする相手がいる。そしてそのことに、リオはひどく傷ついていた。

ユリヤがリオを抱きたくなくて、かわりに抱く相手がいるのだということに、傷ついていた。

そしてそんな、一番小さなことで傷ついている自分が、みじめで愚かで、みっともなく思えた。国のため、王のため、と常日頃考えているのに、つまずくのはこんなちっぽけなことなのかと呆れた。ユリヤが王だと知った日にも、今と似たことで傷ついていた。まるで成長していないと思うと、みじめだった。結局は、自分勝手で愛されたがっているだけなのではないかと思う。

涙を拭い、リオは寝台からのろのろと下りた。

「リオ」

ユリヤが苦しそうに呼びかけてくる。リオはその続きを言わせたくなくて、急いで寝室の、扉の前に立った。

「ユリヤ、俺の部屋って二番だったね。俺戻るから……もう、アランのところには行かないから、その、他に癒やしてくれるって人、呼んで」

少しでも元気になってと言って、取っ手の下の金具を弄る。指が震えてなかなか針を合わせられない。やっとのことで二に合わせた。

「リオ……今夜はここにいろ」

ユリヤが数歩、追ってくる。リオは振り向いた。暖炉の火がぼんやりと映える部屋の中で、ユリヤの青い瞳に、炎の色が淡く映っている。

悲しそうな、気遣わしげな瞳。リオを傷つけたことを悔やんでいる。伝えた言葉を後悔している。ユリヤの眼を見たら、その気持ちが伝わってきた。

この人、優しいんだ、とリオは思った。

——本当はものすごく優しいんだ。

だからリオのために——リオのためじゃないかもしれないが——親のない子を雇う法律を整えてくれたりする。本当はずっとリオを疎んでいたかもしれないのに、選定の館でリオが指名したら、恋人にするように優しく抱いてくれた。

（優しいから、憎んでるのに……俺を、かわいそうに思ってる……過去の記憶を俺に知らしめて、責めたりも……しない）

それでもリオが生きているから、ユリヤの弟が死んだと言うなら、それはたぶん真実なのだ。

おやすみなさい、とリオは笑って、扉を開けた。急いで飛び込んで、閉めた。ユリヤはきっと追ってこない気がした。

リオはその場にへたりこんで、一人きり、しばらくの間泣いていた。

部屋は真っ暗で、暖炉も焚かれておらず冷え切っている。

分かっていたが、やはりユリヤは追いかけてこなかった。今ごろ、他の相手を呼んで癒やしてもらっているのだろうかと思う。考えるだけで胸が痛み、息苦しくなる。自分が『鞘』になった意味はなんだったのだろう?

ユリヤはリオを抱くつもりがないのだ。これでは、本当の仕事はけっしてできない。

(だったらどうして俺を、辺境から連れ出したんだろう……)

そう思うが、なにか理由があったのだろう。たぶん真っ先に思いうかぶのは選定を終わらせるためであり、少なくとも、リオへの好意からではない。ユリヤは本当は、リオをそばに置くのすらいやなのかもしれなかった。

(もう寝よう……一度休んだら、気持ちも静まる。落ち着いてから考えよう。俺でもきっとなにか、役立てることがあるはず……記憶のことも、明日考えたらいい)

考えなければならないことはいくらでもあるが、今はとても思考が回らなかった。

立ち上がり、寝台に向かおうとして、ふと、リオは異変に気がついた。

寝台がなかった。寝台だけではない。そこは与えられているはずの部屋ではなかった。

あたりは暗闇で、ひんやりと冷えている。身じろぎすると音が響く。地下なのかもしれない。漆黒の闇の向こうに、ほんのうっすらと、明かりが一つ、灯っていた。

「ここ……どこ？」

リオは不安にかられた。後ろを振り返っても、さっき通ってきた扉がない。

（……俺、二番にしたと思ったけど、針を合わせる数字、間違えたのかも）

泣いていたし、咄嗟のことだったので、何番に合わせたかもうよく思い出せない。両手を左右に広げてみると、どちらの指も石造りの壁にひやりと触れた。それほど広くない場所らしい。

（もしかして地下通路かなにか……？）

ふと、魔女の大蜘蛛は地下から現れていたことを思い出す。こんな場所に長居するのは危ない。なにかあっても、リオがここにいることは誰も知らない。誰にも助けてはもらえないと思うと、恐怖に心臓がばくばくと鳴りはじめ、冷たい汗がじわりと額に滲んだ。

短剣一つ持っていない用意の悪さを悔やみながら、リオはとりあえず遠くに見えるカンテラの明かりに向かって進んだ。

まずはここを出ることが先決だ。

あそこに明かりがあるということは、出口があるということかもしれない。

足音をなるべく忍ばせて、暗闇の中を進む。よく見ると、カンテラは一つところに留まっているわけではなく、揺らめきながら不規則に動いていた。

「……あれ」

かなり近づいてから、リオはふと、そこに人影があることに気がついた。

「鞘どの」

驚いたように振り向いたのは、騎士団長のヘッセンだった。彼は地下通路のどん詰まりにある、小さな扉の前に立ち止まって取っ手のところをカンテラで照らしていた。鉄製の扉には何重にも鎖がかかっていた。

「こんなところでなにを……」

言いかけて、ヘッセンはリオの顔を明かりで照らし、わずかに眉根を寄せた。

「なにかありましたかな？　……泣いておられたようだが」

リオは思わず、目許を押さえた。分かるほどに泣き腫らしているのかと思い、恥ずかしさに頬が赤らむ。惨めで、情けなかった。

「陛下のお部屋から帰るときに道を間違えて……迷っていたんです」

嘘をついても仕方がないのでそう言ったが、言ったあとで、これではユリヤと揉めたと言っているようなものだと思い後悔した。だがヘッセンはなるほど、と頷いたきりそれ以上深く問わないでいてくれた。

「……ヘッセン卿はここでなにを？」

鉄の扉を眺める。後ろは来た通路で、戻ったところで出口があるかは分からなかった。とりあえずヘッセンがいるのなら外に出られるだろうと思い、少し恐怖が引っ込んだ。

「もしかして、地下を検め直しているんです？　……魔女の大蜘蛛が、地下から現れたって言ってたから……」

「ああ、それはあらかた終わっております。市井の地下組織はまだまだ炙り出せておりませんが、王宮内の地下通路はほとんど閉鎖しましたので」

ならどうして？　リオは眼をしばたたいて、ヘッセンを見つめた。騎士団長は難しい顔をして、形のいい髭を撫でた。

しばらく躊躇ったあと、「実は地下の通路のうち、この一帯だけは……なぜか王宮の地下地図から記載が消えておりましてな」と、ヘッセンは言った。

その昔、二十年以上昔は、この奥は王族の霊廟として使われていた。当時は地図にも載っていたはず……と訝しんだヘッセンは、単身ここへ下りてきたと話した。

「不敬は承知ですが、真実を知らねば国を守るのは難しい……。ここに陛下の呪いを解く鍵があるやもしれぬと——ですがこのとおり、扉が開きそうにない」

扉にはたしかに、鍵がかかっている。

リオはふと、この扉の奥に、第二王子の体があるのでは……と思った。ヘッセンからは以前、第二王子のユリヤは戦争が始まる前に眠りにつき、その体はユリヤ――ルストがどこかへ隠したと言っていた。ついさっき、ユリヤ自身も弟の体はこの王宮内にあると言っていた。

（もしかして……ここ？）

おそるおそるヘッセンを見ると、騎士団長は同じことを考えていたのか、リオと眼を合わせて意味ありげに頷いた。

リオはカンテラの明かりに照らされた、鉄の扉の取っ手を見た。取っ手には重たそうな鎖が何重にもかけられ、大きな錠前がついていた。しかしそれは通常の、鍵を入れて開ける錠前ではなく、鍵を差し込む入れ口のかわりに、四つの貴石が並んでいた。

「これ……どういう鍵でしょう」

ぽつりと呟くと、魔法の錠前でしょうな、と返ってくる。

「私の魔力には反応しなかった。おそらく、魔力の波動はそれぞれ個性がありますから、これは特定の人物の魔力に触れたときにしか反応しないのかと」

「……特定の魔力」

ならば、ユリヤには開けられるのかもしれない。もし本当に、第二王子の体がここにあるのなら――。

……二度と目覚めないが――。

ユリヤが呟いていた声が蘇（よみがえ）る。苦しそうだった横顔も。

（もし……第二王子が眼を覚ましたら、ユリヤは……ルストは、俺を許してくれるのかな？）

記憶は戻ってきていないが、自分がなにかしたせいで第二王子が眠りについたのなら、リオの力で目覚めさせることもできるかもしれない……と、ふと思った。

（俺に癒やしの力があるなら……ウルカの神様にお願いしたら、もしかして）

第二王子のことなどよく知らない。だが、ユリヤに憎まれているのは辛かったし、ユリヤが幸福になれるのならなんでもしたい……と思う。

リオはそっと、錠前の貴石に触れた。リオは自分の魔力を操作できない。だが指先に、わずかに気持ちを集中すると、貴石がふわっと光った。

「……おお！」

ヘッセンが驚いた声をあげて、手元を覗き込む。

「反応している……鞘どの、あなたは王家の系譜を踏むものか？　あるいは、陛下があなたの立ち入りを許可なさっているのか……」

「え？　いえ、まさか……」

ただ石が光っただけだ。錠前はまだ開いていない。いよいよ集中してみたが、貴石の光が増すだけだった。リオはぎゅっと眼をつむり、必死に勉強して覚えた古代語を口にした。

「……オテーリヴテ、レジェ……ドラーク……」

ウルカの神を思いながら「神様、開けて」と古代語で言うと、ヘッセンが「あっ」と声をあげた。

大きな錠前がガチャリと音たてて開き、鎖がばらばらと解(ほど)けて床に落ちたのだ。

リオはぎょっとした。鉄の扉は中から誰かが引いたように勝手に開き、暗い通路が覗く。そして瞬く間に、その通路には魔法の明かりが灯った。

明るくなった通路へ、ヘッセンが興奮気味に入っていく。

「鞘どの、開きましたぞ。お見事」

いつも落ち着いている騎士団長には珍しい、はしゃいだ口調だった。彼は先にどんどん行ってしまい、リオが「ヘッセン卿、入っていいのですか?」と声をかけても立ち止まらなかった。

「鞘どの、いらしてください」

狭い通路に反響する、ヘッセンの声が聞こえた。もうその姿は遠のいてよく見えない。

リオは数秒迷い、けれど結局は腹を決めて、ヘッセンを追いかけた。緊張で、心臓がどくどくと脈打っている。

石造りの通路は冷えており、どこからか、淡く花の香りがしていた。

「鞘どの！　やはり、ここが……ここがユリヤ殿下のいらっしゃるところです！」

感激まじりに叫ぶヘッセンの声。やがて通路は唐突に終わり、アーチ状の天井の、丸い部屋に出た。壁一面に花が飾られ、中央には台座があり、そこに、一人の少年が寝ている――。

少年の周りにも、花が敷き詰めてある……。

（……ユリヤが花を？　……第二王子への愛が……伝わってきそう）

むせかえる甘い匂いの中でそう感じると、胸がつぶれそうなほど痛んだ。

震える足でゆっくりと台座に近づく。

そうしてリオは言葉を失って、固まった。

横たわり、眠っている少年は、美しい銀青色の髪をしている。長い睫毛に覆われた瞳が、わずかに開いた瞼の隙間から見える。それはすみれ色だった。

どくん、と大きく、リオの鼓動が跳ねる。

（俺だ）

――それはどう見ても、ユリウスに魔法をかけられる前、毎夜顔を洗った寺院の水路に映して見ていた、リオの顔そのものだった……。

顔だけではない。手足や骨格、背丈までそっくりだ。

完全にリオそのものだ――。

体が震え、息があがり、立っているのもやっとでリオは数歩後ずさり、壁にどん、と背を預けた。花が揺れて、花弁が散る。

けれどヘッセンはなにも思わないのか、「おお……間違いなく殿下です」と呟いたあと、心臓の上に耳を押し当て、

「……心音がない。仮死状態なのか……？」

と眉根を寄せた。

リオは近くにあった壁に寄りかかりながら、震える声でヘッセンに訊ねた。

「ヘッセン卿あの……あの」

声が上擦り、上手く出ない。心臓がものすごい速さで脈打っている。頭が締め付けられたように痛み、吐き気がこみあげてくる——。思い出したくないことを、今にも思い出しそうで——けれど思い出せないもどかしさに、リオは胸をまさぐり、ガラスのナイフを掴む。

「どうされましたか、鞘どの……ご気分が悪く？」

ヘッセンは不思議そうな顔だ。

「……いえ、私が軽率でしたな。鞘どのは殿下を存じ上げぬ……私は元臣下の立場、殿下がこうして生きておられたことに喜んでしまったが……しかし、殿下の状態は普通ではありません」

「いえ……あの、あの……それがユリヤ殿下なら……第二王子なら、ヘッセン卿に、俺は……どう、見えているのかと」

ヘッセンは意味が分からないように、わずかに眉をひそめてリオを見ている。話の続きを待っているかのような顔だ。

「……俺と、殿下は、その……似ていませんか？」

「いえ、似ているとはどういう……お年は同じくらいに見受けられるが」

は目眩がした。

（髪と眼の色だけじゃない、ユリウスは、俺の顔が分からないようにしてるんだ……）

それはたぶん、ユリヤとリオが、そっくりだから……。

（そっくり……そっくり、なんだよな？）

だんだん自信がなくなってくる。自分の本当の姿を見たのは、かなり前が最後だ。それも、寺院には鏡などなかったから、いつも夜の水面に映していただけ……。

（分からない。本当の俺の姿は、俺が思っているのと違っている……？）

自分が何者なのか。分からなくて怖くなったが、すぐにそんなことはどうでもいい、とリオは気持ちを切り替えた。

（しっかりしろ。今やるべきことは、第二王子を起こせるかやってみることだ）

リオは息を飲み下し、震える足でもう一度台座へ向かう。

訝しげなヘッセンを後目に、冷たい石の台座にすがりつくようにして、ユリヤ殿下だという

――第二王子の顔を見た。

美しいその姿は生気がなく、まるで人形のようだ……。

（これがユリヤの、愛している人……）

そう思うと、息苦しくなる。

それでも気持ちを抑え込み、リオは第二王子の胸に手をあてて、気持ちを集中しはじめた。

「……フロブチーセ、プランセム……」
起こしてください、と繰り返し唱える。
けれど変化は見られず、リオは額にじっとりと汗をかいた。
ぎゅっとつむった瞼の裏がじくりと痛む。
そのとき突然——思い出した。
柔らかな手のひらが、リオの頬を包み、髪を梳き……肩を撫でて手を握った感触。
脳裏になにかの像が蘇る。
優しく光る、すみれ色の瞳。
——二番目の子。ユリヤ。お前には、大切な役目をあげる。
そのために、私はお前を生んだのだから。
……これは、第二王子の記憶なのか？
ふとそう思い、
「……お母さま」
無意識に呼んだ。
背に悪寒が走る。
刹那。
右肩から左の腰骨が冷たい痛みに貫かれる。

「…、あっ、ああ……っ！」

背から血が噴き出す。

リオはその場に倒れていた。

「油断したものだ、忌まれた血の王め……だがこうも早く好機が訪れるとは」

低く嗤う声。リオは耳を疑う。

リオの血で、床に血溜まりができていく。

「……どうして、ヘッセン卿」

リオは呻いて、近づいてくる男を見つめた。

片手に血濡れた剣を携えて、リオの前に立つのは、たしかにさっきまで味方だったはずの騎士団長、ヘッセンだった。

彼はリオを憐れむように微笑んでいる。

「殿下と貴殿が似ておられるか？　……傍目には分かりますまい。忌まわしいウルカの手先、ユリウス殿が巧妙に隠しておられる……だが私は、我が主から聞いて知っておりましたから」

「……ヘッセン卿、なにを……なんの話を」

背中の傷が焼け付くように痛い。

視界が霞み、意識がもうろうとする。

リオはそれに耐えている。

「鞘というのは厄介ですなあ、図抜けた癒やしの力を持ちながら、ご自分の傷はすぐには治せぬのだから」

ヘッセンが囁き、刃についた血を丁寧に腰布で拭（ふ）いた。

「前にお話ししたでしょう……この地はもともと、二柱（ふたはしら）の神が治めていた土地。それをあとから来たフロシフランの民が、ウルカと手を組んで独占したのです。……我々は反逆者ではない。正当な権利を得るために狼煙（のろし）をあげたのです……」

話が見えない。リオはぜいぜいと息をつきながら、あなたは……と絞り出すような声で言った。

「俺を……ここへ誘導した？　第二王子の体を探すため……？　俺を、ここで、殺す？」

ヘッセンは優しく微笑（わら）い、「ユリヤ様のところへ行くには、あなたの力が必要だったのでね」と囁いた。

「もっとも残された器は、邪魔だから始末するだけのこと。たびたび復活されては敵（かな）いませんからなあ、ルスト・フロシフランは魔術をかけて、この肉体の時を止めてしまわれた……十月十日のうち、三月と三日が残っている」

（……なんの話）

分からない。リオは薄れる意識の中で、どうすればヘッセンの真意が分かるのだろうと思う。

（裏切りを伝えないと……ユリヤ、ユリヤに伝えないと）

ただそれだけが頭を駆け巡る。

「無駄ですよ、助けはこない。ここには『瞳』も『耳』もないのです。他の使徒に第二王子の居場所を悟られぬよう、陛下が取り払ってしまった。まったく、おかげでこうしてゆっくりと始末ができる」

ヘッセンは得意そうに嗤い、鈍く光る剣をふたたびリオに向けた。

「なんにせよ、あなたの心臓さえ手に入れれば、我が主の勝利」

動けない。――今夜、何度死にかければいいのだろう。そう思い、同時に、もうこれが本当に死ぬときなのだと覚悟した。

(でもここなら……死んだ後、ユリヤに見つけてもらえる……)

きっと愛する弟に会いに来たときに……そう思ったが、すぐにそれじゃだめだと思った。

(裏切りを、誰かに伝えなきゃ。せめて……死ぬとしても、土の役に立ってから死ぬ……!)

「ユリヤ!」

リオは力を振り絞って叫ぶ。

「違う、ルスト・フロシフラン陛下! 聞いて! ユリウス! アラン! フェルナン! 誰でもいい、お願い聞いて!」

声を張り上げるたび、背中からどぼっと血が吹き出るのが分かった。体がもう持たない。

肺が痛み、口から血が溢れる。

苦しい。苦しくて、血を吐いて咳き込みながらリオは血溜まりの中に転がる。

ヘッセンは眼を細めて憐れげに微笑み、「無駄ですよ」と囁いた。

「陛下の守りの近くから、あなたを引き離すのは一苦労だった……この好機、逃す手はない。まずはその心臓をいただこうか――」

長剣が振り上げられ、リオは覚悟した。

最後に頭をかすめたのは、ユリヤの顔だった。

――そんな顔は見たことがないのに、ユリヤは優しくリオを見つめ、微笑んでいた……。

目尻に涙が溢れた。死の間際になって思い知る。

(ユリヤ……ユリヤのことが、こんなに好きだったなんて……)

笑顔を向けられてみたかった。愛や優しさを、あの人からほしかったと思った。

だがもう死ぬ。

眼を閉じたそのとき、甲高い鳥の声と羽ばたきが聞こえた。

「なんだっ!? どこから入ってきた!」

ヘッセンの慌てる声がする。うっすらと眼をあけたとき、天井から滑空してきたアカトビが、ヘッセンの右手に鋭い爪をたてるところだった。しかし騎士団長は爪で肉を裂かれ、血を出しても剣を落とさなかった。

「鳥畜生が、離れろ!」

激しく怒鳴ってアカトビを振り払う。トビは空中でアランの姿に変わると、壁を蹴ってリオのすぐそばに立った。

（ア……アラン……？）

朦朧とした意識の中で、リオはアランの横顔を見つめる。

「……ストリヴロ卿か。なるほど、さすがは『翼』といったところ……どこにでも現れる」

「『瞳』と『耳』だけが俺の武器じゃないんでね。そんなものがなくても小さな声を聞き取れるんだよ。だが……まさか、ヘッセン卿。貴殿が魔女の手先だったとは」

鼻で嗤い、アランはすっとリオを庇う位置に立った。ヘッセンはアランを睨みつける。

「魔女という呼び名は相応しくない。我が主はそもそも、高貴なお方だ。フロシフラン国王が、のうのうとこの国を治めているほうが間違いなのだ……」

「なるほど？」

アランは肩を竦めた。

「卿も先の戦争で、それは痛感されたはず。ルスト王には、国を率いる覚悟がない——貴殿はそこにいる鞘どのを憎んでおられたな……どうだろう、こちらにつかぬか？」

不穏な笑みが、ヘッセンの顔に広がっている。アランは真顔で、じっと騎士団長の顔を見ていた。リオはだめ、と言おうとした。アランはリオを憎んでいるし、ユリヤのことを疑っている……リオに毒薬を飲ませたとき、アランはリオが死ねば楽だと言っていた。

(アラン……もしかして、ヘッセン卿の、味方になっちゃう……)

「たしかにそうだな……ルストは戦後、木偶人形だ。俺たち国民を裏切ってる……それに俺はこのお嬢ちゃんを……心底憎んでいるからねえ」

アランはため息まじりに言った。

ゆっくりとその場に屈み、アランは不意に、リオの髪の毛を鷲摑みにした。頭皮に痛みが襲ったが、背中の傷が痛すぎて、あまり分からない。髪ごと頭を持ち上げられ、アランの手で、絞めるように首を摑まれる。涙と血で霞んだ視界に、アランの顔が映る。

「あんたの主はリオの死を望んでるんだ?」

「……正確には、その子どもの心臓を奪うことを望んでいる」

「へーえ……」

じゃあまず、殺せばいいんだな、とアランが囁いた。死ぬのか、と思ったとき、涙がこぼれ、それから、思った。

……アラン、俺は殺していいから、ユリヤを、守って。

声にしていたかは分からない。アランはただ、リオを見下ろしていた。

「……アラ、ン、苦しませて……ごめん、ね」

金色の髪に赤い眼の、美しい貴族の男。殺されても憎めない気がして、眼を閉じようとしたとき、アランが舌を打ち、

[illegible]たな！　フェルナン！　お前も『眼』ならさっさとしろ！」

　怒鳴った瞬間、天井がずずず、と音をたてて揺れ、上からパラパラと石つぶてが落ちてくる。刹那、激しい地揺れが部屋を襲い、天井に大きく亀裂が入る。

「なに……っ」

　動揺したヘッセンの頭上から天井が割れる。緑に輝く太い蔓草（つるくさ）がヘッセンを襲った。

　抱き上げられたのはそのときだ。額がくっつくほどの距離で、アランが口早に言った。

「俺がお前に入って魔力を操作する。癒やしの力を自分に使え、いいか、これができるのは俺だけだからやってやるんだ！　勘違いするなよ！」

　必死とも思える言葉のあと、リオはアランに、深く口づけられていた。分厚い唇と、熱い舌の感触。甘い唾液の味と、血の味が口の中で混ざる。

（あ……）

　なにか温かなものが、体の中に流れ込んでくる。喉を通り、胃を満たし、下腹部へ到達する。それからリオは、まるで器用な長い指で、内臓一つ一つを撫でられているような感覚を味わった。

「ん、ん……っ、ふ……」

　ぞわぞわとした感触が全身に走る。

　性感帯とも思える下腹のなにか、小さなしこりのような場所を、アランが注いだ不思議な力によって、優しく押された。

脳天からつま先まで、甘い愉悦が走り、傷の痛みとあいまってわけが分からなくなる。

だがそのあとは、痛みが消えていた。

背中の傷もなくなっている。それが感じられる。

唇が離れていくと、体内を触っていた指の感触も消える。眼を開けると、苦々しげに顔を歪めるアランがいる。アランの額には、玉のような汗がいくつも浮かび、息が乱れている。

「あーっ、ずるい、僕がやりたかったなあ」

声がして、見るとルースがいる。ルースはボウガンを肩に担いで、羨ましそうにアランとリオを見ていた。その後ろではゲオルクが、やや顔を赤らめて立っている。

「ルース、無茶を言うな。相当な魔力操作能力が必要だ。この中でリオ・ヨナターンの魔力を扱えるのはアランか俺くらいだ」

フェルナンが、分厚い本を脇に挟んで入室してくる。アランは血濡れたリオの体を抱いて立ち上がり、「お前にもできるか、フェルナン。悪いがここまでやれるのは俺だけだ」と吐き出した。

「お嬢ちゃんを運ぶ役目なら譲ってやる。誰がやる？」

「じゃあ僕」

アランの言葉に真っ先にルースが手をあげる。リオは集まった面々を見渡し、どうしてと言

おうとした。ふと見ると、床にはヘッセンが気を失って倒れている。肩には矢が刺さり、大剣の傷が胸元に走っていた。

助けにきてくれたのだ——でも、どうやって？

そう思っていたとき、フェルナンが「待て、まだ終わりじゃないようだぞ」と囁いた。倒れていたヘッセンの腹のあたりに、黒い靄がたちはじめる。嫌な予感がして、体をすくませたとき、アランが舌打ちまじりに「第二王子の体を確保する！　魔女はあの体を壊すつもりだ！」と叫んで、抱いていたリオを壁際に下ろした。

そのとき、誰かがリオの手をひいた。リオ、こっちへと耳元で囁く声がした。ルースの声に聞こえた。不意に手を引かれ、リオは廊下に出ていた。

待って、と言おうとして振り返ると、アランが台座に眠る王子の体を抱き上げるのと、ヘッセンの腹が破れ、中から巨大な、黒い蠍が出てくるのを見た。

だが、見えたのはそこまでだ。気がつけばその部屋はどんどん遠ざかっていて、リオは暗い通路を何者かに運ばれていた。

（待って……みんながまだ戦ってる……）

「ルース？　ルースなの？　待って、戻らなくて……平気？」

訊いたが、相手は答えない。初めに聞いた声はルースかと思っていたが、違うかもしれない、と思い始めた。あたりは真っ暗で姿も見えない。

どんどんと手を引っ張られ、走らされる。背中の傷は閉じていたが、それでもついさっき死にかけていたのだ。走ると全身に痛みを感じた。

（痛い……お願い。待って……）

不意に、強烈な眠気が襲ってくる。眠ってはいけない、そう思ったが、眼の前がぐらぐらし、とても開けていられない。

（なにが起きてるの……？）

こらえきれず眼を閉じた瞬間、リオは事切れるように意識を手放していた。

十二　断片

これはいつの記憶だろう。

夢の中、リオは薄暗い塔の中に一人、閉じ込められていた。塔には出入り口すらなく、ずっと高いところに窓が四つ、空いている。

そこから漏れてくる陽光を頼りに、数冊置かれているだけの本をただひたすら、慰みに読んだ。本にはどれも、フロシフランの最初の王がいかに小賢しく、卑怯な王だったか、ウルカの神がどれほど残酷で、裏切り者だったかが、言葉を尽くして書かれている。

――エラドの神は嘆いた……ここは私の国土。裏切り者が、白き竜と結託し、私を冥府へ陥れるのか……。

リオは小さな声で繰り返しその箇所を読んだ。挿絵には、黒い竜が涙を流しながら地下の穴へ落ちていく様が描かれている。

そのとき鳥が窓辺に飛んできたので、リオは顔をあげた。鳥は小さな包みをくわえており、それをリオの手元まで届けてくれた。包みに入っているのは、パンとスープだ。ありがとう、と囁き、リオは鳥に訊いた。

――お母さまは？　まだ会えないの？

鳥は可愛い声でさえずるだけで、すぐにまた、飛んでいってしまった。

日に二度、あの鳥が食事を運んでくる以外、リオのところへ訪れる者はいない。母とは眼が覚めた最初に会ったきりだった。

優しい手で頬を包み、「かわいい私の人形」と、母はうっとりと囁いた。

――忌々しいウルカの狗が、二番目のお前の器を奪ってしまったけれど、バカな男。心臓はもぎ取ってきた。魂はお前にある。今度こそあの狗から奪い取って、私の願いを叶えてちょうだい。

お前にしかもう、できないことなのよ。

すみれ色の眼を細めて、母が言う。はい、お母さま、とリオはそれしか言える言葉を思いつけずに言った。

――そうしたら、僕を愛してくださる？

美しい母はもちろんだと囁いて、リオの額にそっと口づけを落とした。

眼が覚めたとき、リオは見知らぬ部屋に寝かされていた。全身がだるく、体の節々が痛い。

背中の傷は癒えたはずだが、血まみれだった服はそのままで、血が乾いて肌にはりつき、嫌な臭いを放っている。

（ここはどこ……）

次から次へ、めまぐるしく事が起きて、思考がついていかない。

（ヘッセン卿が裏切って……蠍に変わった。使徒のみんなが戦ってる……ユリヤに伝えなきゃ）

そう思っても、体が思うように動かない。

リオは硬い床の上に寝ていて、やっとのことで身じろぐと、じゃり、と鉄の音がした。

そのときリオは、自分の手足が鎖に縛められ、壁に繋がれていることに気がついた。

「……なに。これ。どこ？　どういうこと……」

震える腕で上半身を起こして、長い鎖に繋がれた自分を認めると、リオは喘いだ。

（やっぱり……敵に捕まった――）

ただそれだけが分かる。

部屋の中は薄暗く、小さな卓の上に燭台が載っていた。明かりの灯った蝋燭が三本。ぼんやりと室内を照らしている。

蝋燭の火に、壁の一部がうっすらと浮き上がっている。それを見て、リオはぎくりとした。

そこには黒い竜の、粗雑な絵が描かれていた。

（……黒い竜。……エラドの神）

ざわざわと、肌が粟立っていく。

いやな汗が、じっとりと全身に噴き出た。ついさっきまで見ていた夢のことが、突如現実味を帯びて思い出された。

（……俺、覚えてる。俺は閉じ込められてた塔で知った。……ウルカの神の双生神、もう一柱の神、エラドの神のこと……）

自分を生んだ母は、あの神の信奉者だったはず。

フロシフランは正当な国ではないと言っていた。

こめかみが、ずきずきと痛む。この記憶はなんだろうと思う。

（でもこれは……これはたぶん俺の記憶だ。俺の記憶の中には、どうしてか……第二王子の記憶も混ざってる）

それがなぜかは分からないが、今は考えるときではないと思った。

それよりも誰がなんの目的で、リオをここへ連れてきたのかのほうが吃緊の問題だ。

「王都中に張り巡らせた『瞳』と『耳』がこれほど厄介だとは……使徒の『眼』『翼』『鍵』にくわえて、国王陛下まで感応している。陛下が感応しているということは、国一番の魔術師、ユリウス・ヨナターンも感応していることだろう。全員、切れ者揃いの手練ればかり。まるで蜘蛛の巣だ」

呆れたように息をつく声がした。

「まったくウルカの狗めは用意周到なこと。だがようやく我らに機会が訪れたな」

誰かが笑う。その声は一つではない。

複数の足音が、奥の方からだんだんと近づいてくる。リオは眼をこらして、声の主を知ろうとした。

「ヘッセン卿は上手くやってくれた。使徒たちを一所に集めて、しばらくの間手薄にしてくれた。おかげで心臓を連れ出せた……」

「簡単な魔術でな。リオ・ヨナターンは生まれたての人形だ。赤子の手をひねるようなもの」

男達が数名、リオを取り囲んでいる。闇の中、彼らは真っ黒な長衣を羽織っているから、その口元しか見えない。

「だがウルカの狗も強情よ。『鞘』を抱かずば呪いが回るというのに――」

頭に被った衣の下から、男たちの顔がうっすらと見えた。リオは息を呑んだ。それは朝議に参加している、文官たちだった。一人一人と親交があるわけではなかったが、毎朝見ている顔だ。見間違えるはずはない。

「……あなたがたが……どうして」

リオは息をつくように呟いた。

「なんのつもりですか、どうして……俺を拘束して…」

動こうにも体にうまく力が入らず、リオはただ座り込んだまま震えていた。

「逃げようなどと考えるなよ。少し強めの毒を盛ってあるのだ。弱い毒だと『鞘』には効かない。もっとも、普通の人間なら既に死んでるだろう」

文官たちのうち、中央に立つ一人が肩を竦めて嗤った。ついさっきまで死にかけていたせいか、体にはもう余力がなく、毒を盛ったと聞かされると、心臓が恐怖で音をたてはじめる。

「……かわいそうな『王の鞘』よ。まさか宮廷内が、これほど裏切り者ばかりとは思わなかっただろう」

中央の文官が膝をついて、そっとリオの顎をすくいとる。頭巾の下で、ぎょろりと光る眼だけが見えた。

「オルゾ議員……」

リオはその名前を覚えていた。高官の一人で、使徒の披露目を遅らせるべきだとユリヤに進言した議員だった。

オルゾはにやりと嗤う。

「心配するな。ウルカの狗、ルスト王は知っている。今のうちに怪しいものは炙り出してしまうおつもりで、あえて我らやヘッセン卿をおそばに配されたに違いない。聡明な方だが――ご自分のお気持ちには、盲目であられた」

眼を細め、低く男は嗤った。瞬間、部屋が一気に明るくなる。壁際に灯火装置が並んでいた。

そこに魔法の明かりが入ったのだ——。

リオは眩しさに一秒眼をつむり、やがて開けてから、見えた光景に愕然とした。

広い部屋には、黒い竜の像と、それを祀る祭壇があり、壁には一面、黒い衣を着た人間たちが並んでいた。ざっと見ただけで、三十人はいる。

「我らが母の復活のために、尊き人形の心臓を捧げよう。母の子どもたちよ、人形の処刑を望むか？」

オルゾが立ち上がって言うと、黒い衣の人々は、望む、望む、エラドの神の復活を、と呪文のように唱えた。全身が冷たくなり、汗がどっと噴き出る。

文官たちに腕を引っ張り上げられて、無理やり立たされる。引きずられて、リオは祭壇の前の台座に押し上げられた。長い鎖がじゃらじゃらと不快な音をたてている。

台座の上からは、リオの死を望む人々の姿が見えた。彼らはみな頭巾を目深にかぶり、その顔は見えないが、ただ残虐な光を潜ませた眼だけがこちらへ向けられていた。

殺せ、殺せ、という声が嵐のように渦巻いている。

「しかしながら——母が望んでいるのは、人形の中にある『記憶』だ。もしそれを我らに教えるというのなら、殺さないでもいいわけだが……」

文官は腰に下げていた短剣を抜くと、それを手のひらで優しく撫でた。

「どうだろう。死に近づけば、自ずと思い出すだろうか……？」

直後、短剣の刃が、リオの肩に突き立てられる。

刃は布を通り肉をちぎって、背中のほうへ貫通する。

鋭い痛み。

「あっ、ああーっ！」

痛い。痛い、痛い、痛い。痛みで眼の前が一瞬真っ暗になる。

「思い出せたか？」

文官は言いながら、刃を引いた。

肩と背中から血が吹き出て、既にこれ以上ないほど血濡れている服に、ぼたぼたとこぼれる。

痛みで息が浅くなり、リオはその場に倒れ込む。

「リオ・ヨナターン？　記憶は戻ってきたか？　お前が母に言われて、聞き出した『あれ』だ」

短剣を持った文官は踵（かかと）を静かに鳴らしながら、倒れているリオの周りを、ぐるりと歩く。

リオは分からず、はくはくと口だけを動かす。

台座に溢れた血が広がり、頬や髪を濡らしていく。

「死への恐怖が足りないか？　ヘッセン卿にやられたときはかなり危なかったはずだが……まだ、思い出せないようだ」

「これほど強固に忘れるとは」

「もういい、肉を切り裂いて心臓を取り出せ。それがあれば記憶はなくていいはずだ」

男たちが口々に言う。

「だが我々は三年もこのときを待ったのだぞ。しばらくの余興くらい、許されようもの」

一人が言うと、リオは体を蹴飛ばされた。

激痛が体を走る。

「このままいけばどちらにしろ失血死で死ぬが……まだ思い出せないのか？　強情を張るなら、生きているうちに心臓をえぐり取るしかないな」

「そうすればよかろう」

誰かが言った言葉に、オルゾがため息をついた。

「だが心臓に記憶が残っていても、『あれ』を聞き出せないのなら、四つ目の人形が必要になる。『あれ』がすぐに手に入れば、ウルカの狗めを一息に殺せるというのに――」

朦朧としながら見た壁際の人々は、小さな声でぶつぶつと「殺せ」と言い合っている。

（……俺が、聞き出した『あれ』って……なに）

分からない。分からないが文官の足が腹に乗り、ぐっとおされると、リオは血を吐いた。痛すぎてなにがなにやら分からない。

「……敗戦の……」

そのときうわごとのように、なぜかそんな言葉を言っていた。

ひたりと、文官の足の動きが止まる。

「燃える……城塞の中……で、お母さまは……助けに来てはくださらず……」

これは、自分の声だ。だが、なにを話しているのかはよく分からない。

「突然、塔が崩れて……瓦礫の下敷きに。……するとどこからか、見たことのない騎士が」

青いマント。銀の甲冑。

思い出した……瞳は青く、髪は黒かった。美しい騎士。あれは――たしかに王だった。フロシフラン国王、ルスト・フロシフラン。

リオが愛している、ユリヤ。

「助けると言われて……それなら、教えてと言った。……生きるために。その人は教えてくれたけど、でも……俺は辛くて、そうしたら、ウルカの神が――」

眼の前がくらむ。意識が遠のいていき、もう喋れそうにない。するとまた蹴られた。

痛みに、体が跳ねる。意識が一瞬浮上する。こちらを覗きこむ男が、狂気を秘めた瞳で言う。

「続けろ。そこが重要だ。お前が教えてもらった言葉はなんだ?」

「俺が、教えてもらったのは……」

かすれた声で喘いだ。次の瞬間、リオはこれ以外に言葉はないと思って、口にした。

「……教えてもらった言葉は、けっして言わない」

頭巾の下で、男の顔が歪む。剣の切っ先が、左胸に当てられる。

「ならば仕方ない。心臓を抉り出すまで。母の子らよ、眼に焼き付けろ。人形が尊い犠牲となる瞬間を！」

死の恐怖が全身を貫く。

自分がここで死んだら、ユリヤはどうなるのだろう――。

そう思ったとき、祭壇にあった黒い竜の像が揺らめいた。集まっていた人々がどよめいてそちらを見た刹那、激しい爆発音がして像が粉みじんに吹き飛ぶ。

あたりは煙に包まれ、その粉塵の中から黒い影が飛び出てくる。

リオは薄れる意識の中、きらめくような閃光を一筋、見た気がした。気がつけば、リオを殺そうとしていたオルゾは、上半身を切られて落ちていく。

部屋中から地獄のような叫び声が聞こえてきた。

「殺す！　殺す！　殺してやる！」

誰かが唸っている。

「全員殺してやる！　首を刎ね、心臓を抉って、貴様ら全員殺してやる！」

猛り狂い、叫ぶその声に、静かにいなす声が重なる。

「……今はまだ、全てお前の民だ。命までは奪うな」

強い腕がリオを抱き上げた。長衣をまとう、緑の瞳。理知的なその眼を、知っている。

（ユリウス……）

リオは魔術師だと分かり、血を吐いた唇から、わずかに息をこぼす。

粉塵がゆっくりと床に沈み、壁際には、死んでいるのかただ気を失っているのか分からない、黒衣の者たちが倒れて転がっている。

台座の正面に、息を乱して立っているのはユリヤだった。

手にした長剣から血を滴らせ、返り血で見事な王衣を汚している。黒い前髪の下から、よどんだ青い眼をあげて、ユリヤがリオを見た。

「ユリヤ……」

ほとんど声にならない声で、リオは呼びかけていた。

「……ユリヤの大事な、弟の……第二王子の体……ヘッセン卿が、もし、なにかあったら」

ごめんなさいと言おうとした。

「リオ」

ユリヤがリオの言葉を遮る。ユリヤは青ざめていた。ほとんど土気色の顔だった。泣き出しそうに見えるその顔で、ユリヤは言った。

「……弟の体なら先に保護した。案じなくていい」

そう、とリオは言いたかったが、もう言えなかった。

（……そう。大事だもんね。……俺より、先に助けに行くよね――）

今なら死んでも、もうユリヤに迷惑がかからない。だから死んでもいいのだと思って、リオは眼を閉じた。ユリヤが自分の名前を呼んでいる。

——ああ、最期まで役に立てなかった。

役に立ちたかった。……ユリヤの役に立って、褒められたかった。

落ちていく意識の中で、リオはそう思い、すると少し喘えた。

自分は国のためにと言いながら、本当は単に好きな人に認めてほしかっただけなのかと。

そんなふうに感じたからだった。


木漏れ日が床に落ち、鳥のさえずる声がした。

どこからか甘く花の香りが漂っている。

眼を開けると一面ガラスの張られた格子扉の向こうに、美しい小庭が見えていた。

ガラス張りの贅沢な扉はわずかに開き、そこから、心地好い秋風がそよ吹いてくる。

(……ここは冥府かな?)

そう思って身じろぎしたとき、全身に痛みが走った。

「……いたい」

小さな声で呟いた。じわりと涙が眼に滲む。

痛みがあるなら、自分は生きているのだろうか……?

そのとき足音が聞こえ、「リオ！」と叫んで部屋に飛び込んでくる人がいた。

濡れた眼だけを動かして、声のしたほうを見る。ユリヤだった。ユリヤの顔は真っ青で、あきらかに焦燥にかられて飛び込んできたように見える。

（ユリヤ……）

痛みで声も上手く出ない。リオは見知らぬ部屋に寝かされており、服は着ていなかった。上掛けは薄い絹でほとんど重さを感じない。吐く息は熱く、意識もはっきりとしない。体は痛いけれど、感覚はふわふわとしていて、どうやら高熱が出ているようだった。

「起きたのか、痛むか？　……痛むよな、くそ」

ユリヤは訊いた後で、すぐに悔やんだように言い直して息を吐いた。辛そうな顔をしている。リオはぼんやりとユリヤを見ていた。水を飲め、とユリヤが言い、己の口に水を含むと、のしりとリオの上に覆い被さってきた。リオの唇に、ユリヤの唇が触れる。

冷たい水が口に入ってきて、飲み下すと、少し楽になった。

——ユリヤ、俺、生きてたの……。

そう言おうとして、けれど口は動かない。

話したいけれど話せない。伝えたいことは山ほどあるはずなのに、なにひとつ言葉にならなければ、思考もまとまらず、涙の滲んだ眼で、ただ頭上にあるユリヤの顔を見つめていた。

水を飲ませたら、自分の役目は終わったと、ユリヤは出ていってしまうだろうか？

（……行かないで、もう少しいて……）

生きていたけれど、死の恐怖は心臓にこびりついたように離れず、リオは体が小さく痙攣しているのを感じた。震えるたびに、全身がぎしぎしと軋むように痛んでいる。

「リオ、お前が気を失ってから三日が経っている」

リオの上から体を退かすと、ユリヤは静かに、説明する。ユリヤはリオを見ているのが辛そうに、顔を歪めた。

「お前の怪我がひどくて、癒やしの術も施せなかった。『鞘』は多少の病や毒は時間があれば治癒してしまうが、急激に負った己の傷をすぐに癒やすには……内側に他の人間の魔力を入れて、操作しなければ難しい――お前の意識が戻らなかったから、それもできなかった」

そこまで言って、ユリヤはしばらく黙ると、すまない……と、苦しそうに呟いた。

なぜ謝られるのか分からない。話し続けるユリヤの額には、汗が浮かんでいる。なにかに困り、追い詰められているかのように見える。

「ヘッセンのことは……長らく疑っていた。だが魔力は低い。王宮内にある『瞳』と『耳』をかいくぐれはしないだろうと……高をくくって泳がせていた。そのせいでお前を危険なめに……いや、エラドの教団関係者を野放しにしたのも悪かった――中には程度は低いが、魔術師もいたというのに……そもそも使徒の誰にも、そのことを伝えていなかった。伝えていれば……もっと早く対処できたはずだ」

俺の過失だとユリヤは漏らし、頭を垂れるようにしてリオに謝った。

（なにを謝ってるんだろう、ユリヤ……）

リオは使徒なのだから、王のために傷つくのは構わないではないか。

ユリヤが誰にも相談しなかったのが問題だとしても、傷を負ったのがリオだけなら、被害は最小限で敵をあぶり出せたはず。

「みんなは……」

かすれた声を喉から絞り出すと、ユリヤが思いもよらぬほど素早く顔をあげて、リオを見た。声をよく聞こうというように、顔を寄せて近づいてくる。

「ほかの、しとは……ぶじ……？」

アランやフェルナン、ルースやゲオルクは大丈夫だったかが気になっていた。訊くと、ユリヤは一瞬黙り、悲しそうにリオを見つめた。

「無事だ。魔物化したヘッセンには手こずったようだが、怪我はない」

よかった、とリオはホッとした。それからもう一つ訊きたいことがあった。

「おうじ……ゆりやの、だいじな……あのひとも、ぶじ……？」

「……弟は、保護した。……お前は気にしなくていい」

ユリヤは身を乗り出し、なぜか困った顔で言う。

「おれ……あのひとのめを、さまそうとした、けど……」

無理だった、と続けたあとに、ふと思いつく。

「おれがしんだら……あのひと、おきる……？」

以前もユリヤに同じことを訊いて否定されたが、本当はリオが死ねば第二王子は眼を覚ますように思われた。なにより姿が似すぎているし、リオもあの王子も、魔女と深い関係がある。

（俺……魔女のことお母さまって……呼んでた）

だから自分が生まれたことと、第二王子の死が関係するなら、リオの死と、第二王子の蘇生も関係するのではと思った。

けれどそう言うと、ユリヤは愕然とした顔で固まり、リオ……と、呻いた。

「もう二度と言うな。……俺は、弟のためにお前を死なせたりしない」

でも、とリオは思った。

「……ゆりや、が、だいじなのは……あのひと……」

声は途中で途切れた。ユリヤの唇が、重ねられたからだ。分厚い舌が、優しく口内に入ってきて、愛撫するように撫でていく。額と額を合わせて、ユリヤはリオの唇を解放すると、

「抱くぞ」

と、囁いた。

「最初は少し痛むかもしれない。我慢してくれ」

台詞かな、とリオはぼんやりと思った。

間近で見つめ返したユリヤの眼は、切羽詰まっている。上掛けを剝がされ、優しく足を持たれた。秘所に指を当てられると、そこは既にぬかるんでいたらしい。すんなりとユリヤの指を飲み込む。ユリヤは数度ほぐしただけで、「すぐ入れる、まずは怪我を治す」と言う。

後ろにユリヤのものが入ってきたとき、全身が一瞬激痛に襲われてリオは息を詰めたが、二度、三度と揺さぶられるうちに痛みはだんだんとひいていき、気がつくと腹のあたりから温かなものが広がって、ついに痛みは解けて消えていった。

「あ……あ、あう、ん、んっ」

甘い喘ぎ声が出始める。

感覚のなかった手足が動くようになり、リオは無意識に、ユリヤの腰に足を回した。体内に沈んでいるユリヤの杭を、久しぶりに意識した。

王宮にあがってたった一度抱かれたときは、あまりに性急すぎて分からなかった。今のこれもただの治療だが、ユリヤの動きが緩慢なせいか、締めつけるとその形がはっきり分かり、リオは頬が赤く火照り、意味も分からず涙が溢れてくるのを感じた。

「……どうした、まだ痛いか？」

ユリヤが焦ったように、顔を覗き込んでくる。

（……好きな人に抱かれてる）

そう思うと、これがユリヤにとってはただの治療だと分かっていても、胸がいっぱいになって苦しい。

　喜びと悲しみが一緒くたに心を襲い、顔を覆って溢れる涙を隠すと、ユリヤは「リオ……、リオ」と何度も名前を呼んでくれた。

　頭を撫でられ、手のひらに口づけられる。まるであやすような仕草だ。

　ユリヤがこんなふうにするのは、この行為を、リオが嫌がっていると思っているからかもしれない。そうではない。それだけは伝えなければと、涙を拭いながら、違うよ、と言った。痛みがひいて、やっと普通に声が出た。

「違う……、ずっと抱いてほしかったから、嬉しくて……それだけ」

　震える声で言ったあと、ユリヤは一瞬黙った。気分を害したかと、おずおずと顔から手を退ける。とたんに、手首をとられ、寝台に縫い止めるように押さえられて、口づけられた。

　貪るような激しい口づけだった。厚い舌で口の中を蹂躙される。ユリヤの舌は長く、喉の奥まで舐められた。

「ん、んっ、ん、ん……っ」

　苦しささえも甘い快感に変わる。

「リオ、どうしてお前は……こんな俺なんか」

　唇を離して、ユリヤが呻いた。

「冷たくして、突き放して……どれだけひどい言葉を投げても、お前には意味がないのか」

ユリヤの声が、かすれて震えている。

「お前になんの罪も……苦しみも、負わせたくない。……俺は、もうとっくにお前を」

お前を、と喘いで、ユリヤは言葉をしまいこみリオの体を揺すった。

「あ、あ……っ」

全身にびりびりと愉悦が走って、リオは背を反らして震えた。

優しい、触れるだけの口づけが降ってくる。

下唇を舐められ、頬に、瞼に、こめかみにその口づけはいつまでもやまない。

「ユ、ユリヤ……」

恥ずかしくて、くらくらとした。リオが怪我をしたのは自分のせいだと、ユリヤは思っている。だから償いのように、優しくしてくれるのかとすら思う。

「三番目の子。お前は……俺が知ってるどの子とも違う……」

聞き取れないほど微かな声で、ユリヤが囁いた。

大きな手のひらはリオの手首を離すと、愛しむように上半身を撫でていく。傷には布が巻かれていた。その布を、ユリヤに丁寧に剝ぎ取られた。

「痛むか？」

「……ううん」

そっと訊かれて、首を横に振る。肩にあったはずの穴や、背中の傷も、どうやらすべて消えていた。ユリヤはリオの傷があった場所を、そっと撫でる。背に腕を回され、ゆっくりと抱き上げられた。

「あ……、あ、ん」

後ろにユリヤのものを受け入れたまま、姿勢を変えられる。対面したままユリヤの上に座らされると、ユリヤの性器はリオの奥深くまで届き、甘い悦(よろこ)びがぞくぞくと体を駆けていった。

ユリヤが背中を撫でながら、胸の飾りに舌を這(は)わせる。

小さな乳首は刺激されるとすぐにふっくらと膨らみ、リオはそこから下腹部に悦楽を感じて、「あ、あん、あ……っ」と喘ぎながら腰を跳ねさせてしまった。

勃(た)ちあがったリオの性器はユリヤの硬い腹筋に擦(こす)られている。先走りが溢れ、とんとんと奥を突かれるたびに、白濁が小さく飛ぶ。

「あっ、あー……っ」

たまらずユリヤの頭を胸に抱き込むと、音を立てて乳首を吸われた。

リオはのけぞり、内股を震わせながら達していた。中がぎゅうぎゅうと締まって、乳首から口を離したユリヤが、「出る……」と呟いた。

何度か抱かれてきたけれど、ユリヤがこんなに早く達したことはなかった。驚いているうちにも、ユリヤの下肢がぶるりと震え、中に温かなものが広がっていく。

「あ、ああ……ん、あ……」

気持ちいい。ユリヤの精が体内を満たし、全身がふわふわとする。体の中に生きる力が戻ってくる。リオは出したばかりなのに、今度は自分で尻を揺らしながら、中だけで甘く達してしまった。

「んんっ、あ、ん、ああ……、ユリヤ……」

呼んだ後、この名前で呼んだらだめかな、と思ってリオは口をつぐんだ。

自分が愛している人間の名前を、仇のリオから聞くのはいやではないか。

好き、も、気持ちいいも言えないからぐっと我慢していると、涙が溢れてこぼれる。抱いてもらえて嬉しかったけれど、これで終わりか、と思った。

どさりと寝台に押し倒されて、後ろからユリヤのものが出ていく。名残惜しさに、媚肉がうごめき、引き留めようとしている。自分でもそれが分かって、リオは真っ赤になった。けれど治療は終わってしまった。ユリヤは自分の呪いが辛いときでさえ、リオを抱かなかったのだから、もうこれ以上の触れあいは望めない。

奇跡のような一度を、きちんと覚えておこうと思ったとき、優しく抱きしめられて、そのまそっと、体をうつぶせにされていた。

（ユリヤ……傷を、見るのかな）

背中の傷が治っているのか見るのだろうか——と、思っていたら、腰を持ち上げられた。

「ユリ……、あっ、あああんっ」

後孔に太い性器を挿入されて、思わず甲高い声をあげてしまった。尻を高くあげられ、腰を摑まれて前後に揺すられた。奥の奥まで硬い杭が入ってきて、強くうがたれる。

（もう、終わったかと思ってたのに……）

びっくりした。けれど嬉しい。

「リオ……」

ユリヤはリオの名前を呼んだ。そのたび後ろがすぼまり、全身溶けるような愉悦に包まれて、リオは小さな尻を跳ね上げて悦んでしまう。

「あっ、あん、あああああ、あっ」

体に力が入らなくて、頰を絹の敷布に押しつけて喘ぐ。口が開きっぱなしだから、唾液も涙もこぼれてしまう。腰を振るユリヤの体から汗が落ちてきて、背中に伝った。その刺激にさえ、全身がびくびくと波打った。

「リオ、リオ、リオ……リオ」

ユリヤはまるで泣きそうな声で、うわごとのようにリオの名前を呼んでいる。

切羽詰まった声でリオ、と呼ぶだけのユリヤがなぜかかわいそうで、じわじわと涙が浮かんでくる。

「許してくれ、俺は弱い――」

激しく突かれながら性器を握られ、しごかれた。中の感じる場所を硬い先端で押されると、

内腿がわななないて、射精感が高まる。下腹が熱くなり、

「だめ、だめ、ユリヤ……っ」

と叫んだが、聞いてもらえず、耳の裏に口づけられて「リオ」と囁かれたのと同時に、リオは精液ではない、もっと薄くて水のようなものを大量に吹きこぼしていた。

「あっ、あー……っ、いやっ、いや、止まらない、あ、ああ、なに、なにこれ……」

潮だと教えられたが、それがなにかは分からなかった。

経験したことのない快感で、下半身が蕩けていく。

自分で止めようにも、潮は空っぽになるまで止まらず、それが怖くて泣き出すと、ユリヤは可愛いと言われた。空耳じゃないかと疑い、眼を見開いたが、ユリヤはリオの頭に額をこすりつけて、「リオ……お前がどんなに可愛いか、お前は知らないだろうな」と、囁いた。

「可愛いな……」と、独り言のように呟いた。

「お前が可愛くて、俺が……どれほど困っているか、お前は知らない——」

両腕を掴まれ、後孔の中を太い性器で搔き回される。

「あっ、あ、あ……」

眼の前で、ちかちかと星が飛んだ。

ユリヤが短く息を吐いて、数度腰を突き上げると、またリオの腹の中にユリヤの精が溢れてくる。その事実だけでリオは嬉しくて、びくびくと体を反らしながら出さずに達していた。

（嬉しい　嬉しい……嬉しい……ユリヤが、俺を可愛いって）

なにかの間違いだろうと思う。だがそれでも、体は素直に喜んでしまう。

快感の残滓にひくつく体を仰向けにされた。もうさすがに終わりかと思っていたら、またユリヤが入ってきてくれる――。

（ああ、まだ抱いてもらえる……嬉しい）

嬉しくて、リオは泣きじゃくっていた。そうでもしなければ、好きと言ってしまいそうだ。

ユリヤはリオの体を、優しく抱きしめてくれる。

蕩けた秘所は嬉しそうにひくひくと震え、体は柔らかくしなった。抱きしめられ、頭を撫でられながら、口づけられる。甘く、優しく揺さぶられると、めまいがした。愛されているような錯覚すら覚える。

そんなわけがないと知っているから、喜びと悲しみが交互に押し寄せ、情緒はバラバラになってしまう。

（ユリヤ……好き、好き……好きだよ）

言葉にしてはいけないと分かっているから、ぎゅっと奥歯を噛みしめた。

「……リオ、もう泣くな。お前が泣いていると、俺は本当は、とても苦しい……」

ユリヤは悲しそうに言う。リオは嘘だろうと思って、首を横に振った。ユリヤが、自分が泣いたくらいで困惑するとは思えない。

大きな手がリオの頬を包み、ユリヤの額が額に当たる。青い瞳を見つめたとき、ふと、思い出した。

オルゾに痛めつけられたときに、返ってきた記憶があった。閉じ込められていた塔が崩れ、瓦礫の下で死にかけていたとき――リオは、ユリヤに……ルストに助けられたはず。

覚えているのはそのことだけだが、甲冑を身につけたユリヤが駆け寄ってきてくれたとき、母ですら愛してくれなかった自分のことを、たった一人見つけてくれた人がいたと、リオは救われた気持ちがした。

(俺は三年前のあのときから……ユリヤが好き……好きだったんだ)

新たな涙が眼に盛り上がる。

「……俺、魔女に作られたんだね。……それで、魔女はユリヤの大事な弟から、心臓を奪って、俺に与えたんだ」

だからリオは生まれてきて、かわりにユリヤの弟、第二王子のユリヤが死んだ。

心臓には魂が宿っている。

リオの命と、第二王子の命の源は、たぶん同じ。だが肉体は違う。経験も違う。

二人は似ているが、違う人間だ。

ユリヤがかつて愛した弟と、自分は別物なのだ。

抱かれながらその真実が、つながっていく。

時折断片的に見ていた、第二王子の記憶は、リオが与えられた心臓、つまり魂が、命の源が覚えているものだ。リオ自身の記憶とは、たぶん違う。

魔女とは、土人形を作るもの。

以前選定の館にいたとき、そんな記載を読んだことがある。

土人形は、作られた人間もどき。

きっと自分は土人形で、第二王子もそうなのだ。

（人間じゃない……作られた器なんだ）

普通なら考えられないことだが、魔女の膨大な魔力と、人形のようだった第二王子の体のこと、わずかに残るリオの記憶を組み合わせれば、そういうことだとしか思えない。

「俺の心臓の中に、なにか大事な記憶が残ってる。だから魔女は……それを狙ってるんだね」

「リオ」

ユリヤが険しい顔をし、言葉を制そうとする。けれどリオは構わず続けた。溢れた涙がこぼれて、こめかみを伝う。

「俺の心臓を抉り出して……ユリヤ。俺を殺して構わない……。あなたが生きるために役立てて。それで、ユリヤの大事な弟に、心臓を戻してあげて……」

そうでなければ、生きている意味がないと思った。

せめてユリヤを生かすために、生まれたと思いたい。

魔女の手に落ちて利用され、ユリヤを苦しめるくらいなら、ユリヤに殺されたほうがいい。大事な、好きな人を、今度こそ生かしたい。セスのようにむごい死を、ユリヤには味わわせたくない。

けれどユリヤは顎を震わせ、怒った顔をしている。

「俺はお前を、死なせるつもりはない」

低く唸るように言うと、ユリヤはリオの足を乱暴に持ち上げた。

「……っ、あっ」

深いところまで性器が差し込まれ、リオは震えた。

「二度と死なせない……、そう誓った。なのにお前はまた、俺だけを……っ！」

激しく腰を突き入れられて、リオはがくがくと震えた。乱暴な突き上げに、けれど体は快感だけを拾う。

「あっ、ああっ、うあっ、あっあっ、あっだめ、あっ、あー……っ」

突かれるたびに何度も達して、強すぎる愉悦に脳まで溶けていく。

全身が波打ち、もうこれ以上できないと思うのに、ユリヤの動きは止まらず、リオは連続して襲ってくる絶頂に理性も、意識も飛ばした。

「リオ……、リオ、リオ」

壊れたように喘ぎ続け、朦朧とする意識の中でリオはユリヤの声を聞いていた。途中からユリヤの声はしゃがれ、やがて口づけられると、それは涙の味がした。

「お前が死ぬことが、この世のなにより恐ろしい。……リオ、俺は、お前を生かすためにここへ呼んだ……もう二度と、誰にもお前を殺させない……」

俺はもうとっくに、王じゃないんだと、ユリヤが言った気がした。

——あのとき、お前を選んだ。国を捨ててお前を選んだときに、俺は王じゃなくなった——。

ユリヤが三度め、リオの中で精を出す。

抱かれて嬉しい。なのに同じくらい悲しかった。

ユリヤがリオを生かそうとしてくれているのは、愛した第一王子への、悔恨のせいだろうか？

分からないが、この行為が義務ではなく、治療でもなく、魔女や第一王子や、失われた記憶や、そんなものすべてと関係のない行為だったらいいのにとリオは思った。

ただの辺境の子ども、リオと、たまたま出会ったルストという青年の、愛し合う行為だったらどんなにか嬉しいだろう——。

それは幻想にすぎない。

けれどそうだったらよかったなと、リオは頭の隅で思ったのだった。

どのくらい長い間、リオはユリヤと抱き合っていたか分からない。

眼が覚めたとき明るかった部屋は、終わるころにはすっかり日が暮れていた。

「……さすがになにか食べたほうがいい。腹には入れられそうか？」

リオも裸だったが、ユリヤも一糸まとわぬ姿だった。

まだ悦楽を引きずって震えながらも、リオは喉の渇きと空腹を覚えていた。

頷いて起き上がると、下腹はユリヤの出したものでうっすらと膨れていて、とたんに頬が熱くなった。

自分からも何度も足を絡めたし、ほしがったことをかすかに覚えている。

もしかしたらはしたなかっただろうかと、今さらのように思う。

（……男娼みたいに見えていたかも）

ユリヤが薄手のガウンを持ってきてくれたので、慌てて着る。ユリヤも同じようなガウンを着て、食事と湯を用意させる、と言い置いて隣室に消えた。

敷布がぐちゃぐちゃになった寝台をそっと下りると、股の間をぬるりとユリヤの精が伝う。それにも顔を赤らめながら、ようやく今になって、リオは室内を見渡した。

そこは広い寝室で、リオが与えられている使徒の部屋よりも開放的な空間だった。庭に面した壁は一面、高価なガラス扉だ。そっと小庭を覗いてみると、三方を高い壁に区切られており、誰も入ってこられないようになっていた。

秋だというのに庭には花が満開で、甘い香りに満ちている。高い壁をつたう蔓にも、花がいくつも房をつけていた。

（王宮内にこんな場所あったんだ……）

ぼんやりと考えていると、リオ、と呼ばれた。振り向くと、隣室への扉が開いており、ユリヤが手招いているのが見えた。

ユリヤがまだ自分といてくれることが、奇跡に思える。

さっきまで散々抱き合っていたのに急に恥ずかしくなって、どぎまぎしながら隣室へ行くと、そこは寝室と同じくらいの広さの居間だった。

暖炉に薪が燃え、テーブルに温かな夕食が並んでいた。奥には大きな足つきの盥があり、湯が張られている。

「先に体を洗おう。すぐ終わる」

手を引かれるままおとなしくしていると、ガウンを脱がされて心臓がドキドキと跳ねた。盥は大きく、ユリヤは自分もガウンを脱ぎ捨てて、リオを中へ座らせた。すぐにユリヤも入ってくる。

「こんな大きい盥があるんだね」

緊張で声が上擦ってしまう。抱き寄せられ、一緒に湯につかる形だ。ユリヤは盥の中で、優しくリオの体を洗ってくれた。性的な触り方ではないのに、妙に意識して、感じそうになる。

「これは風呂だ。盥というか、浴槽だな。……よほどの金持ちでなければ使わないが」

「……ユリヤはよほどの金持ちだよね」

「だから使っている」

言い方が面白かったので、少し笑ってしまった。

笑えたことに、安堵した。

（よかった……普通にできそう）

恋心をバレないように振る舞えそうだと、リオはほっとしたのだ。

湯からあがると、柔らかな布で体を拭かれた。自分でやると言ったが、ユリヤは「疲れてるだろう」と譲らなかった。

やがてもう一度、今度は毛織りのガウンを着せられて、わざわざ抱き上げられて、食事の椅子に座らせてもらった。どうしてこんなに優しくされるのか、分からない。リオは戸惑い、ずっとドキドキしながら、これは一夜の夢だと自分に必死に言い聞かせていた。

食事はパンと乳のスープ、挽肉を焼いたものと、茹でた野菜だった。どれも美味しく、なにも入っていなかった胃に入れると、ホッとした。

向かいにはユリヤが座り、一緒に食事をとっている。食具を操る優美な手つきを見て、リオはふと、「初めてだね」と言っていた。

なにが、というようにユリヤがリオを見る。

「食事を一緒にとるの、初めて……、なんか、嬉しいな」

言いながら照れて、顔が熱くなったけれど、それでも嬉しかったのだから仕方がない。ユリヤは少し驚いた顔をし、「そうだったかもな……」と呟いた。

「ユリウスとはね、旅のときに火を囲んで……森のきのこや野草を食べた」

楽しかったよ、と話すと、ユリヤは黙っているだけでなにも言わない。

「……ユリウスは一度も俺に火の番をさせなくて、優しかった。俺ずっと、国境の町では、野良犬（シーバス）って呼ばれて……大人に嫌われてたから、それが嬉しくて」

なんとはなしに話しながら、遠いその記憶が蘇ってくる。

セヴェルの町で暮らしていた日々、生きていたセス。ユリウスとの旅――わずか二巡月前のことなのに、もう何年も昔のことのように思える。

「……ユリウスへの気持ちは、ユリヤが言ったように、恋じゃなかったかもしれない。……恋ってもっと、苦しいものなんだよね」

ユリウスのことは今も慕わしい。会って話して、自由にそばにいられたらと思うけれど、ユリヤへの気持ちとは比較にならなかった。ユリヤへの想（おも）いは、熱く、痛く、胸を焦がす。苦しくて苦しくて、投げ出してしまいたいほど重たいものだ。

ユリヤはやっぱりなにも言わずに、静かに食事を進めていた。リオも口をつぐんだ。沈黙すると、庭で鳴くフクロウの声がした。

「……訊いてみたかったんだが」

いや、一度は訊いたと思うが、と、ユリヤはそのときふと言った。リオは顔をあげる。ユリヤは皿に眼を向けたまま、セヴェルにいたころ、と続けた。

「……お前は、幸せだったのか？」

同じことをユリウスにも訊かれたと、リオは思い出した。たった三年、自分の生きた記憶。寺院の片隅で、必死に紡いでいた日々。

けれど振り返るとその思い出はどれも優しく、リオは以前と同じように答えた。

「幸せだったよ。……生まれてよかったと思ってた」

「……そうか」

ユリヤはリオの答えに、そうか、ともう一度独りごち、なら、いいんだ、と呟いた。

（生まれてよかったと思ってた。……でももしかしたら、生まれちゃいけなかったのかもしれない）

自分でも、自分が魔女に作られたと思うのは難しかった。リオには心があり、痛みを感じる体がある。

この体や心を、誰かが作ったと思うのは信じがたい。ごく普通に生まれてきた、ただの人間だと思って生きてきたのだ。

ユリヤはもう喋らず、食事が終わると、暖炉の上に置いてあった茶器に、わざわざお茶を淹れてくれた。

「ユリヤ、俺がやるよ」

王にもてなされては困ると慌てて、リオは立ち上がったが、ユリヤは「いいから、こっちへ来い」と言うだけだった。リオは暖炉の前の毛織りの敷物に座らされた。ユリヤは茶器を持って自分も隣に座った。

温かな火に照らされながら、二人並んでお茶を飲むなんて、ほんの少し前まではとても信じられなかったが、今リオはユリヤとそうしていた。

「……事後処理は、お前が寝ている間にほとんど終わった。ヘッセンが死に、エラドの教団関係者もほとんどが死んだ……生き延びた者は地下牢(ちかろう)に入れてある。王宮内から何人かの騎士と高官が失踪したから、彼らは魔女側だろう。だがそれも、フェルナンが足跡をたどっている。魔女の襲撃はあれ以来はない。使徒たちはみなお前を案じていた——」

淡々としたユリヤの説明を、リオは頭の中で整理した。

王国を魔女が襲っていたのは、それを手引きする教団の存在があったからなのだろう。ユリヤは薄々それを勘づいていて、敵をあぶり出すために、あえて放置していたに違いない。

「……そう。丸くおさまったなら、よかった」

そうは言ったが、これからも魔女はなにか仕掛けてくるだろう。狙いはリオの心臓なのだ。リオが王宮にいる限り、攻撃は続くことになる。

（俺が記憶を完全に取り戻したら……なにもかも解決するのかもしれない）

あるいは、自分が死ねば終わるのかもしれない。

（……自ら命を絶ったほうがいいのかな）

そう思う。

心臓が魔女側に渡らなければいいのだ。

それか、魔女側の教団が思い出せと迫っていた『あれ』をリオが思い出して、ユリヤに渡せれば。

だが殺されかけた記憶が蘇ってくると、それは狂おしいほどの恐ろしさだった。

（今考えても答えが出ない。……眠って、落ち着いて……フェルナンに相談したほうがいいかもしれない）

今は考えないようにお茶を飲み、思考を追いやる。

エミルはどうしているだろう、きっと心配させていると、そんなことを考える。

「……そういえば、アランには、俺の魔力で俺の傷、癒やせたんだね」

なにげなく呟くと、隣に座っているユリヤが首を傾げた。

「どういう意味だ？」

「ヘッセン卿に背中を斬られて死にかけたとき、アランが俺の中に入って……俺の魔力を引き出して、治してくれたの。そのときアランが、魔力操作の能力が高い自分じゃなければできないって言ってて……」

　でも今日、ユリヤがしてくれたのも、同じことだよね？　とリオは訊いた。

「二人とも魔力を操る力が高いの？　それとも、俺は『王の鞘』だからユリヤは特別なのかな……」

　雑談だったのに、ユリヤはなぜか固まって、リオを凝視している。リオは首を傾げた。

「……どうしたの、ユリヤ……」

　突然、ユリヤが持っていた茶器をがちゃん、と音たてて床に置いた。中に入っていた茶がこぼれ、床にしみを作る。

「アランが……入ったとは、どういう意味だ……？」

　ユリヤの額が汗ばんでいて、リオは驚いた。しばらくして、情交したのかと疑われていると気づく。

「あ……抱かれたわけじゃないよ。口づけで、呼吸を中に……」

「口づけ……？　アランに、口づけられたのか？」

　ぐっと距離を詰められる。リオはびっくりしながら「そうだけど、でも」と喘いだ。

「あれは治療のためで……アランの魔力が入ってくると、体の中を触られてる感じで……」

「指を入れたのか？　お前の体に？」

　ユリヤが切羽詰まった声を出したので、リオは呆気にとられて口をつぐんだ。勘違いでないのなら、ユリヤは見るからに狼狽(ろうばい)していた。青ざめていた顔は赤くなり、ユリヤは額に手を当ててうなだれた。

「くそ、あいつ……」

そんなに気になることだろうか？　リオは不思議だった。

「……ユリヤが気にすると思わなかった。俺には誰と寝てもいいって前……言ってたし」

どうでもいいのかと思ってた、と呟くと、顔をあげたユリヤが怖い表情をしていた。あんなふうに言ったのは、とユリヤはこぼしたが、すぐに言葉をおさめてしまう。

「……いや、悪いのは俺だな。……俺はお前が、俺を好いて苦しまないように――」

ユリヤは口をつぐみ、じっと床を見つめてなにやら考えこんでいる。リオは緊張し、心臓がドキドキと震えた。

（……ユリヤには、俺がユリヤを好きなこと、もう知られているのかも）

そう思った。なにか話題を変えたくて、リオは必死になって言葉を探した。

「記憶を……全部思い出せたらユリヤの役に立つ？」

なにかあるんだよね、とリオは言った。ユリヤがハッとしたように、リオを振り返る。

「ユリウスが俺を……セヴェルからここへ連れてきたのは偶然じゃないよね。……ユリヤは、俺に記憶を戻してほしいって思ってた？」

「……」

ユリヤは眼をすがめ、やがて「いや」と呟いた。

「ユリウスがお前の頭に鍵をかけていただろう。アランがはずしてしまったがな。あれは俺がユリウスに命じてやらせた」

リオはドキリとして、ユリヤを見つめた。

「また鍵をかけても、たぶんアランがすぐはずす。そう思ったからもうかけさせなかったがな。何度も頭の中を弄られるのは――さすがに、お前が不憫だと思って……」

ユリヤは目許を手で覆うと、はあ……と怠そうに息をついた。

「俺は時期がきたら、お前に思い出してもらえばいいと思っている。今はまだ、そのときじゃない。お前にはやるべきことがいくらでもある」

「……それって、俺に勉強させてることと、関係ある？」

他に思いつかないで訊くと、ユリヤは沈黙した。つまり、そうだということだろう。

（ユリウスとの旅も……もしかして、学びの機会だった？）

王国の様々な村や街を見る、勉強だったのでは。だが、だとしてもその先のユリヤの目的はなんだろうと思う。

「記憶のことは置いておけ。……俺がお前を抱いたら、お前が安心して……そんなふうに考えなくなるなら……これからはお前を抱くから」

ぽつりと言われて、リオは眼を瞠った。

（俺を抱くの？　……仕事をさせてくれるって意味？）

たしかにリオが記憶を取り戻そうとしていたのは、ユリヤのためだ。ユリヤの呪いを解くためというのもかなりある。抱いてくれるなら、それほど差し迫った気持ちにはならないだろうが――。

「……でも、ユリヤは、いやだったんじゃ」

「今さらか？　……それはもういい。俺が意地を張って、お前を危険にさらしていたのでは意味がない……」

ユリヤは独り言のように呟いた。それから立ち上がると、頭を冷やしてくる、と言って、寝室のほうへ消えてしまった。

いくらか待っても戻ってこず、リオは心配になってあとを追った。ユリヤは庭に続くガラス扉を開けて、半分体を外に出してたたずんでいる。

いつの間にか空には月がのぼり、その光がユリヤの横顔を照らしていた。

後ろから遠慮がちに近づくと、ユリヤの顔は憂いに満ち、なにか悩んでいるように苦しそうだった。

声をかけていいのかも分からず、視線を滑らせれば、西の方角にウルカの神の光が見えた。

「神様、今日もいらっしゃるね」

そっと言うと、ユリヤが振り向いた。振り向いたユリヤは眼を細め、腕を伸ばしてリオの頬い手を触れる。ドキリとして身じろぐと、腕を引かれて広い胸に抱かれていた。

心臓が、大きく鼓動する。ユリヤのこんな甘やかな態度は、おそらく今夜だけだと思いながらも——嬉しくて、気持ちがふわふわと舞い上がる気がした。

「……もし俺が」

そのとき囁くような声でユリヤが言い、リオは顔をあげた。

西に輝くウルカの神の光をじっと凝視してから、ユリヤはリオを、見下ろした。

青い瞳が一瞬、緑色になったように見えた。まるで、ユリウスの瞳そっくりに。

だがまばたきすると、その色はあっという間に消えている。

「……もし俺が死んだら、リオ。誰かを愛して幸せになれ」

なにを言われているのか分からず、リオは固まった。言われたことを、頭の中で反芻する。

「だが俺が死ぬまでは……お前は、俺の『鞘』だ」

（どうしてそんなこと言うの？）

リオはユリヤ以外と情を交わしたいとは思わない。

それなのになぜユリヤは、自分が死んだらなどと、恐ろしいことを言うのだろう。魔女の呪いが解けていないから？　だがそれだけではない気がした。

「正しき王がフロシフランを統べる限り、尽きぬと言われる神の明かり……フロシフランの国民すべてが知ってることだよ。……ユリヤ、簡単に死ぬなんて言わないで」

思わず言った言葉に、ユリヤは返事をしなかった。ただ黙り込み、リオの瞳を見つめたあと、はるか西の神の光へと、うつろに視線を投げただけだった。

その眼差しにふと不安になり——リオは思った。

(やっぱり記憶を、取り戻さなきゃ)

そうしてそれを正しい場所に戻すのだ。

おそらくはリオが間違って、ユリヤから受け取ったもの。もしもきちんと戻せたら、歴史は正しい時を刻むはず。

なぜかそんな気がした。

十三　記憶

王都一面に、美しい光の雨が降り注いでいる——。

リオはそれを、自分でなしたこととは信じられずに見つめていた。

意識を取り戻したリオは四日の間、目覚めた部屋に閉じ込められていた。

ユリヤに抱かれた翌日にはエミルが部屋にやって来て、身の回りの世話をしてくれたが、エミル以外で部屋に来るのはユリヤだけだった。

「ここねえ、代々、国王から寵愛（ちょうあい）を受けた寵姫が与えられてた部屋だよ。すごく奥にあって、普通の人は近づけないの。お妃様（きさき）がもらうこともあれば、『鞘（さや）』がもらうこともあったみたいだけど、このお部屋に入れてもらえるなんてリオは愛されてるねえ」

と、エミルは弾んだ声で教えてくれたが、リオはたぶんそういうことではない、と自覚があった。

聞けば部屋の位置はユリヤの私室の隣。おそらく、ユリヤは安全のためにリオをここへ連れてきたのだ。

とはいえ四日も閉じ込められていると、

（いつになったら出られるんだろう……）

リオはだんだんと不安になっていた。

だが四日目の夕方、ついにユリヤがリオを部屋の外へ連れ出してくれた。

そうして連れて行かれたのは、王宮内にある最も高い塔の上だった。

塔からは王都が一望できる。丘の頂に建っていて、かなり頑健な造りだ。意外にも広く、大人が十数人立つだけの広さがある。

そこに、アランをはじめとする使徒全員と、宰相のベトジフとラダエ、新しく騎士団長に選ばれたという男と、大主教、貴族議会の議長などが集まっていた。

（ユリウスはいないんだ……あ、レンドルフはいる……）

リオは魔術師(コゼニク)を探したが、姿を現す気配はなかった。

「リオ、お前の体に使徒全員の魔力を集める。ウルカの神の力だ。それを以前のように、王都全体に放出してくれ」

塔の上でユリヤにそう言われて、リオは驚いた。

浄化の雨を王都中に降らすことができれば、魔女の使い魔だろう小さな蜘蛛(くも)を始末できるという話だった。

やり方はよく分からないが、無理だと言うわけにはいかない。これは自分の仕事なのだ。六人の使徒がリオの体に触れて、リオは待った。やがて温かな波動を感じ、ただ一心にそれを頭上に集めるよう考えた。

気がつけば、以前街中でそうしたのと同じように、リオは巨大な光の玉を頭上に出現させ、それを雨に変えていた。光の雨は長らく降り注ぎ、やむころには西の山際に日が沈み、あたりは暗くなっていった。塔には魔法の明かりがつく。

「リオ、お疲れ様」

最初に声をかけてくれたのはルースだった。

「……大丈夫だった？　ずっと寝込んでいたって聞いて……すごく心配してたんだよ」

優しい言葉に、リオも自然と笑みがこぼれる。今はもう元気だよ、と言うと、いつもならそこで冗談まじりに話を切り上げるルースが、ふと暗い眼をした。

「でもきみは本当に死にかけた。ごめん。僕がもっとよく周りを見ていれば……きみを守れなかったね」

普段、追い詰められた状況でも常に冷静で、柔らかな軽口を忘れないルースが、こんなにも真面目に、心底から落ち込んだ様子を見せるのは珍しかった。リオは驚いたけれど、ルースが心底気にかけてくれていたのだと分かり、それは嬉（うれ）しかった。

「……ルース、ありがとう。でもあのとき、魔法の力で手をひかれて……俺が抗えなかったのが一番悪かったんだから、気に病まないで」

ルースの声で呼びかけたのは、あとでユリヤに聞いたところによると、異教徒の中の魔術師が声を寄せたのだろうということだった。直前に、ルースがリオを連れていくと挙手していたので、ルースが選ばれたのだろうとも。

「お前が謝ったら俺の立つ瀬がない。『見る』のは俺の仕事だ」

ルースの後ろからはフェルナンがやって来て、リオの顔からつま先までをじっと見つめ、

「怪我が残らなくてよかった」と、独り言のように囁いた。

「……力が及ばずすまなかった」

謝罪されて、リオは困惑した。

「ううん。俺こそ……みんなに怪我がなくてよかった」

もし誰か一人でも使徒が欠ければ、セスを失ったときのように悲しみは深かっただろう。全員が無事でよかったと、リオは心から思っていた。

(……俺、いつの間にかみんなのこと……仲間だって思ってるんだ)

生まれも育ちも違う貴族を、リオは友人のように感じている自分を知った。自覚すると、心の中には強く親しみが湧いてくる。そう思える相手がいることが、嬉しかった。

「謝りあいっこしてもしょうがねえだろ。リオ、魔女狩りが落ち着いたら、もう一度一から俺

た剣を教えてやる。自分の身は、自分で守れるようになれ。お前は根性があるから、それくらいできるようになる」

ゲオルクがかけてくれる励ましも、リオには嬉しかった。ルースは唇を尖らせて「リオは今のままが可愛いからいいじゃない、ゲオルクみたいな熊になったら嫌だな」などと冗談を言い、ゲオルクがそれにまともに反応して言い合いを始める。しかし二人は騎士団長に呼ばれてその場を去った。フェルナンは大主教のもとへ行き、ユリヤは宰相二人と話をしている。残されたリオは、塔の入り口で待っているはずのエミルを探そうと振り向いて、ふと、そこに立つアランと眼が合った。

「……アラン」

会うのは、ヘッセンから助けてもらったとき以来だ。

アランはふて腐れたような顔でその場に立っていたが、ややあって「一番」と、口を開いた。

「責められるべきは俺だ。……あのとき、第二王子の……ユリヤの体の保護より、お嬢ちゃんを……俺が自分で守ればよかった」

「……」

エラドの教団関係者が魔法を使って呼び寄せる直前、リオはアランの腕の中にいた。だがアランは、第二王子の体を避難させるために離れた。リオはあれを、正しい判断だったと思っている。

「……アランは正しいことをしたよ。あの体は、ユリヤに……陛下にとって大切なものだった。ヘッセン卿は、俺の心臓を奪ったらあれを壊すって言ってたもの」

アランはむっつりと押し黙っている。リオはそれに、と続けた。

「おかげで誰が裏切り者か分かったし。アランは間違ってない」

「——なぜ俺を責めない？」

そのとき、顔を歪ませて、アランが絞り出すような声で言った。

「なぜ……？　俺はお前に毒薬を飲ませたりもしたろ。それ以外にも、十分ひどいことをしてきた——普通なら憎むだろ？」

アランの声は、激情を押し隠すようにほんの少し震えていた。

「……いつも最後には、アランは助けてくれるから……俺は、アランを疑ったこと、ないよ」

少し考えてから、リオは返した。それは本音だ。

初めて会ったときからいやな思いをさせられてばかりなのに、どうしてかアランのことが憎めない。一つはアランの治めている領地が理想的な場所に見えたせいだが、もう一つは、アランが最後には自分を助けてくれると、どうしてか信じているせいもある。

「……まだ全部思い出したわけじゃないけど」

と、リオは前置きし、アランの隣に立った。

二人並んで塔の縁に身を寄せると、王都の窓の明かりが眼下に広がっている。広い運河を、夜行船の明かりが金色を帯びて滑っていく。

「少しずつ記憶が戻ってきてる。一番肝心なことは思い出せないから、アランに言えることはなにもないけど……ただ、俺が生まれてきたせいで、アランは……苦しんでるんだよね」

　他の誰にも聞こえないよう小さな声で言うと、アランは黙り込んでいた。

「だけどアランは、俺を船に乗せてくれて……俺を野良犬(シーバス)だって罵(ののし)って蹴らなかった」

　お茶も淹(い)れてくれたし、焼き菓子も出してくれたと言うと、アランは「そんなの、大したことじゃないだろ」と言ったきり、不機嫌そうに眉根を寄せてしまった。リオの言葉を冗談だと受け取ったのかもしれない。

「……もしまたいつか機会があるなら、アランの船に乗りたいな。アランの街にも行きたい」

　そんな機会は二度と訪れない気がしたが、リオはそう呟(つぶや)いた。

　あの美しい街、幸せそうな人々のことをもっとよく知りたかったし、大きな船の旅も、どうせならしっかりと楽しんでおけばよかったと思った。

　隣にいたアランはそのとき小さく囁いた。

「俺がヘッセンにそそのかされて、お嬢ちゃんを殺すふりをしたとき……お嬢ちゃんは俺に……、苦しませてごめんね……って」

　——なんで謝るんだ。

　と、アランは続けたが、それ以上もうなにも言えなくなったようにうつむいた。

美貌の領主は、悔しげに唇を噛みしめている。その頬に光るものが一粒、こぼれているのを見た気がして、リオは一歩近づいた。しかしそのとたんに、アランはアカトビになって空に飛び立ってしまった。

その姿を追いかけて空を見上げていると、腕をとられた。見ると、厳しい顔をしたユリヤだった。

「アランとなにを話してた？」

低い声で訊かれて、リオは戸惑った。

「……助けられなくて悪かったって、謝ってくれただけ」

当たり障りのないところを選んで話すと、ユリヤは疑うようにリオをじろりと見下ろした。

ふん、と息をつきユリヤは声を張り上げる。

「エミル！　ゲオルク！　リオを部屋まで送っていけ！」

呼ばれた二人はすぐさま駆けつけてくる。ようやく、ユリヤはリオの腕を放してくれた。

ルースが振り向いて、「陛下、僕もお供しますが」と言うと、ユリヤは顔をしかめ、

「お前は駄目だ」

と一刀両断した。「ゲオルクはいいんですかあ」とルースが不満の声をあげたが、ユリヤはそれを無視し、ゲオルクも「くだらねえ。行くぞ」とリオとエミルを急かした。

「お前こんなとこに匿(かくま)われてたのかよ。どうりで見つからないわけだぜ」

リオを送ってくれたゲオルクが、なかば感心し、なかば呆(あき)れた様子でそう呟いた。

王の私室に通じる廊下は、厳重な警備が敷かれていて簡単には通れないようになっている。

リオは明日から朝議や午前の政務に復帰することになっていた。

ただ座学や鍛錬は、しばらくの間休み、今いる部屋に引きこもるよう言い渡されている。ユリヤが言うには、どこに魔女の手先が潜んでいるか分からないかららしい。

「過保護っつうかなんつうか……まあ、何度も死にかけたお前見たら、気持ちは分かるけどよ」

「愛されてるよね、リオは」

南棟の通路を行きながら、ゲオルクは呆れまじりだったが、エミルはどこか嬉しそうだ。

(本当は魔女の狙(ねら)いが俺の心臓だから——って、話したいけど、ユリヤから伝えるべきなんだろうな)

ユリヤがどこまで、リオのことを使徒のみんなに伝えているかは分からなかった。ゲオルクは第二王子の体を見てどう思ったのか、そのことには触れない。おそらく、ユリヤかユリウスが、上手(うま)く言いくるめてあるのだろうし、今のリオの姿と第一王子の姿がそっくりなことにも、誰も気がついていない様子だった。

「そういや今日の集まりに、ユリウス・ヨナターンはいなかったな」

そのとき、思い出したようにゲオルクが言った。このごろ姿を見ないよね、とエミルも言う。

「朝議にも出てこないしな。まあ魔術師なんて、単独で動くことも多いんだろうけどよ」

「……俺が死にかけてたときは、ユリヤと一緒に助けに来てくれたよ」

思い出してリオは言ったが、あのときも一瞬だったし、記憶が曖昧なので、ユリウスがあのあとどうしたのかは覚えていなかった。

(王宮にあがったのに、二人きりで、きちんと話していない……もう、話せることもないのかもしれない)

リオはそんなふうに思っていた。

黙っていると、ゲオルクがリオの顔を覗き込んでくる。

「リオ。お前なんか雰囲気変わったな。どうかしたか?」

死にかけたからか?

と訊かれて、リオはびっくりした。ゲオルクの金色の眼には、心配そうな色が映っている。大きな口の中に小さな八重歯が覗いているのも相まって、ゲオルクが大きな犬のようで、リオはかわいいなと感じた。いくつも年上の相手にこんなふうに思うなんて、間違っているのかもしれないが、そう思う。

(……俺、もしも記憶が蘇ったら、もうみんなと一緒にはいられないかも——)

リオは意識を取り戻してから四日間、ずっとそのことを考えていた。記憶を取り戻すこと。戻したら、死んでも構わないということを。

だから心は悲しみと淋しさに満ちているが、もう以前のような迷いや惑いはほとんどなくなっていた。

そのせいで、雰囲気が違って見えるのかもしれないとリオは思った。

けれどそれを、ゲオルクやエミルに言うつもりはなかった。

「冥府の淵を見たもの。ちょっとは大人になったんだよ」

だから笑ってそう言うと「その話今度詳しくしろよ」とゲオルクは面白がってくれた。素直な反応がなおのことかわいく見えて、リオはくすくすと笑った。

ゲオルクがリオを送り届けたあと廊下を立ち去り、食事と湯浴みが終わるとエミルも退室した。エミルは一つ下の小部屋を与えられている。

おやすみリオ、と言われて、おやすみエミル、と返す。

リオはこの四日間、また明日、とは言わなくなっていた。

また明日があるのかどうか分からない。心のどこかでそう思うようになっていた。

大聖堂が九の時を知らせる鐘を打つ。

寝支度を終えたリオは窓辺に燭台を灯すと、長椅子に座り、ぼんやりと窓の外を眺めていた。

そのうちに部屋の扉が開き、蠟燭の火がわずかに揺れて、仕事を終えたユリヤが入ってきた。

この四日で変わったことがもう一つある。それはリオの眠る部屋に、ユリヤが夜やって来るようになり、朝まで一緒に過ごすようになったことだ。

そうしてユリヤはリオ以上に、以前とはっきり変わったところがあった。

「市中を見て回ってきた。おそらく浄化は完全に行き届いているはずだ。魔女の気配はどこにもなかったからな……」

そんなことを言いながら、ユリヤが手袋をはずし、リオのほうへ近づいてくる。

肩のマントをはずすのを手伝おうと、座っていた長椅子からリオが立ち上がりかけたとき、ユリヤはそれ以上の衣服を解かずにどさりとリオの上にのしかかってきた。

「……疲れた」

長椅子に押し倒され、抱かれるような姿勢になって、リオはドキドキした。体も顔も、簡単に熱くなっていく。

ユリヤは以前までずっとリオを拒んでいたことが嘘のように、この四日、リオの体に触れてくるようになった。

それがどういう心境の変化なのかは分かっている。ユリヤはリオに仕事をさせてくれているのだ。そうすれば、リオが記憶を取り戻そうと無理をしないと考えているのだろう。

なぜか分からないが、ユリヤはリオを生かし、多くの学びを得る機会を与えたがっている。記憶を取り戻すのは、そのずっとあとでいいと考えている様子だった。

（……どんな理由でも、俺は触れてもらえて嬉しいけど）

リオは愛情をこめて、ユリヤの黒髪を優しく撫でた。

リオの薄い胸に頬を押し当ててぐったりとしているユリヤの姿は、大きな猫のようにも見える。

「お疲れ様……お湯に入る？」

そっと問うと、ユリヤは大きな手をリオの背に回し、愛撫しはじめる。リオの着ている薄手のガウンに鼻を埋め、匂いを嗅いで、「お前は済ませたんだな……」と囁いた。その手はリオの臀部に回る。尻の狭間を撫でられて、リオは真っ赤になってびくりと震えた。

「……入れたい。いいか？」

低い声で問われる。好きな人から――それも、他に相手などごまんといるだろう人から求められて、嫌だと言えるわけがなかった。

請われた瞬間からリオの体は甘いものに満たされ、後ろが濡れる。

『鞘』の体は王を受け入れるためのものだ。求められれば、リオの意志とは関係なく、勝手に緩んでしまう。リオはユリヤの胸を押して少し自分から離し、長椅子の肘掛けに手をついて後ろを向くと、ユリヤのほうへ尻を向けた。

「……どうぞ」

我ながらはしたない行為だと分かりながら、四日の間毎日抱かれて、体は既に甘い性感を思い出してうずいている。着ているものはガウンだけ。裾をめくられると、ぬらぬらと濡れた後孔がある。ユリヤはリオのガウンの裾を腰までたくしあげると、後孔に指を入れて擦った。

「……柔らかいな。朝もしたからか？」

すぐに三本の指を飲み込んだ後孔は、感じる場所をぬくぬくと擦られて、締まったり緩んだりを繰り返した。

「あ、あん、あ、朝は……ユリヤが」

今は同じ寝台で寝起きしているので、早朝、朝議の前に時間があると、前の晩に散々抱かれていても、ユリヤはリオの中に入ってきたりする。

今朝も眼が覚めたら後ろを弄られていて、入れていいかと訊かれた。断れるはずもなく、リオは入れて、とお願いして、朝の薄明の中、優しく犯されたのだった。

そのすべてが今のリオには幸福だった。ユリヤにされることは、なんであれ嬉しかった。

他の相手のところにはいかず、リオを抱いてくれる。

抱いてもらえるなら、一度でも機会を逃したくない。はしたないと思われても、いやらしいと思われてもいいから、リオはなるべく素直でいようと決めていた。

頭の隅にはあと何度、という思いが常にあった。

（あと何度、抱いてもらえるか分からない……）

「俺がなんだ？」

背中に覆い被さって、ユリヤが低く笑いながら訊いてくる。その間にも後孔を刺激され、ガウンの前をはだけられて、乳首を引っ張られた。ユリヤの手は大きく、リオの胸の飾りを両方一緒に捏ねることもできる。

「んっ、あ、あん、あ……乳首だめ……」

乳首を弄られると、そこから腰まで甘いものが伝わり、後孔が締まって切ない射精感が下腹部に溜まってくる。

「リオ、俺がなんだって？」

からかうように、ユリヤはリオの耳朶を甘噛みした。耳たぶをねぶられ、吸われると、背筋にぞくぞくしたものが走り、リオは「あっ、いっちゃう……っ」と叫んだ。触られていない性器から、薄い白濁が長椅子に飛んでしまう。

「あっ、あっ、あっ……」

「まだ入れてないぞ」

「だって……だって」

ユリヤに触られていると思うだけで、体はひどく感じてしまう。

抱いてもらえなかった時間が長かったせいなのか、この四日で、感度が異様に鋭くなっている。ちょっと触られただけで達したことが恥ずかしくて、リオは自分でもわけが分からず涙ぐんだ。

「……ああ、意地悪しすぎた。朝は俺が悪かったんだ、リオ。お前に悪戯して起こしたからな」

涙をこぼすと、ユリヤは優しく笑いながら、後ろからリオの顎をすくって口づけてくれた。舌を絡ませられ、はあはあと浅く息をしていると、後孔から指を抜かれる。かわりに、ユリヤの太い性器がぬかるみに沈むように入ってきた。

「ん……っ、あ、はぁ、ん」

唇が解放され、尻を揺すられる。体はあっという間に蕩けて、リオは長椅子の肘掛けに額を押しつけ、尻だけ高くあげて喘いだ。

すぐそこに寝台があるのに、こんな場所で抱かれているなんて……と思うと、そのことに罪悪感と喜びを覚えた。そこまで、ユリヤがリオを抱くのを待てなかったのだと思うと、勘違いでも嬉しかった。

不意に前の性器をしごかれると、強烈な快感が性器を駆けて、リオはやめて、やめてと泣いた。

「汚しちゃう……、ユリヤ、さっき出しちゃった、から、あっ、あ……あっ、潮が出ちゃ……」

だめ、だめ、と喘いだが、ユリヤは聞いてくれない。奥まで突かれたとき、後ろがきゅううっと締まって、リオは内腿を震わせた。とたんに潮が噴き出し、長椅子をびしょびしょに濡らしてしまう。リオはこれがたまらなく恥ずかしいのだが、ユリヤはこの四日、毎日同じことをする。

「あっ、あー……っ、いや、止まらない、汚れちゃう……、あっ、あうっ、ううー……っ」

寝台でも、汚したあとはいつの間にかきれいになっている。長椅子でもそうだろうが、小水に似たもので汚す罪悪感は深く、リオはぐすぐすと泣きじゃくった。その間にもユリヤに後ろを穿(うが)たれて、動物のように乱れてしまった。

「あっ、あああっ、あ……っ、だめ、あっ、ああー……」

全身ががくがくと震えて、覚えのある絶頂感が襲ってくる。激しい快感に全身が波打ち、リオは後ろを締めつけながら果てる。

「……気持ち良かったか?」

囁きながら、ユリヤはリオの体を起こした。長椅子の上に座ったユリヤの上に、背中から抱かれて座る形だ。後孔にはユリヤのものが入ったままで、リオはたまらず足をあげ、膝を立てる形になる。ユリヤはリオの膝裏を持つと、下から腰を突き出してくる。

「あっ、あっ、あっ、あっ!」

「また痙攣(けいれん)している、達してるのか?」

からかう口調に、恥ずかしいと思うのに、後ろは悦(よろこ)んでうねる。膝を下ろされ、ユリヤが律動を止めても、リオは椅子の座面に足の裏をつけ、顔を真っ赤にして自分で腰を跳ねさせていた。中を抉（えぐ）るユリヤの杭（くい）が気持ちいい。もう何度目か分からない、浅い絶頂を繰り返しながら、羞恥（しゅうち）と愉悦でぼろぼろと涙をこぼした。

「やだ、いや、あ……あ、あ、ユリヤ、う、動いて」

「うん……」

うん、と言ったのに、ユリヤは動かない。自分の上で動いているリオを、観察でもするようにじっと見つめている。

助けを求めて振り返ると、ユリヤはうっとりと微笑（ほほえ）んでいたが、額は汗ばみ、青い瞳には欲情が灯っていた。

突然腹に腕を回され、持ち上げられる。気がつけば椅子の下の床、毛織りの絨毯（じゅうたん）の上に腹ばいに寝かせられていた。ユリヤはリオの体を押しつぶすように体重をかけ、腰だけ動かして、後孔を突く。

「あっ、あ、あ、あっ、あー……っ、あー……っ」

大きな体に押さえられて、身動きがとれない。悦楽で下半身がなくなったような気さえする。中だけで何度も達していると、眼の前がくらくらとくらんだ。けれどやがてユリヤが小さく息を吐き、腹の中に、温かなものが広がってくる。

ユリヤも達したのだ。

（嬉しい……）

素直にそう思う。

ユリヤの口づけが、額に、頬に、唇に降ってくるのを受け止めながら、今夜はこれから何度抱いてもらえるのだろうと考えていた。

翌日、リオは久しぶりの朝議に参加した。

朝議の議題の中心は、魔女狩りについてだ。

魔女本体の居場所を突き止め、討伐するための話し合いが、延々となされていた。たびたびの襲撃と、騎士団長の裏切りがあったせいか、場はいくらか興奮し、みなが苛立っている空気だった。

リオは、

（俺を使えばおびき出せる……）

と思ったが、それを分かっているはずのユリヤは、けっしてその案を出さなかった。

朝議にはユリウスの姿がなく、それどころか、高官の姿もいくらか減っていた。ベトジフはイライラとした様子で、

「『鞘』がいくらか浄化したところで、またいつ、魔女が我々の体に憑依体を滑り込ませるかも分からないのですぞ、すぐにでも叩くべきだ」

と王に進言した。新しい騎士団長はおとなしい性格らしく、じっと黙っている。反対側から、ラダエが「いえ、あの方法はもはや無意味と判断しているでしょう」と意見を投げた。ベトジフは忌々しげに女宰相を睨んだが、彼女は静かにユリヤを見てその根拠を話す。

「陛下と使徒がいれば、ヘッセン卿ほどの力を吸い取っても敵わないことが分かった……残りの有象無象をいくら魔物に変えようと、最後の一歩が届きません」

「ラダエ殿、分かったような口をきくが、じゃあ一体、魔女が到達しようとしている最後の一歩とはなんなのだ」

苛立った口調で、ベトジフが口を挟んだ。リオも、思わず耳をそばだてた。

ラダエは眼を細めると、決まっております、と言った。

「……陛下のお命。ウルカの神の系譜を継ぐ、陛下さえいなくなれば、この土地から神の威光は消えますから」

朝議の間は一瞬ざわつき、緊張を持って沈黙した。

「万の大軍も、精鋭の戦士も、手練れの魔術師もどうでもいい。魔女は、陛下さえ殺められればいいと考えているはずです」

だからこそ使徒選定を邪魔したのだと、ラダエは言った。

「ウルカの神をともに分け合う者がいれば、古くからの契約により、神の力はより多く陛下の中に注がれる。肉の器で耐えられる神の力が増すのです。……傷を負った魔女では、陛下を相

[illegible]い戦うことは難しい。ゆえにまずは力を削ろうと、周りを襲っていく……ですが蜘蛛や蠍を出したところで、陛下には届かぬとあちらも分かっておりましょう」

いつも穏やかなラダエの口調が、珍しく厳しかった。黒い瞳は、爛々と輝いていた。常なら ぬ怒りの炎がきらめいている。そう見えた。

「陛下のお命さえ守り抜けば、エラドの牙はウルカに届かないのです——」

迫力あるラダエの言葉に、朝議の場は静まりかえった。

ユリヤはため息をつき、

「一時閉会しよう。どちらにしても、魔女はこの近隣に潜んでいるはず。こちらから出向くときは仕留めるときだ。あちらから仕掛けてくるなら、迎え撃つ準備をするだけのことだ」

そう言うと、朝議を閉めた。

立ち上がったユリヤについていこうとしたとき、すぐ隣に立っていたフェルナンが「リオ」と呼びかけてきた。

なんだろうと振り向いたとき、朝議の間の入り口に、陛下！　と叫んで飛び込んできた者がいた。一人の騎士だ。彼は真っ青になりながら、続ける。

「牢に繋いでいた教団の者たちが逃走を……」

喘ぐように、騎士は言う。

「一人が大蜘蛛に……おそらく、全員がそうなります」

リオはぎくりとした。

牢に繋いでいた教団の者……。

それは、地下に集まってリオを殺そうとしていた人々だろう。ほとんどは死んだとユリヤから聞いていたが、それでも十人以上は地下牢に入れられていたはずだ。

「騎士団を向かわせろ、使徒は俺に続け！」

ユリヤが叫んだ。と、ユリヤはハッとしたようにリオを探して振り返った。リオの手を、フェルナンがとった。

「陛下、リオ・ヨナターンを安全な場所に匿い、あとを追います」

ユリヤはほんの数秒逡巡したようだった――。

青い眼に、迷いが映る。しかしアランが「ルスト！　お前がいないと士気が下がるぞ！」と怒鳴ると、フェルナンに向かって頷いた。

「頼んだぞ、傷一つつけない場所へ」

フェルナンが一礼し、ユリヤは朝議の間を走り去る。

「リオ、お前は王の私室へ通じる通路が使えたはずだな。そこから避難するぞ」

手をひかれ、リオも頷きながらフェルナンと一緒に魔法の通路へ入った。

「でも、俺……みんなと一緒にいなくていい？　誰かが怪我をしたら癒やしてあげないと……」

「戦いが終わったあとで十分だろう」

フェルナンが言う。心臓がドキドキと逸鳴っている。

（大蜘蛛……今までも戦ってきた魔物だよね。だから、大丈夫だよね）

それなのに、なにかいやな予感がする。

王の私室に着いたら、フェルナンはきっと戦いに出てしまうだろう。リオは一人部屋で待っている自信がなかった。

（あっ……エミル。そうだ、エミルが怪我をしないようそばにいなきゃ……）

そんなことを考えていたとき、ふと、違和感を感じた。

朝議が終わったあと、いつも使っている通路ならもう王の私室が見えてもよかった。だが見えない。そればかりか壁に並んだ魔法の明かりがちらちらと揺れて、ついには消えてしまう。

「フェルナン、ここ……魔法がかけられてるかも――」

そう言った瞬間、不意に全身から力が脱けた。その場にくずおれながら、リオは意識が遠のくのを感じていた。

十四　リオ

……白く柔らかな手に、手を引かれている。

うららかな陽の差す王宮の、柱廊を歩いている。

しだれた枝の下に、背の高い青年が立って、こちらを睨んでいる。

あれはユリヤだと、リオは思った。

そのとき、母は言った。

――十月十日で死ぬ前に。あの男から大事なものをもらいなさい……。

あの男の、本当の名前を。

銀青色の前髪の下から、母の顔を見つめた。

自分と同じ銀青色の髪に、すみれ色の瞳。

にっこりと微笑む母の美しい顔を、リオはどこかで見たことがあると思った。

目が覚めたとき、頭上には暗雲が渦巻き、雷が鳴っていた。

大粒の雨が頰を濡らす。リオはゆっくりと体を起こし、自分がどこにいるのか知った瞬間に、息を吞んで固まった。

そこは、王宮内で最も高い塔の上。

昨日リオが光の雨を降らせた塔の、屋根の上だった。

塔の屋根は傾斜がきつく、今にも落ちてしまいそうだ。今リオがいる屋根のすぐ下は渓谷になっており、運河から分かれた支流が激しく渦を巻いているのが見えていた。

じりじりと体を移動し、渓谷側から王宮側へ、腹ばいで移動する。雨粒が強風に煽られて礫のように顔に当たった。わずかに王宮側が眼に入ると、そこからは叫び声や銅鑼声が聞こえた。

遠目に、巨大な黒蜘蛛が暴れ回り、騎士たちを放り投げ、なぶっているのが見える。恐ろしいことに、渓谷からも蜘蛛は這い上がり、城壁をよじ登って、次々に王宮内へとなだれ込んでいた。

（……どういうこと？　教団の人たちだけじゃない……）

「ラダエ卿はああ言っていたが、どうやら魔女はまだあの方法に見切りをつけたわけじゃないようだな。攪乱作戦に出たのだろう」

そのとき淡々と、誰かが言った。

顔を上げると屋根のてっぺん、先端に細く長く突き出た鉄柱があり、そこに、フェルナンが立っていた。

使徒である『王の眼』の彼の服は、他の使徒よりもやや丈が長い。長衣の裾が風に煽られてなびいている。

リオはいくらか、ほっとした。

「……フェルナン。ここが安全な場所だったの？　通路の明かりが急に消えたから、びっくりして……」

「『瞳』と『耳』の感応器を混乱させるためにな。すぐにこの場所が割れては困る」

フェルナンは静かに答えた。

よく分からないが、敵に見つからないようにそうした、ということだろうか。リオは首を傾げながら、「フェルナン、戦いに行かないの？　俺はここで待ってるから、行ってきて」と言った。

フェルナンは指揮能力が高く、魔法もかなり使える。よくは知らないが、『王の眼』の特異能力として先見という、少し先の未来を予測する力もあったはず。戦線にいないのは痛手だろう。

「エミルのそばにいたかったけど……無事だよね。俺はいいから行ってきて」

「……いや、俺はここでやるべきことがある」

「……いう魔法をかけるの？」

[illegible]いこれこれと　蜘蛛が暴れる王宮内へ眼を向けて訊いた。たしかにここからなら、敵の数も視認しやすい。遠距離の魔法が使えるのなら有利なのかもしれない。

「魔法はかけない。蜘蛛よりも、先に始末せねばならないものがあるのでな」

「……蜘蛛より？　もっと、強い敵？」

分からずに訊く。

フェルナンは眼を細めて、リオを見つめた。片眼鏡に雨粒が張り付き、そのガラスは曇っている。

リオ・ヨナターン、とフェルナンは囁いた。

「『北の塔（セヴェルニ・エシュ）』の要請だ。……俺は王国に害なすものを、取り除く役目を負ってやって来た。第三十四代国王、ルスト・フロシフランは——ウルカの神との契約違反を行った。そして今なお、契約の書き換えをなそうとしている。だから、俺はそれを止めねばならない」

リオ・ヨナターン、お前が邪魔だ。

はっきりとそう言われた。

リオは震えた。全身を冷たいものが走っていく。

「……どういう、こと？」

意味が分からない。飲み込めない。

（だってフェルナンは——いつでも、味方だった……）

選定の館でも、王宮でも、フェルナンは常にリオに接してくれた。つい昨日だって、守れなくて悪かったと、謝られたばかりだ。

「……お前が王都にやって来てからおよそ二巡月、俺はお前を見続けた。残念に思っている。俺自身は、お前に好感を抱いている」

お前はよい子どもだ、と、フェルナンは呟いた。

「お前の心は清らかで、優しい。お前は努力家で、物知らずだが、賢い。そして陛下を心から愛している」

得がたい子どもだったと、フェルナンは言いながら、腰の長剣を引き抜いた。

「だが『北の塔』はお前を排除するとの決を下した。俺もその道が、最も正しいと判断する」

リオは震える手で、腰に差していた短剣を抜く。

息が浅くなっていく。フェルナンはゆっくりと、剣先をリオの顔に向けた。屋根の上に座り込んだまま、リオは両手で握りしめた短剣を、フェルナンに向ける。

「俺が何者か……フェルナンは、知ってるって……こと？」

頭がガンガンと痛む。

事態に理解が追いつかない。

（『北の塔』……フェルナンがいた、賢者の人の集まり、そこが、俺を邪魔だと言ってる……？

（リオが、契約違反を——するから？　契約……誰と。ウルカの神と……）

「……お前は前王妃、魔女が作った三つ目の土人形だ。……土人形の肉体は十月十日で死ぬはずが、お前は三年以上生きている」

つまりお前は命をもらったのだと、フェルナンが言った。

「ハーデの城塞で……お前は王の真名を聞いたはず。でなければ、お前が生きているはずがない。……そして王は、次こそお前に命のすべてを明け渡すだろう——」

……そして己は死に、フロシフランの玉座をお前に譲るつもりだ。

囁くように言われた言葉に、リオは息ができなくなる。

(……なに？　なんで？　どういうこと？)

わけが分からない。

(ユリヤが俺に、命をくれた？　……なんで？　第二王子に似てたから？　全部くれようとしてる？　俺を、王様にしようとしてる？　どういう意味？　なんで？　なんで？　……なんで)

分からない。

雨に打たれながら、全身が震え始める。

一歩フェルナンがこちらに踏み込んでくる。次の瞬間、フェルナンの体はリオの眼の前にあった。

「死んでもらうぞ、リオ。お前の心臓を消し、土塊に戻ってもらう」

リオは恐怖にガタガタと震えていた。短剣の剣先がフェルナンの衣服をかすめた瞬間、刃は腐って溶け落ちていく。

武器を失い、胸元からガラスのナイフを取り出そうとしたが、咄嗟に手首をとられ、ぐっと握りしめられる。

みしみしと骨が鳴る。

（い……痛い……っ）

「死ぬ前に、王の真名を置いていけ――リオ」

「……真名」

「お前が王からもらったものだ。ウルカの神との契約名。王に真名を返し、お前の心臓に刃を突き立てる。王の魂がお前の心臓から離れれば、それは真名と一緒に、王の肉体に戻る」

魔女の手に渡れば王の命は握りつぶされ、ウルカの力は失われると――フェルナンは言った。

フェルナンが、歌うように古代語を詠唱しはじめた。聞いたことのない言葉だが、耳を通ると意味だけは分かった。

――古い記憶は心臓に眠っている、拒まず扉を開けよ……。

古代語の詠唱を聞くうちに眼の前がぐらつき、頭が痛んだ。

（……フェルナン、ずっと俺が邪魔だったの。ずっと……ずっと殺そうと見張っていたの――）

息が苦しい。

自分を見つめるフェルナンの顔や、激しい雨、王宮内の争いが一瞬遠のく。

かわりにリオは、いくつかの像を見た。

ハーデの城塞。その小さな一室で、最初に眼を覚ました日のこと。

――おはよう、名もなき我が子。かわいい私の人形。お前は三人目。

と、母は言った。

二人目の記憶はある？

ありません。

リオは答えた。

お前の名前は？

分かりません。

愛した男はいる？

いません。

私を愛している？

はい。お母さま。愛してます……。

母は満足そうに眼を細めて笑った。

――忌々しいウルカの狗が、二番目のお前の器を奪ってしまったけれど、バカな男。心臓はもぎ取ってきた。魂はお前にある。今度こそあの狗から奪い取って、私の願いを叶えてちょうだい。

あの男から、本当の名前を聞き出すの。

はい、お母さま。そうしたら、僕を愛してくださる?

もちろんよ。私のかわいいお人形。

母はそれだけ言うと、リオを狭い塔に閉じ込めた。「あの男」はきっと、お前を探しにやってくると言い残して。

(……でもお母さまは、あの男……ユリヤ……ルストに……殺された)

ひどい頭痛の中で、リオはそう思い出していた。

記憶が戻ってきている。戻ろうとしている。

母は――魔女は、王に殺されたはず。いいや、正しくは殺される直前だった。

塔が崩れて瓦礫の下敷きになったとき、母の心臓に剣を振り下ろそうとしていた王を――ユリヤを、リオは見た。

……お母さま。

弱々しい声で呼ぶと、王は振り向いて、リオに駆け寄ってきた。殺そうとしたはずの母を放りだしてまで、王はリオを助けに来てくれたのだ。

その一瞬で母は小さな蛇になり、その場から逃げ去った。

王は瓦礫の下からリオを抱き上げると、青ざめた顔で、ユリヤ、と呼んだ。リオは誰の名前か分からず、それはあなたの名前? と訊いたのだ。

そのときユリヤの青い瞳に、絶望が灯ったのを、覚えている。

青い瞳は城塞を燃やす炎を映して、じっとリオに注がれていた。

……お前はユリヤではないのだな。もう、覚えていないのか。

王はそう言った。なにも知らないリオはただ、母に言われたことしか思いつかなかった。

(真名を訊かないと……死んじゃうと思って)

名前を訊いたはずだ。するとユリヤは答えた。

なぜ?

記憶を取り戻しながら、リオは混乱した。

なぜ、ユリヤはリオに名前を教えたのだろう。

あのとき、あの場所でなぜユリヤは、ルスト・フロシフランは、リオに真名を教えたのだろう。教えるべきではなかった。誰がどう考えても、教えるべきではなかったのだ――。

それでもリオに名前を訊かれたとき、ユリヤが微笑んだのを思い出した。絶望を灯した暗い瞳で、彼は言った。

……構わない。お前がそれで生きられるのなら。

低い声は優しく、心地よく耳に響いた。

……もうこれ以上、お前が俺の眼の前で死ぬのは……耐えられないから。

涙がこみ上げ、滂沱(ぼうだ)と頰をこぼれ落ちる。意識が戻り、リオは嗚咽(おえつ)していた。

「あ、あああっ、あああ……っ」

激しい頭痛に見舞われて、その場に屈伏するように倒れる。

「思い出せたか？」

フェルナンが訊いてくる。リオは朦朧としながら、フェルナンを見上げた。

「……いつ、どうやって、魔女はユリヤに……呪いを？」

あのとき魔女は小さな蛇になり、逃げたはず。あのあとからどうやって、ユリヤを呪ったというのか。

だがそう言うと、フェルナンは憐れむような瞳をして、リオに言った。

「まだ分からないのか？　陛下に呪いを負わせたのは魔女ではない。あれは、リオ。お前がしたことだ――」

雨音は激しく耳をつんざき、どこかで雷の落ちる音が続いた。雨と強風に煽られて、尖塔の先端の鉄柱が、ぐらぐらと揺れている。

お前の心臓の中に、と、フェルナンは静かに続けた。

「魔女は一つ仕掛けを忍び込ませた。お前が王の真名を聞いて、それを受け取った瞬間……お前と王の心臓は、わずか一瞬だけ感応しあい、一つになる。そのとき……お前の背負った十月十日で命尽きるという宿命が王の魂に。ウルカの神の力の受け皿という、王の宿命がお前の魂に。入れ替わるようになっていた」

ウルカの神の力を受け入れる、強靱な肉の器。

それは代々受け継がれてきた、四百年前の神との契約に秘密がある。契約に必要なのはただ一つの真名。真名をもらったリオは王になり、かわりに王は土人形になる。

「魔女はずっとそれを狙って、お前に王の真名を訊くよう、仕向けていた――」

心臓が大きく鼓動した。頭の中が、ぐるぐると回る。視界に見える、黒い雲。一筋の白い光が、そこを通っていくように錯覚した。

――……構わない。お前がそれで生きられるのなら。

ユリヤの声が耳の奥に蘇った。

ハーデの城塞で助けられて、名前を訊いたとき。

ユリヤは……ルストは、悲しみをこめて、そう呟いた。

……お前は生きろ。俺が死ぬ――。

そうしてリオに、真名を囁いた。

あのあと、瀕死だったはずのリオの全身に力がみなぎった。

気がつくと、リオの腕の中でユリヤは死んでいた。心臓が止まっていた。若き王の死体を抱いて、リオは燃え上がる城塞の中にいたのだ。

あの、最後の日。

リオはひどい罪悪感に襲われ、後悔したのを覚えている。

母ですら見捨てた自分を、たった一人助けてくれた人を、自分の手で殺してしまった――。

ユリヤの体に取りすがって号泣し、眼を覚まして、眼を覚ましてと叫んだ。

神様お願い、この名前を返します。この人に返します……。

――お願いをきいて、神様！

リオが泣き叫んだ直後、あたりが白い光に包まれていた。

燃える城塞もなにもかも消えて、真っ白な空間に、リオはユリヤの遺体を抱いたまま座り込んでいた。

眼の前には、巨大な白い竜がいた。ウルカの神だと、そのときは知らなかった。

それでもこの存在だけが、死んでしまった王を救えるのだと感じていた。

――……『契約の書き換えがなされた。お前が新たな、私の子か？』

頭の中に静かに響いた神の声に、本当なら恐れおののき、混乱してもよかったはずだ。だが、そんなことは気にならなかった。ただリオは白い神に跪き、泣きながら懺悔した。

……この人に命を返して。もらってはいけないものを、もらってしまった。

神は緑の瞳を瞬きし、ユリヤの心臓のあたりに、鼻先を近づけた。

――……『だがこの者は……お前に命を渡すと言っている』

……いいえ、神様。俺は土人形です。人間じゃない。この人に返してくれぬなら、自ら命を断ちます……。

神はしばらく思案した。

――……『ならばこうしよう。半分ずつ、分け合うがいい』

ウルカの神の鼻先が、リオの額に当たった。半分？　いいえ、全部返して。リオはそう言った気がする。けれど体から力が脱けていった。意識が遠のき、消えていく。神の声はこう続いていた。

――……『お前の宿命を、この者は放そうとしない。よって、互いの願いを半分ずつ叶える。お前はすべて忘れて生まれ変わる。この者はいつか生きたお前に出会えるだろう』

出会ったとき、もう一度どちらの願いを叶えるか、あるいは分け合ったままか、決めよ――。

そのあとリオは星になって、夜空を流れていったのだ。

セヴェルの寺院の裏。ぶどう畑のある町へ……。

なにも知らない子どもになって。

身じろいだとき、下半身がずるりと滑っていた。

雨に濡れた屋根の上は滑りやすく、体はずるずると落ちていき、腰から下が屋根の縁に飛び出た。すぐ真下は渓谷だ。落ちれば確実に死ぬ。

フェルナンがリオの前にしゃがみ込み、

「リオ。王の真名を思い出したなら、言え」

と言った。

「……ユリヤに、返して……くれるんだね？」

震えて訊くと、フェルナンは頷いた。

口を開こうとしたそのとき、フェルナンの頭上に、黒い影が躍り出た。緑の眼光が見える。閃いた剣の一筋とともに、リオの眼の前で、フェルナンの体は血しぶきをあげて屋根の上から転げ落ちていった。

「フェルナン……っ」

『王の眼』の男は死んだのか、分からなかった。落ちながらその肉体は白く発光し、狼に変わったようにも見えた。

「リオ！」

足場の悪い屋根をものともせず、駆け下りてくるのは黒衣をまとったユリウスだ。しばらく姿を見ていなかった魔術師。

口元までも布で覆い、見えるのはただ瞳だけ。だがその手に握られているのは、見間違えようもなく王、ルスト・フロシフランの剣だった――。

リオの手を、ユリウスが飛びつくようにして摑んでいた。

「くそ……っ、リオ、今引き上げる！」

魔術師からは聞いたことのない強い口調。

ふと、レンドルフのことが頭をかすめた。「当番」と言っていた言葉。

エミルがあるわけないと言って話していた、写し身の魔法。依り代のこと。

――リオがこっちに来るまでは二ヶ月も椅子に座ってなきゃだめだったの。大人のつまんない話ずっと聞いてないといけなくて、居眠りしたらね、とおーくにいるくせに怒るの。

……怒るって、誰が？

――王様に決まってるよお！

脳裏に浮かぶ、レンドルフとの会話。

リオは顔をあげて、自分を助けようとしているユリウスの顔を見つめた。

黒衣は雨に濡れ、ユリウスは肩に力を入れて、リオを引き上げようとしている。その眼の色は青から緑へ、緑から青へと揺らいで変わっている。

「……ユリウスは、ユリヤだったんだね」

そのとき、やっと気がついた。すべてはユリヤの魔法だったのだ――。

ユリウスが、一瞬固まる。

「そうじゃないかと思ってた。……でも、王宮に入ったらユリヤとユリウスは同じ場所に存在してて……二人は違う人間かと思ったけど……ずっと」

と、言ったとき、涙が溢れた。

「ずっと一緒にいてくれたんだね。ユリヤ」

初めて対等に扱ってくれたのも。

セヴェルの町の子どもたちのため、リオの願いを聞いてくれたのも。

リオに本をくれたのも。

森の中、二人で旅をしたのも。

セスが死んで悲しみに暮れたリオのもとへやって来て、セスが生きた意味はあったと言ってくれたのも——。

全部、ユリヤだった。ルスト・フロシフランだった。

ユリウスはユリヤで、ユリヤはユリウスで、そしてこの国の王で、最初から最後まで、呪いは一つの体に宿っていて、たった一人の同じ人間だったのだ。

呪いを受けたとき、ユリウスにどちらがいいか選べと言われ、抱かれる相手にユリヤを選んだ。

だがそれは、間違っていなかった。

「俺はずっと最初から……たった一人の人間を愛してたんだ。ユリヤ……」

魔術師の瞳の色が、とうとうはっきりと青に変わる。

黒衣は霧のように消えていき、リオの手を握りしめて助けようとしてくれているのは、魔術師ではなくユリヤになっていた。

「……呪いを解かないって言ってたのは、俺を、生かすためだったんだね」

ユリヤに巣くっていたのは、魔女の呪いではない。リオが持って生まれた呪いだった。十月十日で死ぬ、土人形の呪いだ。ユリヤはリオの身替わりに、その苦しみを背負っていたのだ。

胸が痛み、鼻の奥がつんとする。眼に涙がこみあげてくる。

ユリヤがリオの手を摑む力は、まったく緩まない。強風に煽られて、リオの体はぐらぐらと揺れるが、ユリヤはけっして放そうとしない。

生かす。

なにがあっても生かす。絶対にリオを死なせないという気迫が、ユリヤの全身にみなぎっている――。

「ユリヤは、第二王子みたいに……俺を、死なせたくなかったんだね……」

リオもそうするかもしれないと思った。

セスとそっくりな人が、セスと同じ死に方をしようとしていたら。

自分の命をなげうって助ける。そうできるなら助ける。愛のためにそうする。

その人のためではなく、愛が、見捨てることを許さないから。

激しい風雨に煽られて、衣服がはだける。

胸元から、いつもさげていたガラスのナイフがこぼれ出る。初めて出会った日、ユリウスがリオの持っていたガラスの破片から、作ってくれたもの。

お前の命を楯(たて)にし、剣にして戦えと言われた。お前の命には、その価値があると。

……生きることに意味なんてないけれど。

セスの優しい言葉が、耳の奥をかすめていく。

――この世界には、生きる価値があるよ。

(セス。俺ね、俺の命を使うところを、見つけたよ)

ここでその道を選ばなければ、自分には生きた価値がない。ユリヤ、とリオは呼び、「ううん、ルスト」と呼び替えた。

「愛しています。あなたを、愛してる。……だから生きて」

ユリヤの顔が歪む。

「リオ、だめだ」

震える声が聞こえたが、構わなかった。

返します、とリオは言った。

「デティ・カナル・ドラク・セナ・リオ」

運河と大地と竜の子ども。

古代語でそういう意味がある真名。

言った瞬間、胸の奥から白い光が溢れ出て、その光がユリヤの胸の中に吸い込まれていく。

ユリヤの顔に、絶望が乗る。

リオは腕を伸ばした。

手にしたガラスのナイフで、ユリヤの手首を刺す。血が吹き出て、ユリヤは叫びながらほんの一瞬リオを放す——。

空中に落下しながら、リオは自分をなお助けようと身を乗り出し、名前を呼ぶユリヤの姿を見たが、川に落ちる前にしなければならないことがあった。

リオは己の心臓に、深く強く、ガラスのナイフを突き立てた——。

心臓が、二つに割れた気がした。

割れた半分がユリヤに返るのをリオは感じて眼を閉じる。

終わった——。

川の中に叩きつけられ、一瞬にして溺れる。激しい流れが体を押し流していく。水の中に巻き込まれ、リオは眼を閉じた。

たった三年とちょっと、生きただけの記憶が走馬灯のように駆け巡る。

淋しい塔の中で、冷酷な母に愛されたいと思ったこと。

助けてくれた騎士。彼に命をもらったことや、なにもかも忘れて、寺院に拾われたこと。

優しいセス。導師。子どもたち。貧しかったが幸せだった。

第二王子だったとき、願ったとおりの暮らしだった。

そうして——ユリウスに出会った。

二人きりの旅の夜。たき火の向こうに見えた魔術師の姿。

やがてアランやフェルナン、ルースにゲオルク、エミルに出会い……ユリヤを知った。

闇の中に意識が消えていく。命の灯火（ともしび）が燃え尽きようとしている。

最期の瞬間、リオはウルカの神に祈った。

——神様。ユリヤに愛する人ができますように。

そうして愛する人と、どうか幸せにしてあげて。

出会ったばかりのリオに、躊躇（ためら）いなく命を差し出した優しい王に、祝福と愛を。

冷たい水の中で濁流に押し流されながら、リオは息絶えていた。

あとがき

初めましてのかたは初めまして。お久しぶりのかたはお久しぶりです。樋口美沙緒(ひぐちみさお)です。といってもこのお話は続き物の二冊めなので、たぶん。たぶん！　初めましてのかたも久しぶりのかたも少ないと思うのですが……。

巻数表記のあるものを書くのは初めて。この年になってもまだまだ初めてがあるなんて、嬉しいです。

一巻めはめちゃくちゃ長い期間原稿を抱えてウンウンうなっていたのですが、二巻めは苦労はもちろんたくさんしたのですが（単純に書くのが難しかったので）、期間としては通常どおりの時間で書けたのはホッとしました。

面白いといいな～、楽しんでいただけるといいな～、よかったら三巻も買ってほしいな～……（本音）。

いろんなことがあるなかで、自分の決めたことをやり遂げようと頑張るリオくん。ファンタジーなのでなかなか想像力が試されるシーンも多いとは思うのですが、楽しんでほしいです。

私はその昔子どものころからデビュー前まで海外のファンタジー小説が大好きで、よく読んでいました。デビューしてからは翻訳小説の文体が自分にうつってしまうのを避けて、原稿がない時期以外は読まないよう気をつけているのですが（すぐうつってしまうんですよね……）、その昔好きで読んでいたいろんな小説の空気感が出ていたらいいなー、と思います。

最初に読んだファンタジーってなんだろう……と考えてみたんですがパッと思い浮かびません。でも、グリム童話やアンデルセン童話が自分の下地にあるので、それかもしれない。あるいは少し経って読みふけっていたエリナー・ファージョンかもしれない。

とりあえず、三巻も読んでいただけたら嬉しいし、できれば感想を教えてくださったら嬉しいです！

麻々原絵里依（ままはらえりい）先生。一巻の挿絵もためつすがめつ楽しませていただきました。とりどりの違うタイプのいい男たちがいっぱいいや！　と大興奮していましたが、二巻はどんな絵をつけていただけるのか、今からとても楽しみです。本当にありがとうございます。

担当さん。またしても何度となく、これ面白いんですか？　と訊き続けてすいません。何度も面白いです！　と言ってくださってありがとうございます……。言われなかったらたぶん出せなかったと思うので感謝してます……！

この本を出すにあたって協力してくれた家族、友人。いつもありがとう。迷惑かけてます。

そして読者様。なにか少しでも、皆さまの生活の糧になったらいいな。読みたいですと言い続けてくださる方がいる限り、私も書いてゆけます。いつもありがとうございます。

樋口　美沙緒

この本を読んでのご意見、ご感想を編集部までお寄せください。

《あて先》〒141-8202 東京都品川区上大崎3-1-1 徳間書店 キャラ編集部気付
「王を統べる運命の子②」係

【読者アンケートフォーム】
QRコードより作品の感想・アンケートをお送り頂けます。
Chara公式サイト http://www.chara-info.net/

■初出一覧
王を統べる運命の子②……書き下ろし

Chara

王を統べる運命の子②……【キャラ文庫】

2020年3月31日 初刷

著者 樋口美沙緒
発行者 松下俊也
発行所 株式会社徳間書店
〒141-8202 東京都品川区上大崎3-1-1
電話 049-293-5521（販売部）
03-5403-4348（編集部）
振替 00140-0-44392

印刷・製本 図書印刷株式会社
カバー・口絵 近代美術株式会社
デザイン カナイデザイン室

ISBN978-4-19-900985-3

樋口美沙緒の本

好評発売中

【パブリックスクール―ロンドンの蜜月―】

シリーズ1～5 以下続刊

イラスト✦yoco

二年間の遠距離恋愛が終わり、ついに恋人の待つイギリスへ――。名門貴族の御曹司で巨大海運会社CEOのエドと暮らし始めた礼。まずは自分の仕事を探そうと、美術系の面接を受けるものの、結果は全て不採用!! 日本での経験が全く役に立たない厳しい現実に向き合うことに…!? エドの名前には頼りたくない、けれど恋人の家名と影響力は大きすぎる――甘い蜜月と挫折が交錯する同居編!!

樋口美沙緒の本

好評発売中

【パブリックスクールーツバメと殉教者ー】

イラスト✦yoco

由緒ある伯爵家の長男で、名門全寮制パブリックスクールの監督生(プリフェクト)——。なのに、制服は着崩し、点呼や当番はサボってばかりのスタン。同学年の監督生・桂人(けいと)は、密かにスタンを敬遠していた。卒業まで、極力目立たず、無害な空気の存在でいたい——。ところがある日、桂人はスタンの情事を目撃!! 見られても悪びれない態度に、苛立つ桂人は優等生の仮面を剝がされてしまう。さらに、二人一組の当番で、スタンのお目付け役を任されて⁉

樋口美沙緒の本

好評発売中

[ヴァンパイアは我慢できない desert（デザート）]

イラスト✦夏乃あゆみ

吸血鬼で恋人のアンリの伴侶となって半年余り――。受験を控え、進路に悩む高校三年生の野原湊（のはらみなと）。ところがある日、吸血鬼三家のひとつ、ラクロワ家から当主交代の儀への招待状が届く。アンリの「薔薇」として、湊は正式にお披露目されることになり…!? 波乱含みな二人の恋はもちろん、エルと航（わたる）の微妙な関係や、湯澤（ゆざわ）と篠坂（しのさか）のせつない過去など、気になるキャラたちのその後が満載♥